Hi，我的朋友：

《春日颂》连载前，我曾兴致勃勃为令嘉写了五千字人物小传。我将我所能想到的一切美好品质赋予她，善良、温和，如同凌晨玫瑰花瓣上的露水那般剔透干净。

我期待读者像我一样爱她，像我一样曾沉浸在她们的世界，像我一样曾去过白塔孤再的湘西小城，听过苏黎世大教堂的第五声钟响，见过城市霓虹闪烁的暴雨夜，也曾在伦敦红色的电话亭旁侧，被沉默的傅承致目送着远行。

在广袤的宇宙里，或许真有那么一个时空曾让我们共享。在令嘉与傅承致撑伞路过的街道，你我也曾碰肩并行。你瞧，多荣幸。

最后，我想用《星际迷航》的台词做结语，像令嘉一样，为你送上瓦肯人的祝福：

Live long and prosper.

我的朋友，祝你的勇气生生不息，祝你的人生繁荣昌盛。

小红杏

2023年5月1日 凌晨于昆明

魅丽文化 花火工作室

春日颂

Ode in Spring

小红杏 著

江苏凤凰文艺出版社
JIANGSU PHOENIX LITERATURE AND ART PUBLISHING

图书在版编目（CIP）数据

春日颂. 2 / 小红杏著 . -- 南京 : 江苏凤凰文艺出版社 , 2023.6

ISBN 978-7-5594-6713-3

Ⅰ. ①春… Ⅱ. ①小… Ⅲ. ①言情小说 – 中国 – 当代 Ⅳ. ① I247.5

中国版本图书馆 CIP 数据核字 (2022) 第 048482 号

春日颂. 2

小红杏 著

责任编辑 张 倩

出版统筹 曾英姿

特约编辑 丐小亥 白 鱼

封面设计 苏 茶

出版发行 江苏凤凰文艺出版社

南京市中央路 165 号，邮编：210009

网 址 http://www.jswenyi.com

印 刷 长沙金鹰印务有限公司

开 本 880mm × 1230mm 1/32

印 张 9

字 数 253 千字

版 次 2023 年 6 月第 1 版

印 次 2023 年 6 月第 1 次印刷

书 号 ISBN 978-7-5594-6713-3

定 价 46.80 元

CONTENTS

C O N T E N T S

第一章

在心情最低谷的时刻，
竟然仅仅是在听见傅承致声音的一瞬间，
她就找到了安全感

01

娱乐圈里一年四季住酒店的明星很多，没有牵挂，可以随时说走就走的感觉倒也还挺不错。

不过令嘉觉得自己负担不了这样的开销，就打算先住几天，等到初十《暗刺》剧组复工，到时候进了组，租什么样的房子也就无所谓了，能把她的东西塞下就行。

虽然消费是一路降级，但现在的令嘉可比从前感觉适应多了。

待在酒店的几天，她最大的乐趣就是在各大网站浏览影评。

《我和她的1935》上映首周，票房已经突破两亿。

这在何导近十年导演的片子中，无论票房还是各大网站评分，都绝对算顶好的成绩。《我和她的1935》本质上并不是商业片，宣发规模也不大，主要是靠着好口碑，在年初就提前锁定成为影评人心目中的年度最佳电影。

而同期花了大价钱宣发的商业片《洛杉矶大逃亡3》票房也才1.2亿，相较他的投资而言，这份成绩单可不算好看。

幸好她最后被何导选择，有了一个好的起点。《暗刺》片方年前看在AM少东的面子上，慷慨地开出了六百万片酬。现在看来，令嘉也算对得起这个价格。

她衷心祈求老天爷能保佑她将这份好运一直延续下去，片酬水涨船高，早日把债还清。

唉，一想到还债，她就头大。

令嘉穿着睡衣跷脚趴在床上，笔在本子写写画画，算来算去，债还是那么多，一点儿也没见少。

她耳边又响起那天傅承致的话——债没还清之前，他们就还是朋友。

这种亏欠感裹挟着强迫症上头，快要把她吞没，她崩溃地把脸往本子里一埋，想哭。

照这样下去，什么时候才能还完呀！

人在绝望时，就容易异想天开。

令嘉趴了半晌，从枕头底下摸出手机，鬼使神差地翻出列表，想看看能不能借到这笔钱。

但翻了一会儿，令嘉又把手机丢到一边，开始自暴自弃。

她的朋友圈里的人是有点儿家底不错，但那不是一千万、两千万，是近两个亿，难不成她还能众筹找到一百个同学朋友，每人借两百万吗？

酒店外天色已经暗下来了，在屋里待了一整天，令嘉觉得憋闷准备起床。

她胡乱扎了下头发，换了一件灰白色毛衣，外边又裹上外套、围巾，戴好口罩，全副武装打算下楼找点儿吃的。

她出门时连镜子也没照，完全是一副不修边幅的宅女模样。

进电梯时，令嘉本来低着头默背台词来着，感觉旁边老有人盯着自己，这才看过去，却没料想，S 市这么小，这个人竟然是学长肖瑜！

“学长，你也住这家酒店呀？”她摘下口罩惊讶地道。

轿厢里还有其他人，肖瑜赶紧示意她把口罩戴上，走出电梯，才笑起来解释道：“我回国来录节目，这儿离电视台不远，在被淘汰之前，我可能还得来住几次呢。”

令嘉道：“凭您的实力可不会被轻易淘汰。”

肖瑜摇头笑道：“你怎么也住酒店？”

令嘉不好直说，只得避重就轻道：“公司分配的艺人公寓被记者蹲守，助理还在帮我物色其他合适的房子。”

“租房吗？”

令嘉点头，坦诚地笑起来：“我想买也买不起呀。”

“你想找哪一片的房子？我在附近倒是有一套空房，高中出国前买的，空置好几年了。”

令嘉惊喜地睁大眼：“就在附近吗？”

“嗯，房子装修好还没住过人。小区安保挺不错的，一梯一户，一百来平方米，就是比较空，需要自己带家具。你要是还没找到合适的，我可以顺路带你过去转一转。”

令嘉才听到这几项便连连点头，这不就是伍哥想找的房子，当即低头编辑消息，通知经纪人过来看房。

因为距离不远，他俩便直接步行过去。

走在路上，肖瑜才问起来：“那天叫你的那个人是谁？看起来挺凶的，你后来没事儿吧？”

他指的是傅承致。

可令嘉既不知道该怎么跟别人解释他的身份，也不知道怎么介绍他们之间的关系，只得装傻，含糊答了几句。

又走了一会儿，在路边等人行道的红绿灯时，肖瑜的手放在风衣里，突然开口：“你和从前有些不一样了，令嘉。”

“哪儿不一样了？”她有点儿疑惑。

肖瑜回答：“从前你总是无忧无虑，不像现在，心里开始藏了秘密。从相对拓扑论上讲，人有了秘密，就需要更多的能量进行压抑，像负重一样，是耗费精力的行为，容易失去快乐。”

“毕竟我从前什么也不用操心，只需要念书就好，现在我得工作养家还债，改变是不可避免的。”令嘉努力让自己的回答听上去轻松一点儿，“不过真要说哪种生活方式更好，我觉得各有优劣，或许我现在没有过去那样快乐，但我成长了，能照顾我爸爸，我觉得很满足。”

肖瑜关注的重点却落在了“还债”这两个字上，他侧过脸来，认真地问道：“还需要很多吗？”

令嘉犹豫了片刻，倒也没有隐瞒：“如果加上今年的利息，至少还欠两个亿。”

她说着，在路边便利店买了一根水煮玉米做晚餐。

刚蒸出来的玉米还很烫，令嘉拿在两只手间换来换去，最后不得已暂时先把它扔进大衣口袋，烫红的指腹揪上耳垂。

肖瑜被她逗笑了，露出两个梨涡：“女明星都是每餐就吃这一点点？”

令嘉摇头：“我今晚对自己还算好的了，两百克玉米，也有至少两百卡热量呢。”

她隔着口袋摸着玉米棒取暖，又深深地怀念起从前上学时无所顾忌地吃碳水和甜点的时光。

两人继续朝前走，肖瑜接着开口：“令嘉，你有过规划吗？嗯……我的意思是，以你目前的还款速度，大概还需要多久能把这笔债务还清？”

这就戳到令嘉的痛点了，她深深地叹了口气。

“其实我也不知道。签我的人告诉我，祝梦之一年能挣 1.9 亿，我很难挣到像她那么多，你知道，干这行得看运气，按目前的速度，下一年也许就只够还利息。”

“那天那个人，是你的债权人吗？”

令嘉霍然偏头，惊诧地回忆自己那天的举止，说道：“这你都能猜到，究竟是怎么看出来的？”

“我猜的，直觉。”肖瑜眨眨眼。

“你的直觉对买彩票有帮助吗？”令嘉也开玩笑，“那我就买一注超级大乐透，然后回学校接着上学。”

“其实倒也不一定非得买彩票。”

两人又穿过一条马路，已经抵达肖瑜房产所在的小区一号门入口处。他停顿了几秒钟，像是要说什么重要的事情一样，郑重地转过身来，面对令嘉。

“我奶奶去世前，给我留下了一笔基金，年化收益率在 8% 左右。我在想，如果我把这笔钱取出来借给你还债，那么你不需要还那样高的利息，我也能得到比 8% 更好的年化收益率。”

令嘉在原地愣了好几秒，一下没回过神来，半晌吐出一口气：“你是认真的吗？”

肖瑜歪头笑道：“你觉得我在跟你开玩笑？”

瞧他神色确实认真，令嘉才道：“可这不是一笔小数目，而且……而且你怎么能相信我，确定我能还上这笔债？”

“因为我的直觉告诉我，你是颗明日之星。”肖瑜笑着又补充道，“事实上，大年初一我去电影院看了《我和她的 1935》，我认为你的潜力比祝梦之更大。她能，你也可以。倘若你答应了，这就将成为我人生的第一笔投资，我认为我具备一个优秀投资人的眼光。”

“而且，作为一个很棒的债权人，只要按时归还利息本金，我会给你最大的自由，绝对没有任何附加条件及要求。”

令嘉心动了。

这不是正瞌睡就有人来送枕头吗？

她还是有点儿不敢相信自己的好运气，轻声道：“万一我起飞失败，利息也还不上呢……”

“令嘉，你低估了自己。”肖瑜注视着她，“其实你当初选择变卖产业回国，真的让我们所有人都觉得很吃惊。大多数人包括我都无法肯定，自己在遭遇相同困境的时候，能一力承担起所有的债务。你注重信誉、有责任感，即便在毫无希望的时候也选择了最难走的一条路，今后就更不至于逃避，我认为你很可信。因为你让我佩服。”

令嘉这次没有立刻回答，沉默了一会儿才开口：“谢谢你的好意，学长，你给我一些时间想想。”

肖瑜这一番话扰乱了她的心绪，连匆匆赶到的周伍都察觉出来了。

在屋里转了一圈，他背过身悄悄地问令嘉：“妹妹，这是肖瑜本人名下的房啊？”

令嘉点头。

“那可能不成。”周伍深思熟虑过后开口道，“这房子虽然什么都合适，但就是房主不合适。肖瑜上过综艺节目，现在也不能算素人了，万一被人查到户主，你又住在这儿，我们很难澄清啊。”

令嘉来之前没有想那么多，经周伍这么一提醒，她才隐隐觉得是有一些不妥。

春节期间，房子不好找，租肖瑜房子的事儿泡汤以后，一眨眼就到了初十，令嘉归组拍戏的时间。

02

由于年前室内邮轮的戏份已经拍完，他们接下来便直接飞赴沿海，实景拍摄。

这边天气可比S市暖和得多，日均温度在二十度左右，白天还能穿短袖。

过了个年，丹棠重了两公斤，上镜比之前肿了一点儿，大抵是因为在家里天天窝在沙发上打游戏，弄得导演一看见他就直叹气。

丹棠倒也敬业，进组当天就开始断食减肥，每天收工后还要在酒店健身房里练一两个小时。

于是，令嘉每天除了在片场跟他见面，晚上还得在健身房碰头。

丹棠边卧推边羡慕地道：“令嘉，你怎么过个年反倒还瘦了？”

令嘉胳膊累得直打战，满头大汗地回道：“我家又没人像你爸妈一样一个劲儿地给你补营养。”

她过年之前一直跟着剧组飞来飞去宣传电影，过年后又大病一场，之后因为债务茶饭不思，不瘦才怪。

“……我说不吃吧，他们非得塞，现在可好了，什么也不能吃了。”丹棠嘟嘟囔囔抱怨着，还是没忘了八卦，“对了，明天常玥就飞过来进组了，网上说你俩不对付，真的假的？”

令嘉：“真的。”

整个剧组就他们两个年龄差不多，熟起来以后，丹棠也压根不跟她藏着掖着了，直起背来偏头问：“你怎么惹上她的？我听说这个人特别狠，和她同期的女演员差不多都被她坑过。她男朋友是AM高层，每次都给她兜底。她没找过你麻烦吗？”

令嘉听完颇为诧异。

周伍和连妙都没跟她讲过这些，半年来，网上除了一些没有形成规模的对骂，几乎再没有其他风波，她一直以为这事儿就这么过去了，原来常玥平时对别人这么狠毒。

她迟疑道：“找是找过，她带资进组抢走了我《公路俱乐部》的女二号。”

“然后这档期你接了《水塔天鹅》？”丹棠差点儿笑喷，“这算不算她阴差阳错帮了你一把？”

丹棠对剧本的要求很高，在他心里，能接到《水塔天鹅》自然是比拍《公路俱乐部》那种快餐商业片好得多。

笑完，他又开口道："而且《我和她的1935》现在票房爆了，你从她手上拿走的女主角，常玥错过这么好升咖的机会，应该恨死你了。"

令嘉心想，何止，常玥还被席霖押着来跟她道过歉呢。

就连小冬这个角色，也是AM给她的补偿，如果之前没有常玥抢她角色这回事，她猜AM肯定会力荐常玥出演女主角。

新仇添旧恨，往日对方顾忌着少东家多少能安分一点儿，现在她从傅承致家里搬出来，就不知道席霖的名字还能压她多久了。

令嘉锻炼完身体，下楼回到房间，连妙给她拿来了编剧临时改动过的新剧本，说道："虽然改得不多，就几句词，不过这段戏明天就得拍，得今晚上背熟，明天背怕来不及。"

令嘉洗完澡坐回桌前，打开台灯翻开剧本查看改后的台词。

连妙在后面给她收拾屋子，一边收拾一边念叨："令嘉，明天常玥就要进组了，你在片场可千万得提防她。"

"好，刚才丹棠在健身房也跟我说这事呢。"令嘉点头答应，又道，"反正我们也没几场对手戏，最多拍一个星期她就回S市了吧。"

"那也不能掉以轻心，你不知道，圈子里的手段层出不穷，因为资源有限，太多人选择踩着别人往上爬……"

连妙一边叮嘱，一边整理令嘉的床铺，突然顿了顿，凑近往令嘉的床铺上瞧："咦，怎么有虫子？"

从第一次拍戏令嘉和蟑螂同住几个月后，她的蚊帐基本是走到哪儿带到哪儿，尤其这边是潮湿暖和的沿海城市，冬天依然有蚊子。

令嘉闻声回头，远远地，灯光下看不清晰，就见那黑色的虫子飞起来，落在了连妙的后颈上。

连妙只觉得痒，刚抬手要拍，走近的令嘉看清楚虫子的模样后吓了一跳，喊道："妙姐，你别动，不能拍！"

虽然令嘉学的是人文社科专业，但中学时候有次课外活动，她曾经和朋友一起做过昆虫画册大全，社团老师给了满分。

她一眼认出这是隐翅虫，赶紧抽出纸巾包住连妙脖颈上的虫子，把它拿下来踩死。

她打开纸团又辨认了一遍，瞧着连妙的脖颈有点儿红，心下觉得不妙：“妙姐，我们可能得去医院一趟。”

连妙诧异：“不就一只小虫吗？不疼不痒的，怎么还需要去医院？”

“这虫会释放强酸毒素，接触皮肤就会感染，我从前做画册的时候查资料看过图片介绍，它在人身上爬过很可怕，会出现脓包和水泡，处理不好会留很深的疤。”

连妙一向好脾气也忍不住急了：“这可是冬天啊，酒店里有蚊子也就算了，怎么还会有这种虫子？我现在就打电话给前台投诉。还好咬到的是我，如果你今晚没背台词直接上床睡觉，被咬到没办法拍摄不说，留疤就惨了，你还得靠脸还债呢。”

她打完电话，仍然不放心地扯开蚊帐，掀了掀被子，说道：“不行，我得再找找，令嘉，你先别动这房间里的东西，我让他们给你换房间，检查完再给送过来。”

万一还有这鬼虫子怎么办？

听了这话，令嘉赶紧把连妙扯回来：“妙姐，让别人穿严实点儿再来检查吧，你脖颈红了，得赶紧处理。”

搜索了一下网上的办法，令嘉先在洗手间用肥皂水擦洗给她中和酸性，低头又在洗手台冲了大量清水，才带人上医院。

忙活了一整晚，医生帮忙检测过毒素，处理完患处，又开了一堆洗剂和外用的药膏。

连妙直到这时还没什么反应，伤口处只是微微有一条红色的痕迹，她虽然觉得令嘉的反应过激，但心里还是很感动。

倒是令嘉看着她满脸愧疚：“万一留疤可怎么办？”

连妙安慰她：“医生不是说毒素进入不深吗？再说也不是爬脸上，没事儿。”

回到酒店已经将近夜里十二点，进电梯后，令嘉一直忧心忡忡的，没说话。

之前等候医生诊断时，她查了一堆资料，心里更内疚了，这东西爬过的地方疼不说，从起泡、结痂到淡化，需要好几个月时间。

连妙瞧出她情绪低落，握着她的手安慰："真的没事儿，令嘉，给你整理东西本来就是我的工作，这样的事情谁也不希望发生。再说，要不是你把这虫子认出来，我一巴掌拍死了，伤势不是更严重吗？你要真觉得过意不去，就给我发点儿工伤赔偿好了。"

令嘉强撑笑容道："发，我给你发几倍。"

她俩再回到房间，被叫来大扫除的几个清洁工给连妙拿了只喝完的矿泉水瓶子出来，底部还装着两只弄死的虫子尸体。

"小姐，你这个可得加钱呀，我们把房间翻得底朝天，手都被咬了。"其中一个女人说着，把手套和衣服连接处发红的手腕露出来给她看。

人是连妙从外头请的，她没有讨价还价便直接付了钱。

连妙拿着装虫的瓶子来到走廊上，递给令嘉瞧："奇怪，我这些天就打开过一次窗户通风，屋里怎么会有这么毒的虫？而且前台说从来没有发生过这样的事情。"

令嘉也有点儿想不通，她头一次在现实里遇到这种虫子。

就算这边天气潮湿暖和，但按说这个季节，他们又住在四楼，也不该一下子飞进来这么多，而且还跑到她蚊帐里去了。

不管怎么样，第二天还要拍戏。

瓶子留下来作为和酒店交涉的证据，令嘉当晚便搬到了新的房间。

他们此时都没料到，不过短短几个小时以后，第二天醒来，连妙脖颈上的皮肤便溃烂了，红痕上起了大大小小的水泡，连绵不绝。皮肤又疼又肿，连妙脑袋动弹不得，几乎没办法正常工作，得去医院打消炎和抗过敏针。

但这样一来，令嘉身边就没了助理，连妙只得打电话通知周伍，让他紧急飞过来，顺便带个打下手的人。

周伍电话里一听就觉得不对劲，问道："房间里除了你们，还进过其他人吗？"

"你怀疑是有人故意搞鬼？"连妙听出他话里的意思，惊呼，"谁会下这狠手？”

她话音落下，两人脑子里不约而同地浮现出同一个名字。

“可是常玥今天才过来，飞机都还没落地……”

“有想法，可不一定需要她亲自执行。”周伍语气沉下来，“你别管了，赶紧去医院吧，这事儿交给我，我一定要查清楚。要是那虫真碰到令嘉脸上，那她害的可不只是一个人。”

到了第三天、第四天，连妙的伤口越来越触目惊心。

令嘉拍完戏去医院看她，瞧着那细白脖颈上溃烂的伤口，出了病房便没忍住掉眼泪。

这些天连妙代令嘉受伤毁容的事在剧组里传开，众人都是一阵唏嘘。

就差一点儿，这片子就得换女主角，之前的戏份就白拍了，几千万资金就打水漂了。

摄影棚里大家讨论时，令嘉特别注意观察了常玥，她嘴角自始至终扬着从容不迫的笑容。

尽管是令嘉这个从不愿用恶意揣测旁人的大小姐，也隐隐觉得那是得意而张扬的挑衅。

03

周伍报了警，可惜这并不能达到立案标准，隐翅虫在这座城市并不鲜见，何况酒店不远处就有湿地公园，就算是冬天，也没人能证明虫子一定是人为带进来的。

走廊监控显示，一个星期内，出入房间的人除了令嘉和连妙，就只有清洁工。

清洁工把车推到门口打扫，瓶瓶罐罐的清洁剂很容易掩饰真实目的，监控录像再看一百次，也不一定能瞧出谁夹带了这东西进去。

何况酒店实行轮班制，一共四名清洁工有嫌疑，这就分散了目标，无论谁被买通，他们都不会傻到自己承认。

在这人生地不熟的地方，周伍再焦急也没用，调查还是陷入了僵局。

最后他还是使了非常规手段，花钱买通酒店经理，翻了记录，查到了常玥几年前拍戏时曾在这里住过的房间，又几经周折找出了当时为她打扫房间的清洁工名单，里头确确实实有个人和这次名单中的一人重合。

目标是稍微明朗了，但只要对方抵死不承认，他们就仍然没有任何办法。

最要命的是，制片人亲自找了周伍谈话，拍摄期间出现这样的丑闻，无论是真是假，都对电影口碑有着很大的影响，外头已经有媒体闻得风声蠢蠢欲动了。

电影已经进入最忙碌的阶段，片场最近天天有打戏和爆破戏，令嘉每天凌晨起床，深夜回酒店，身边又少了连妙，新助理还需要磨合，处处不方便，周伍再三权衡，只得暂时把愤恨不平吞进肚里。

常玥拍完戏份离开 S 市那天，在走廊上与一行人擦肩而过时，周伍到底没忍住，直接把人群末尾的人拽到一侧的走廊拐角质问："常玥，又是你做的吧，这种事也只有你干得出来！"

常玥被他往墙上一扔，很快反应过来。

她环视四周，发现没有监控设备，又打发走了折回头的助理，才慢条斯理地道："就算是，你又能有什么办法呢？"

常玥张扬地笑起来："找警察？还是告诉媒体？你看他们信你还是信我？"

她的粉丝基础远远比令嘉这个初出茅庐的新人强，没有证据，很容易被倒打一耙。

周伍攥紧拳头往她脸上砸，拳头近在咫尺时，才移到一侧墙壁上，眼神冰冷地注视她："忘性还真大，你这么快就忘了上次来康纳是怎么道歉的。"

常玥本因为那拳头下意识地一缩，听完却冷哼一声道："得了吧周伍，我早得到消息说令嘉被甩了，都从那个人宅子里搬出来了，还在这儿狐假虎威呢，你看席霖这次会不会为了帮她再得罪我一次。这还只是一个小小的惩戒，我警告你，要想在圈里混下去，别再来惹我。"

"我比现在更难的时候都过来了，还会怕你这两句威胁？你未免也太小看人。”周伍接着放狠话吹牛，“既然打听了，为什么不能打听得更清楚一点儿，到底是谁甩了谁？我们令嘉想住哪儿住哪儿，跟你不一样。搬出来的时候，是人家男方拼命挽留、念念不忘。”

常玥笑容彻底冷下来，推开他：“你就尽管装腔作势吧周伍，都过去一个星期了，你有本事就让席霖来找我，看他还能不能押着我再给她道一回歉。”

她说罢，头也不回地朝前走，周伍立在原地，直到她的背影彻底消失在眼前，才松开掌心收回视线。

常玥能瞧出他的虚张声势，他也能瞧出她的装模作样。

两个人其实心里都没底。

他们都不确定两人已经分手了，那人对令嘉还有没有旧情。

很明显，席霖会不会为令嘉出头，完全取决于傅承致的一念之间，否则席霖没道理为康纳的艺人再三打压自家当红艺人，甚至因此得罪公司董事。

知道令嘉内心骄傲，周伍不愿背着她去找傅承致。

只是这件事要就这样过去，难道连妙那些罪都白受了吗？

自令嘉搬走当晚，傅承致便回了伦敦。

他因为令嘉在国内停留了太长时间，合宜的内斗拖得比原计划更久，也应该轮到他登场，亲手结束战局了。

回到伦敦的第三周，傅承致忙得昏天黑地之际，接到了好友席霖打来的电话。

对方开口便唬人：“承致，你的小情人差点儿被人欺负死了！”

傅承致刚刚在会上被那群倚老卖老的董事指着鼻子骂了十几分钟都没眨眼，闻言眉头皱起来：“怎么回事？”

席霖夸张地瞎讲一通。

没料他听完，只淡淡地道：“哦。”

席霖傻眼了：“不是吧承致，你好不容易有个感兴趣的妹妹，喜新厌旧这么快，真不管啦？”

“这件事我一个星期前就听说了，她不是没事吗？多出去碰碰壁，吃点儿苦头回家才会变乖。”

“银行家的心可真狠，这么漂亮的妹妹也舍得她受委屈，你就不怕她真毁容了？”席霖好奇，“不过你这消息到底是从哪儿来的？怎么比我这半个圈内人还灵通？”

“伤口能长好，又不是没了命。”他没有直接回答席霖后面的问题，只道，“你看着点儿手底下的人，再有下次我就不客气了。”

傅承致没说的是，他不仅知道令嘉助理住院，还知道她的戏哪天拍到哪一场。

令嘉每天的行程、和哪些人见面、发生了什么事……都会在当天傍晚发到霍普的邮箱里。

包括令嘉进组的前些日子，在S市跟她的学长肖瑜一块儿散步，对方开口要借给她两个亿的事，他全部知道。

为保障人身安全，傅承致每年在安保项目上投入天价资金。有如此周道谨慎的防护，他自然不可能让身边重要的人物暴露在危险中，叫人抓住把柄软肋威胁自己。

事实上，自令嘉跟他签了合约开始，就同时享受到了全天候的保护。

当然，在别人眼中可能算监视，不过傅承致坚持认为这样的防护非常有必要。

他需要这样事无巨细的掌控。

好歹同窗几年，席霖到底算是听懂了，这人不是不在意，就是想借此磨磨令嘉的性子。令嘉这姑娘看着绵软，性子还挺烈，从她坚持从那宅子里搬出来就知道，她压根不买傅承致的账。

傅承致估计当真被气坏了，无计可施，事情才最终走到这一步。

席霖嘿嘿一笑：“那你打算什么时候收网？过来人提醒你，线放太长鱼可就跑了。”

“我心里有数。”

傅承致低头计算日子，他最近确实是分身乏术，身边群狼环伺，如果就此大张旗鼓地去找令嘉无异于给她竖个靶子。就趁分开的这个契机把事情解决，也留出一些日子叫她放松警惕，好好想想他的好处。

电影在春分那天结束拍摄，凌晨结束杀青宴，令嘉当天晚上便马不停蹄地飞回S市，参加电影节的开幕式。

她才下飞机，造型师和化妆师都已经在酒店等待。

红毯星光熠熠，自家艺人自然也不能屈居人后，修头发、做指甲、皮肤护理……众人当然要为她从头到脚打理一遍。

这是令嘉第一次参加电影节，闭着眼迷迷糊糊地任他们摆弄。

令嘉打瞌睡三四个小时，直到一切准备就绪，造型师拿出从品牌方借来的礼服，让她上身。

由于她之前一直在外地拍戏，造型师只能找身材差不多的工作人员帮忙试穿，简单修改过尺寸，但别人试穿到底和本人试穿有区别，令嘉把这袭抹胸纱裙套上去以后，胸口那里老往下掉，腰肢也收不住。

眼看时间越来越近，造型师急了，匆匆忙忙叫助理拿来针线盒，穿好针，围着裙子走了两圈，寻找地方下手。

到底是跟品牌方借的，一条裙子动辄十万美金起，穿完还得归还，稍微有损坏，就必须自掏腰包买下来，怎么改也不能破坏裙子的材质和轮廓，这就势必会让呈现出来的效果大打折扣。

令嘉拎着裙子胸口，想了想，给连妙递了个眼神。连妙会意，拉开酒店的衣橱，说道："老师，不行就从这里选一件吧。您看哪套适合今天的造型，这些尺寸都合适。"

造型师心骂胡闹。

再怎么样，高定和一般礼服有着本质的区别，这又不是干别的，是走红毯，怎么可以如此寒酸？

作为上升期的新人，令嘉头一次在电影节亮相，必须穿与她相配的裙子，拿出高品位和时尚表现度，才会有好的资源找上门来。

心里这么想，但在令嘉的注视下，他还是不情不愿地转身，才看了一眼，脑子里刚想出的借口瞬间卡壳。

他喉结动了动，眼睛都开始发亮。

天知道，一个没出道的新人，怎么会收藏那么多高定礼服！并且还都是巴黎高定协会名单上的品牌！

男人疾步走近，近乎陶醉地伸手从一条条裙摆上抚摸过，每一条的品牌、年份、系列名称，他都如数家珍。

“亲爱的，你怎么会有这么多裙子？”他在挑选时，终于忍不住开口问。

“都是从前上学的时候买的，也有的是我爸爸送我的。”令嘉显得有些腼腆和惭愧，“我那时候不知道钱这么难赚。”

东西买多了，各大品牌还每年给她送看秀的邀请函，这就像一个循环，看得越多，她买得也越多。

令嘉乐此不疲地在课余休息的时间去量尺寸，修改细节，享受一条裙子从下单到几个月后拿到手的期待和快乐感，她只是觉得漂亮，并没有考虑过别的。

带着这些东西漂洋过海回国之初，令嘉起先也想过要将其卖了还债。可是一来奢侈品的折价很可怕，鞋包衣裙胡乱卖出去，很可能卖不上价。二来，衣服都是照她自己的尺寸定制的，令嘉个子高挑身形纤瘦，能穿上的人根本不多。

后来跟康纳签了合约，她干脆也就把这念头打消了。

留着它们，她至少能省去一大笔女明星购入奢侈品的开销。

造型师挑出其中两条，想让令嘉试一试，一旁的助理突然指着那条银色鱼尾礼服开口道：“老师，这条恐怕不行，和常玥撞衫了。”

这裙子出自某顶奢蓝血品牌去年春夏的高级定制系列，是家里出事前，令嘉订了还没来得及穿的裙子。

助理一边说，一边拿出聊天记录给造型师看，手机屏幕里那条，除了裙摆、袖口处的细微不同，其他部分几乎一模一样。

“我刚在群里收到朋友发来的消息，这是她今天的衣服，妆造完毕已经在拍照了。”

“那就挂回去吧。”

造型师颇为遗憾地挥手，刚换完裙子出来的令嘉却又把人唤住：“请稍等，您刚才说……和谁撞衫了？”

“就是常玥啊。”

助理回答：“妹妹你不知道，和别人撞衫也倒罢了，这位可是个狠角色，她又是这个牌子的形象大使，如果撞衫，到时候肯定会有一堆麻烦。”

令嘉的视线在几条裙子之间依次过了一遍，最后落到连妙脖颈后方。那里一大片伤口结的痂已经掉落，系了条丝巾遮挡，但还是能瞧见周围漏出灰褐色的丑陋痕迹。

前段时间伤口还没长好时，连妙几乎不能平躺，趴在枕头上睡了两个星期。疼就不说了，从结痂处流出的脓水，但凡流到周围皮肤上，就又会形成新的伤口。

收回视线，令嘉平静地开口：“就选这条吧。”

大小姐几乎从不主动惹事，但也绝不是喜欢忍气吞声的人，她等了这么久，总算找到替连妙出这口气的机会。

当初定制这条裙子的时候，令嘉曾几次往返品牌方在巴黎的工作室试穿，也见过裙子的设计师。

对方盛赞令嘉把自己设计的衣服穿得很好看，还根据她的个人风格、气质，亲手修改了裙子的部分细节。

这些细节乍一看不显眼，但上身效果就是天差地别，银白色鱼尾裙，冷色调衬得令嘉的皮肤雪白。

工作室手工钉珠两个月才完成的裙子，不规则的裙摆，穿上这裙子走动间流光四溢，婀娜多姿，性感冷艳。

鱼尾裙对身高和腰围的要求不低，令嘉足有一米七高，穿上一字带高跟鞋身高就将近一米七七。

她的身高虽然不如动辄一米八的高定模特，但也超过圈内大多数女星，包括常玥。这高度在拍电影时对搭档的男星不太友好，上了红毯却无往不利，线条轮廓完美地勾勒出她流畅的曲线，毫不费力就把裙子撑出万种风情。

再搭配一丝不苟精巧的卷发、红唇，不需要任何角度，直接入镜就是一幅完美的油画。

造型师放下卷发棒，开始拿自己的手机给她拍照，打算收藏。

“令嘉，你太棒了，我觉得不比当初在秀场穿这系列的模特差！”他退后两步，啧啧称赞时，又觉得遗憾，“就是……就是可惜还差了一套像样的珠宝。”

连妙听罢，马上又去酒店在保险柜里一阵翻找，拿过来问道：“老师，您看这套可以吗？”

令嘉正纳闷自己保险柜里哪儿来的珠宝，等连妙把一堆盒子放到桌上定睛一看，才发现那是她母亲的遗物。

她搬走时，明明亲手把这些珠宝还回去了，现在怎么又出现在了这里？她顿时睁大眼睛，惊愕地道：“怎么又回来了？”

连妙心虚，凑近附耳解释：“傅先生今早派人送过来的，他说他送出去的礼物没有收回来的道理。如果你坚持不要，就自己去跟他说，你刚刚在睡觉，我就想等今天忙完了再跟你讲……”

“就这套了！颜色搭配也绝美。亲爱的，你今天一定是全场最引人注目的。”

造型师爱不释手地摸了又摸项链上的蓝宝石，郑重地替她戴在白皙的胸口，锁骨正中央。

这也正是当初傅承致替她戴过的那条项链。

发尾摇晃，令嘉对着镜子里的自己怔了两秒钟，到底没有摘下。

项链最下方光影的静谧的点缀，如同胜利权杖上的宝石，有着画龙点睛之妙。

女明星们最忌讳撞衫，因为谁丑谁难堪，即便她们不愿对比，也禁不住媒体铺天盖地的宣传。

常玥常被媒体称作娱乐圈最会穿衣服的女星，因为她背靠AM董事，每次能拿到当季新款，曾经有看上的裙子品牌方不愿借，消息经媒体发出，她直接花近百万美元买下来，然后穿上出席了第二天的小派对。

自那以后，她的时尚资源便完成了三级跳，甚至成了这个顶奢品牌的形象大使。

这化干戈为玉帛的事情被传为美谈。

令嘉就偏要在她最在意的地方击垮她。

04

青城电影节是国内电影一年一度的盛典，明星百花齐放，媒体齐聚一堂。

到了红毯入场环节。

就在常玥走过去几分钟后，令嘉施施然从车上下来。

她肩背瘦削挺得笔直，行走间流光溢彩，摇曳生风。

无论裙子还是珠宝，都彻底成为她的陪衬。

走出好几步，才看清她的礼服，所有的媒体记者瞬间炸锅了，忙不迭举起相机就是一阵猛拍。

镁光灯闪烁不停，大家甚至开始遗憾刚刚没给常玥多拍几组，这都是话题度和流量啊！

女明星们时隔几个月的撞衫都还被人拿出来津津乐道，更别提这种现场撞上的。

尤其网上还风传常玥跟令嘉早有抢角之仇，无论是偶然还是巧合，媒体都会博眼球地将之描绘成两位女星争风头。

令嘉并不在意，她从容不迫地冲所有喊她看镜头的方向都瞧了一遍，才在签名墙上签到。

已经入场的常玥，看到助理传来的图片时，神情差点儿没有稳住。

之前在酒店拍的造型图，团队还在加班精修，但显然，不管再怎么精修，令嘉的先天优势摆在那儿。

令嘉年轻、个子高、腰细，和常玥同龄的女星往往输在气场不够，但令嘉不同，她天生有着千金大小姐的自信。

镜头才转过去，常玥的笑容便淡了，招助理来到身边，问道：“怎么回事？不是说亚洲首穿，就借给我一个人吗？”

助理也急道："他们确实是这么说的啊姐，会不会是令嘉自己买的？"

"她到哪里去买？高定有那么烂大街吗？她要是有那钱买，还需要来这儿赚钱还债？"

常玥虽然是形象大使，但品牌方也只给她租借了秀场的样衣，即便修改，也只能把长出来的裙摆布料用针脚收进去，而不像令嘉那样完全贴合身形。

助理想了两秒，试着道："会不会是假的……"

可能性很大，但考虑到令嘉有个来头不一般的前男友，常玥还是往深处想了一层，就怕当初周伍没撒谎，这是那大人物为了重修旧好送给她的。

如果男人是故意送的……一时间，常玥弄不清对方是不是在针对自己，寒毛顿时竖了起来。

如果令嘉真的重新搬回到那座宅子里，她之前做的那些事，足够再被人摁着头羞辱个十次八次。

为了红，她付出了所有可以付出的代价，好不容易才走到今天，事业就是她的一切，她绝不会让人轻易夺走属于她的荣耀，受这点委屈算什么！

算她倒霉，常玥咬牙切齿。

来不及求证，常玥把打断了的牙往肚里吞，吩咐助理："马上联系其他人，之前那组图不发了，我现在就去换礼服。"

于是，当开幕式进入下一个环节时，大家发现常玥换了套礼服，白色星空纱裙。

不仅如此，她还主动跟令嘉身边的艺人换了位子，与令嘉搭起话来。也不知道她是被对方比得自惭形秽，还是在咬牙硬装大度。

令嘉不知道常玥抽的什么风，要跟人换位子坐到自己身边。

几句话过后她才算听明白，对方主动换了裙子，竟然是以为她跟傅承致和好了，过来求和的。

"……这下你也还击出气了，我们算扯平了，两不相欠。"

常玥说话时，一直保持微笑，以防镜头突然转过来，旁人不了解，大概还要以为她与令嘉相谈甚欢。

她知道令嘉跟自己撞衫绝对不是巧合，她不相信巧合，在这鱼龙混杂的娱乐圈，她永远不惮以最大的恶意揣测对手。

令嘉一直没有开口搭理她，直到常玥说得差不多了，才从手包里拿出手机，在对方眼皮子底下开始翻相册。

从连妙伤口大大小小的水泡密布，到后期溃烂结痂，一张张瞧着都让人感觉头皮发麻的图片，缓缓从她眼前滑过。

“你觉得能扯平吗？”令嘉轻描淡写的声音像极了傅承致在给人施加压力时的语调，“我觉得不可以。”

“只是个助理而已，你又没事。”常玥仍旧嘴角抿着，“撞衫的新闻一上热搜，我不见得会比她舒服到哪里去，还不够你解气？”

令嘉对她不屑的口吻十分反感，重新强调：“对你而言是个助理，对我来说，她是我的朋友。”

常玥像是听见了什么好笑的事，仰头夸张地笑完才又开口：“别拿这套说辞来糊弄我，谁把助理当朋友？令嘉，如果你一定要得理不饶人，那我跟你算算，我们俩究竟谁吃的亏更大。你抢走了我《我和她的 1935》的女主角，又搬出席霖来压我，我已经低三下四跟你道歉，你却又一次抢了我《暗刺》的女一号。行有行规，我只是小小惩戒，对你已经留了足够的情面。”

令嘉没有试图纠正她根深蒂固的观念，只是冷漠陈述：“我靠试镜拿到角色，没有理由忍受你的迁怒。那些东西本就不属于你，你应该反思自己而不是来找我的麻烦。我很清楚，自始至终，你对我从来没有留过情面，你只是不敢。”

镜头在这时缓缓地转到她们的方向，常玥理了理耳畔的鬓发，微笑着冲直播眨眼后，才把视线移回台上，压低声音道：“我是不敢，你这种含着金汤匙出生的大小姐根本不会懂，我需要付出多少代价才能站在和你一样的起跑线上。你只会高高在上充满优越感，自以为正义地斥责我们这些为了赢而努力的人，然后毫无负担、轻而易举地拿走我拼尽全力才触碰到的资源。”

她说到这儿，加快语速，暗藏威胁："我不指望你能理解我，但要是你试图通过任何人、以任何方式扼住我朝前走的路，我会不惜一切代价和你玉石俱焚。"

令嘉听完这番话，偏回头，只觉她可笑："同样的话也回敬给你，今天只是小小的惩戒，我不管你有多偏执多疯狂，再来招惹我、伤害我身边的人，我一样不会善罢甘休。"

一石激起千层浪，当晚的庆典还没结束，撞衫的新闻果然就上了热搜。

"肤白腿长还有张原厂仙女脸，妈妈问我令嘉为什么这么好看！"

"还是常玥能屈能伸，眼看红毯势头不对，大合照里马上换了装。"

"常玥这身本来是全场最佳，她穿鱼尾裙挺有韵味的，可惜遇到了令嘉，小花中新一届的红毯杀手，不输模特。"

……

造型的评价一面倒是令嘉胜出，常玥的颓势，在她换礼服后勉强扳回一城。

粉丝多数认为，主动换礼服是因为前辈的大度，避其锋芒给了双方一个台阶下，反而是令嘉太不懂事了。

许多大V才发了图，就被常玥粉丝控评，毕竟对方粉丝足有2000万，就连令嘉自己发的九宫格底下都有好几条热评被对方粉丝占据，虽然《我和她的1935》的票房已经破9亿，但她的微博粉丝涨得再快，也才100万出头。

令嘉的微博被祝梦之点赞了！

之后又顺手关注并转发了，令嘉简直受宠若惊。

一姐的粉丝可不是盖的，她给自家师妹站台，控评组立马入驻，成功把对方粉丝所有的阴阳怪气压得看不见踪影。

坐在台下，令嘉悄悄给周伍发消息，想问问是不是公司拜托一姐帮的忙。

没想周伍的消息很快回过来："哈哈哈，哥就是想找也没那么快速度啊。我正想办法呢，祝梦之自己点的赞，可真应了那句老话，敌人的敌人就是朋友，妹妹你也给她回关一个。”

不用周伍说，令嘉点完关注，还私信发了句道谢的话。

一姐的信息隔了几分钟回复过来：“不用，你挺刚的，比我想象的强一点儿。”

对方往常都是冷漠脸，这次不知道是欣赏还是夸奖，令嘉心里竟然有点儿美滋滋的。

她回头又找周伍打听：“她俩怎么会结仇呀？”

“祝梦之前几年不是忙着拍戏晋升一线嘛，她当时的男友凌昉和常玥搭档拍部武侠片，两人一来二去在剧组暧昧上了，据说被一姐探班时抓了个正着，打那以后就成了死敌。”

原来还有这么一段往事。令嘉恍然大悟。

等到开幕式结束，令嘉再回酒店，已经精疲力竭。

为了保持仪态和穿出礼服的最佳效果，她滴水未进，挺直脊背坐了一整天。

坐在镜子前卸妆，连妙给她拆发片，取下脖颈上的钻石时，令嘉忽地想起什么，回头问：“项链今早是谁送过来的？”

“王哥啊。”

周伍不能随时随地跟在令嘉身边给她开车，因此自《我和她的 1935》开拍，公司就给她配备了司机。

司机名叫王乾，存在感很低，平日里踏实稳重，惜字如金，从不多话，因此相处了大半年，大家对他的了解还是不深入。

“妙姐，他什么时候入职康纳的？”

令嘉乍一问，连妙答不上来，回忆了好一会儿才道：“好像是去年，当时候选的人里，我看他身材比较结实。”

令嘉从前一直没往这个方面考虑过，毕竟司机是康纳派来的。直到这时她才突然意识到，傅承致安排在她身边的眼线，也许根本不是剧组里那些打杂的工作人员，而是更近、更早潜伏在她身边的王乾。

也只有他的通风报信，能让傅承致永远在她最危险、最有需要的时候赶来，比如上次的酒局，比如这次的走红毯。

之前傅承致威胁说要送个助理到她身边，令嘉答应了是双重保险，不答应就是障眼法。

“傅地魔”这个人心眼也太多了吧！

连妙听她说完，当即给王乾打电话，让他上楼到房间来确认。

果然，男人在听完连妙的质问后，顿了两秒，便承认了自己的身份。

他确实是在傅承致的授意下才到康纳来面试的。

令嘉平日里凡事都不避讳身边几个人，想到大半年来，傅承致竟然能随时深度了解她的情况，顿时有点儿生气。

“王哥，一个人怎么可以同时吃两口锅里的饭呢？”

“抱歉，令嘉小姐。”

他低下头去，连道歉的风格都跟傅承致身边的人如出一辙。

令嘉觉得肝疼，她之前怎么能半点儿都察觉不了。

“那现在我们都分开了，您也不用守在这里给我开车了吧。”

“在傅先生没有下达通知之前，我都要保障好您的人身安全。”

“这样，我给你两个选择，你领他的薪水，还是领我的薪水，只能选一份。”

男人看着令嘉捂着胸口的样子，理智告诉他选择第二份。

毕竟他是和安保公司签过高薪协议的，雇主比天大，能在令嘉身边多留一天是一天。

于是，他犹豫片刻，诚恳地开口道：“我想留下来。”

“那你现在就给你的老板打电话，告诉他你现在领我的薪水，以后不能替他工作，我的任何动态都不能再向他汇报了。”

王乾顺从地拨通电话，不过伦敦那边接听的是霍普。

听到令嘉就在旁边，吓得霍普差点儿没拿稳手机，疾步走到傅承致身边，附耳道：“先生，王乾电话，令嘉小姐让他打来的。”

信息量很大，傅承致偏头看了他一眼，从容不迫地跟会议室里坐在下首的几位基金经理说了稍等，这才转动椅子起身，单手插在裤兜里接过手机，通知对方："电话给令嘉。"

听到那边切换到令嘉的呼吸频率，傅承致慢条斯理地开口："既然王乾已经做出了决定，我尊重他的选择。"

"你确定不再找他？"

"You have my word."（我向你保证。）

"好吧，我相信你这次也能说话算话。"

令嘉停了两秒，开口致谢："谢谢你把项链送来借给我，但我什么时候能还给你？"

"你在询问你的朋友什么时候能回国吗？"

傅承致翘起嘴角看向霍普，男人立刻打开 iPad 记录的行程，从中圈出极短的空闲时间段。

"下周三，或许还能赶上你的颁奖典礼。"

何导确实透露过她这次可能会有两项提名，但听他这么一说，好像自己拿奖已经板上钉钉了一样，令嘉下意识地还想礼貌谦虚一下，又意识到电话对面是什么人，谦虚客套根本没意思，便轻咳两声把话咽回肚子里。

她最后只道："我前两天刚收到的 400 万片酬，已经打进卡里了，你收到了吗？"

"收到了。"傅承致笑起来，"怎么，还需要我给你开张收据吗？"

令嘉才听出那边的笑意就后悔了，她知道 400 万对傅承致来说就像一辆车、一块表一样微不足道，但就是没忍住提示一下自己充满成就感的还款进度。

现在他一笑，弄得自己跟上缴工资汇报一样。

令嘉心里暗哼一声，还要假装听不出他的揶揄，回道："当然要开，我爸爸说亲兄弟还要明算账呢，不然谁能证明我还了钱。你先写好，下周三我把东西还你，你把收据给我。"

令嘉挂了电话，连妙才问她："真要继续用王乾啊？"

"王哥他很不错，为什么不用？"

令嘉才不是笨蛋呢。

傅承致为什么请那么多保镖她很清楚，她跟他一块儿住那么长时间，无论如何也不能拿自己的生命安全开玩笑。

05

红毯撞衫事发之后一个星期，网上讨论达到最高潮，这组红毯照片成为令嘉最惊艳的一组套图，各大杂志和品牌纷纷朝这位开年爆火的青年演员抛来橄榄枝。

周伍最近忙到每天 24 小时有三分之一时间在接电话，拒绝掉那些和她发展风格定位不符的产品和中低端代言，剩下的再一一筛选进行洽谈。

周二清早，他走进酒店，直到站在令嘉房间门口敲门，脚步都还在发飘。

令嘉这周连轴拍了两个杂志封面，为一个经典腕表品牌拍摄了广告大片，凌晨刚睡下，门响时，还是住在套房里的连妙披着毯子来开的门。

“妹妹呢？”

“还睡着呢，昨天卸完妆已经夜里两点多了。”

周伍在沙发上坐下，本来打算等令嘉醒了再公布消息，坐立不安、心痒难耐地忍了十多分钟后再也憋不住，跟连妙吐露：“妹妹拿到第一个蓝血顶奢形象大使了！”

连妙刚洗完脸出来，闻言难以置信地瞪大眼，把毛巾扔开，接连追问：“不是我大清早没睡醒，你跟我开玩笑吧，周伍？什么时候的事儿？是部分系列还是全线？”

“全线形象大使。就那天红毯结束开始接洽，今早刚敲定的。我之前一直想等谈好了再说，不想让你们空欢喜一场，可憋死我了。”他说着从夹克口袋里掏出个小礼花，“看，庆祝道具我来的路上都买好了，等会儿妹妹起——”

话音才落，他不防碰到道具底座，礼花啪的一声响起，喷了满屋子彩色亮片。

周伍愣了两秒，叹道：“妹妹都没起，我还没准备好呢，怎么能提前就放了！”

连妙被他逗笑了，沉浸在惊喜中又追问了好多细节。

“怎么会这么突然，就因为这次撞衫令嘉穿了他们的高定吗……我记得常玥好像也只是成衣系列的形象大使，咱们令嘉全线，这算不算官方盖章赢下这一城了？”

品牌合作或代言一直是衡量明星商业价值的主要指标，这些明星比拼就喜欢用高奢代言来论斤两，身上有几个高奢代言，粉丝说话都能硬气不少。当然，顶奢品牌挑选合作艺人也十分严格谨慎。

像令嘉这样开局王炸的新人，圈内扳着指头都能数得过来。

别的明星再怎么努力也无法达成的合作，像《我和她的1935》一样，只是她的起点。

她绝佳的外形气质，任何人都抢不走，仿佛生来该吃这碗饭，按这个势头下去，成为时尚界宠儿简直不在话下。

“那个坏女人这会儿肯定鼻子都气歪了。”周伍美滋滋道，“本来还没有这么顺利，有的磨呢，但昨晚设计师本人点赞了我传到妹妹社交账号上的照片，还给她评论了，然后今天一大早起来，他们亚太区负责人就给我打了电话。妹妹要是早说她和设计师有交情，说不定敲定的速度更快！”

“没有交情的。”令嘉的声音突然从身后传来。她不知道什么时候站在了门口，穿着睡衣，头发打小卷儿披在肩头。

两个人都回头看时，她茫然道：“我就是买过两条他设计的裙子，见了两次面，说过几句话。”

“妹妹你啥时候醒的？”

令嘉指指茶几上的礼花筒道：“听见这个响就醒了。”

周伍一拍脑袋：“怪哥太激动了，好不容易有点儿时间，应该让你多睡会儿美容觉的。”他说罢，给令嘉倒了杯牛奶，把带来的早餐放在微波炉里加热，说道，“明天就要举行电影节颁奖典礼，我们的大明星今天可以休息一上午，好好调整一下状态。”

令嘉摇头：“反正都起来了，我去看看我爸。”

医院刚刚给她发了消息，说令父这两天胃口不太好，令嘉这段时间忙得团团转，怪自己当女儿的失职，连拿下品牌合作的喜悦都冲淡了。

周伍沉思片刻，说道：“也行，不过今时不同往日了，妹妹你出门可千万得注意，不要被拍到。”

令嘉吃过早点就出了门，王乾开车，绕路买了些令父爱吃的东西，才往疗养院的方向开去。

疗养院这天还刚好举行歌唱比赛，演出厅里人还不少。

吃完饭，令嘉在爸爸腿上盖了条毯子，推着他在花园里逛了一圈，之后又带他去演出厅看疗养院的歌唱比赛。

在后排落座不久，她便发现令父套间对面的奶奶也坐在隔壁。

对方主动跟她搭腔，两人点评了一会儿比赛，老人压低声道：“小囡，你是最近演《我和她的1935》那个元五吗？我观察你好久了，觉得你挺像的。”

疗养院里的老人年纪都偏大了，令嘉每回来又戴帽子又戴口罩的，没想到对方还能把她认出来。

这场景跟特工接头似的，令嘉没直接答，笑了笑开口道：“要不我给您签个名吧？”

奶奶开心地点头，只是身上没带纸，最后还是令嘉从包里翻了张印花的餐巾纸在腿上展平，给她签了名儿。

“多谢你啊，小囡。”老人将纸巾按原来的折痕叠好装进钱包，十分满足道，“下回我孙子来看我，我就当礼物送给他。”

说话间，令父坐在一侧的轮椅上打了个喷嚏，令嘉赶紧回头，帮他理了理绒线帽和毯子。

老人看得羡慕：“你爸爸有你这么孝顺的孩子，真好。”

“我才觉得，我有这么棒的爸爸真好。”

就在她说这话时，令父突然抓紧她的手，含糊地念叨着：“八、小八……”

令嘉抬头，对上父亲的眼睛。

他往常也会这样下意识地吐出令嘉的名字，不过都更像是二十年来说惯了，挂在嘴边没有意义的单词。

唯独这会儿，不知道为什么，令嘉隐隐觉得爸爸是清醒的，只是损坏的脑功能让他没办法吐出一句完整的话。

没等演出看完，公司又打来电话，提醒她已经快到跟媒体约定的采访时间。

令嘉匆匆跟父亲告了别，又马不停蹄地回了录制现场。

周三，青城电影节历时十一天，终于到了最重磅的环节，闭幕式颁奖典礼。

提名已经在上周三公布。

奖项的真正获得者，将由现场的两百位大众评审现场投票。

青城奖是国内电影界最具权威的奖项，意味着最主流奖项的认可。

《我和她的1935》压着最后期限参展，却横扫青城，令嘉一共入选两项提名，最佳新人奖和最佳女主角，覃飞二度得到最佳男主角提名，而电影也同时得到了最佳影片提名，堪称今晚最大赢家。

令嘉坐在台下，左右都偷偷瞟了几眼，是和自己一样入围的演员。

大家笑意中带着不可避免的微僵，说话声线紧绷，在镜头前装得再自如，看来内心还是不可避免十分紧张。

看见大家都紧张，令嘉反而平静多了。

事实上，能获得两项提名，无论是公司还是周伍都已经十分满意，青城奖组委会实在很给面子，就算令嘉今年颗粒无收，来年拍电影，身价也能翻一番。

经过近一个小时的开场和表演，颁完一轮奖，终于到了颁发最佳新人奖的环节。

大屏开始播放提名影片片段。

和令嘉竞争的五位入选者，除了一位十一岁的小演员，还有两位男配角，一位女配角。

来之前，她把几部电影都看了一遍，确定他们都是强劲的对手。

片段播完，投票环节开始，大屏幕已经启动十秒倒数。

"姐姐，你紧张吗？"

令嘉吓了一跳，闻声回头，发现后排的小女孩正是她的一位竞争对手，小孩子坐不住，从座位上站起来，刚及椅背高，挨着她的后脑勺说话。

"一点点吧。"

令嘉咽了口唾沫，温习了一下很可能用不上的剧组成员名单。

"你在念叨什么？"小女孩好奇地趴在她椅背上又问。

令嘉这才意识到自己默背出了声，抬手捂住嘴。她刚松手要说话，颁奖人已经喊出她的名字。

老牌影帝洪亮的声音响起："——青年演员，令嘉！"

"恭喜！"

聚光灯落下，镜头拍到她和孩子说话，茫然无措地转回来的脸。

令嘉后知后觉地起身，朝观众席鞠了一躬，要起身上台时，才记起得把外套脱了，露出礼服来。

观众席又是一阵哄笑。

大小姐脸皮薄，羞得红到耳根。

人生的高光时刻，脚底下踩着高跟鞋像踩着一朵云，令嘉走到台上，把背得滚瓜烂熟的剧组成员感谢了一遍，又开始感谢自己的经纪人、助理，最后拿着沉甸甸的奖杯和证书，晕晕乎乎地回到座位。

大小姐从小到大拿过不少奖，但都是小打小闹。

原来拿大奖的感觉是这样的，脑袋嗡嗡的，充满了不真实感。

不知道把奖杯放在爸爸床头，会不会有砸到他的危险。

令嘉天马行空地想了一大通，奖项终于颁到了最佳女主角。

只是这次幸运没有继续，令嘉以六十八票，位居第二的名次，败给了一百三十票，第二次获得青城最佳女主角提名的女演员谭维丽。

虽然遗憾，但也在意料之中。

青城奖最年轻的最佳男主角纪录还被丹棠保持在二十二岁，最佳女主角是二十五岁，评委既然已经把新人奖给了令嘉，再给最佳女主角奖的概率就小了许多。

何况获奖的谭维丽是已经年近五十的前辈，错过这一次，不知道还有没有再入围的机会。

颁奖典礼在晚上九点钟结束。

令嘉在后台换了衣服，直到这时才有空打开手机，群发回复给她发了祝福的朋友。

她噼里啪啦地打着字，突然想起来，傅承致之前在电话里说了周三回国，这会儿头像却静悄悄的，没有一丁点儿动静。

他应该还在飞机上吧？

令嘉才想了两秒，便忙不迭地甩头把这个念头抛到脑后。

他什么时候回来关她什么事？

令嘉干脆关了手机，帮着工作人员把礼服装进防尘袋挂好，枯坐了半晌，正想问问去开车的周伍什么时候能回来，便听一旁连妙的手机接连响了十几声。

令嘉偏头，只见连妙神情焦急，视线正好也朝她看过来。

“令嘉。”她努力试图用平静一些的声音安抚，“我跟你说件事儿，你先别着急。”

“怎么了？”

“两个多小时前，就在你刚刚进入颁奖会场那会儿，有自称认识你的人发了篇关于你的帖子。”

“什么帖子？”

“说了之前你们家破产，也说了你父亲欠债成为被执行人，还有你前男友的事……公司怀疑这是一场有预谋的针对，可能是你最近风头太盛，挡了别人的道。”

其他胡乱捏造的部分，连妙没再说出来“污染”令嘉的耳朵，但帖子的内容远比她的表述要恶毒一百倍。对方意指令嘉青梅竹马的前男友一死，便另觅新欢，才成了今天的背景咖，拿到人人都眼红的资源。

“今晚媒体本来就多，这会儿收到消息都在外边堵满了，你一出去，可能要被为难。”

上一刻还在人生巅峰，这一秒便被拉到谷底，乘云霄飞车的滋味也不过如此了。

令嘉在镜子前静坐了两分钟，才轻声开口：“妙姐，能把帖子给我看看吗？”

“令嘉……”连妙着实不想她伤心，说道，“你没必要看这些，公司会马上为你澄清，尽快起诉发帖人。”

令嘉没有坚持，只是问道：“那我们现在该怎么回去？”

“后门媒体少一些，我们从那儿走。周伍已经联系好了主办方，派安保组给你开道，出去以后，你千万不要随便回答媒体的问题，所有的回复都以官方声明为主……”

她看向令嘉的眼神充满不忍，尽管这几乎是每位当红艺人都要走过一遍的路。

但令嘉始终才二十岁，她前二十年实在过得太顺利，当全世界的恶意铺天盖地袭来之际，翻涌的浪潮之下，人很难保证心态不陷入低沉。

连妙已经打过预防针，不过等令嘉真的跨出后门，进入媒体长枪短炮的射程范围内的瞬间，她还是感觉脑门好像有股气血往上冲，完全是蒙的，比一个小时前站在台上更蒙。

天色早就完全暗下来，镁光灯却闪得她快要睁不开眼睛。

攒动的人头，拥挤的麦克风，即便在安保组的全力维护下，也几乎要拦不住。

“令嘉你好，请问网友左瑞山的爆料是否属实？”

“令嘉，令嘉……爆料说你交往多年的男朋友在去年去世，是真的吗？”

“听说你父亲目前中风入院，半身不遂……”

“你在《我和她的1935》的元五一角是通过背后资本运作拿到的吗？”

……

周伍张开双臂在前面开路，脚步才因为人流拥堵稍微迟缓，便有记者冲破防线，将镜头凑近，几乎要撞到她脸上。

人群中，一瓶拧开的矿泉水朝她的方向扔来。

令嘉猝不及防被浇了一头一脸，风一吹透心凉，像只可怜的落汤鸡。

连妙并不知道那瓶子里装的是什么东西，慌忙伸手帮她擦拭。

令嘉怔怔地停下脚步，大抵是冷的，她浑身下意识发颤。

大脑已经压缩挤成一条直线，此刻线啪的一声断开后，变成了令人崩溃的空白。

所有人的嘴唇一张一合，无数双眼睛的注视中，她像什么也没穿暴露在巨大的镁光灯下被人评头论足，耳边失声。

一切都变得无边漫长，她觉得自己人生从未度过这样艰难的一分钟。

倘若此刻面前出现一片海，令嘉一定会毫不犹豫地跳进去，逃离这令人恶心恐惧到发抖的牢笼。

她冷得攥紧拳头，后槽牙碰撞的声音仿佛跳起踢踏舞。

忽然，一件宽大厚重的黑色外套落下来，所有的光亮被挡在她的世界之外。

有人环住了她，用自己的力道带着她朝前走："别发愣，跟我走。"

"令嘉，你可真麻烦。"

混乱中，她听见自耳边传来的一声低不可闻的轻叹。

傅承致带来了六七个保镖，加上主办方的安保组共同努力，总算重新隔开一条半米宽的真空地带，把人带上了车。

06

回到酒店，令嘉才发现刚刚拿到手的青城奖证书，在她被泼水时，一并被淋湿了。

尽管她一直抱在怀里，但摊开时，中间的字迹还是洇成一团，正如她此刻的形象一样，难堪又狼狈。

令嘉终于稍微缓过来一些，从身上拿下外套。

她思维跳跃地发现，这西服还是自己亲手洗过的那一件，像是一种宿命一样的巧合，今天又一次救了崩溃的她。

令嘉进屋后就静坐在窗边，湿淋淋的卷发披散着，低头盯着获奖证书，傅承致看不清她的神情。

他用眼神示意连妙和周伍都出去，待室内安静了，才缓缓走到她身后。

傅承致不大擅长安慰人，他成长的过程中几乎不做这种事，但令嘉此时此刻的样子像极了被肉食动物撕咬后，挣扎着逃回溪边舔舐伤口的小鹿，叫人忍不住靠近安抚。

“你要喝杯热水吗？”

傅承致才刚组织好措辞，令嘉便动了，回过头来看他。

令嘉的眼睑和鼻尖泛红，只是眼泪已经连着脸颊的粉痕一起被擦干净。

“你怎么知道我会从后门出来？”她的声音有着极力压制后的平静，和平时说话的语调稍有区别，傅承致能分辨得出来。

他倚在沙发旁的书桌边，随意坐下，开口答：“前门的观众和媒体更多。”

“你不怕被媒体拍到，舆论变得更糟糕吗？”

“我既然出现了，就肯定能让事态往我想要的方向推进。”傅承致笑起来，“你不必为此担心，令嘉，你只要好好睡一觉，明天早上起来，我保证一切都像没有发生过一样平静。”

整件事情其实并不难澄清，只是人性的猎奇注定了网友们更倾向于相信捕风捉影的揣测，而不是关心事情的真相。

他们不在意令嘉身上发生过什么，社交平台上只要出现“还债”“女星被路人砸矿泉水瓶”等关键词……再加青城奖最佳新人的热度，就已经能让十之八九的浏览者点进来看看，将热度持续扩大。

别人能熬过来，令嘉也能，但一定会经历脱胎换骨一样艰难的变化。

大多数成名的艺人，都是在这样的暴风雨中一次又一次站起来朝前走。

只是，傅承致不喜欢这样的改变。

不过是个还在发酵中的娱乐新闻，他控股绘真，随时可以把这股恼人的舆论从社交平台清空，揪出背后操纵的那只手。

虽然得到他的保证，但令嘉并没有因此变得更开心。

她内心的天平摆动半晌，最终摇头，轻声回应：“谢谢你，傅承致。但我不能再接受你的帮助了，你已经帮了我足够多，多到我快要还不起了。”

傅承致已经释放了全部的善意和亲和力试图靠近，但小鹿仍是拒绝了他的安抚跑开了。

他皱眉，抬手松了松领扣，说道："我并没有向你索偿。"

"但我会觉得亏欠。"令嘉站起来说道，"我知道你有足够的能力将事情摆平，悄无声息到像从未发生过一样，但是如果你这么做，下一次我再遭遇同样的危机，会受到更猛烈的反噬，那时候怎么办呢？你再帮我一次又一次吗？"

傅承致偏头，眼神忽而变得幽深起来。

"你怎么知道我不能帮你一辈子？"

"没有谁可以帮谁一辈子。"令嘉睁大眼睛强忍眼泪说道，"我从前觉得我爸爸可以，之望可以，但是现在如你所见，他们已经没办法再帮我。我不想再依赖任何人，何况我们之间除了一份没有还清的债务，没有任何关系，你不停地往上加码，让我觉得害怕，因为我并没有什么可以回报你。"

"也许我并不需要你的回报呢？"

"你不会，这有违你的本性。"

令嘉几乎在他话音落下的瞬间便开口，语气肯定。

她说得很对，银行家从不放没有利息的贷款，也从不做没有利益的生意。

傅承致一时间竟不知道该为令嘉对自己的了解感到开心还是为难，他喜欢令嘉像个孩子一样善良纯真，但此刻也真的为她的倔强固执感到头疼无力。

她软硬不吃，油盐不进，坚守心房不肯对任何人开放。

多少人对他的帮助趋之若鹜，只有她避之唯恐不及。

过了两三秒钟，他最终只得叹一口气，直起身道："我只是关心你，令嘉，我不愿看见你流眼泪。但如果你执意不愿接受我的帮助，我尊重你的选择。"

他才从门口消失，令嘉立刻关上酒店房门，靠着门口滑坐下来。

她关了灯，屈膝把头埋进臂弯里，终于不再强忍哭声。

令嘉搞不清自己为什么会有那么多眼泪，小时候从马上摔下来，可以不断气地连哭两个小时，等伤口处理完，再一边哭，一边考虑什么时候回马场练习。

现在也一样，她虽然在哭，但她明白自己有能力重新爬起来。

所有的攻击、闲言碎语落在身上，虽然令人恐惧，虽然可怕，但是挨过那个瞬间之后，所有的痛苦难过就随风消散了大半。

令嘉身正不怕影子斜，她知道自己没有对不起任何人。

可是，比眼前的困局更令她觉得恐慌的事情是，她不知道自己在想什么了。

当时她置身于媒体的镁光灯下，面对所有的诘问，在人生最低谷的时刻，竟然仅仅是在听见傅承致声音的一瞬间，就找到了安全感。

她分明什么也看不见，却盲目地跟着他朝前走。

尽管她清楚他生性冷血残忍，心眼多得像筛子，就连朋友也害怕他，在金融界臭名昭著……可他让她有种心里踏实的感觉。

这种感觉让令嘉觉得可耻，她努力试图骂醒自己。

傅承致是之望的哥哥，是个撒谎做坏事不会有丝毫负担的骗子。他是一时心血来潮才会拿她取乐，就算他说过喜欢她，等他不再喜欢时，也会比任何人更快地从这种感情中冷酷抽身，届时陷进去的就只有她。

她努力回忆那些和沈之望共度的时光，人们之所以害怕时间流逝，就是因为往事总是会随着斗转星移在脑海中逐渐褪色模糊，就算她想得头都快破了，也有许多细节不能再记清楚。

她记不清周年纪念日的时候，之望说了哪些承诺，记不清他第一次亲吻她是在什么地点，她甚至连买那只圣诞水晶球时花了多少英镑也渐渐不再能记起来。

反而是越来越多与傅承致共处的瞬间像海的浪潮，一次一次涌来，冲击她的心理防线。

全世界的媒体都说他是个坏蛋，他确实是个大坏蛋，只是在她面前，装作了好人。他装作好人帮了她一次又一次，伪装出耐性陪她录节目，给她拍照，每一回替她擦干眼泪……

事情不能再这样发展下去，她得离他远一些，隔开足够安全的距离，她不可以依赖他，把事情推进到无可挽回的地步。

令嘉吸了吸鼻腔，终于下定决心，就在她挪动坐得发麻的腿，要从地上爬起来的时候，酒店房门重新被敲响。

“开门，令嘉。”

傅承致的声音十分平静，像是从未离开过一样，听见了她所有的心声。

第二章

我们打个赌

01

听见傅承致的声音，知道他还在门外，令嘉的心跳不禁漏了一拍，她不确定自己刚刚哭得有多大声。

明明房间已经锁死了，她却还是下意识地抵住门，问道：“干吗？”

“我们谈谈。”

“我想一个人待着。”

“我觉得你不想。”

“你又不是我，你怎么知道我不想！”

令嘉脱口而出，又不愿意继续这么幼稚地斗嘴，抬手擦掉眼泪：“你有什么话就在外面说吧。”

傅承致：“我们打个赌。”

令嘉：“我为什么要和你打赌？”

傅承致没回答，只是抬手看了一下表上的时间，然后把外套扔到一边，也不管地面是不是干净，靠着门板摊开腿坐下来。

两个人只剩一门之隔。

“令嘉，两分钟后，纳达尔和克莱蒙的法网第一轮单打比赛开始，你打开直播，随便选一方。要是你赢了，我就保证不再以任何形式介入你的生活。”

半晌门里面才传来令嘉的声音，她问：“要是你赢了呢？”

“要是我赢了，你不能再无条件地排斥我，应当体谅我的心情，理解我的善意。”

令嘉上学那会儿，有空也时常观看四大网球公开赛。

法网就在隔壁，大一时她甚至还买过票飞到罗兰·加洛斯球场去观看决赛，这几年稍微眼熟的选手的长处、短板她大致清楚。

严格来说纳达尔和克莱蒙两人的实力并不相当，纳达尔更厉害也更有名气，无论体能意志，还是步伐发球，都在比拼中占据绝对优势。克莱蒙相比起来则普通得多，胜率和败率相当，一路走来成绩不上不下、平平无奇。

克莱蒙的胜率最多只有两成。

傅承致让她先选，也就是说令嘉至少有 80% 的概率能赢。她原本还坚定自己千万不能被他带跑的心思，这时一想，傅承致再怎么手眼通天，总不能遥控法网打假球吧？克莱蒙在第一轮遇上纳达尔，不管怎样，就是出局预定啊。

“我选纳达尔！”

傅承致没有异议，只告诉她. “比赛开始了。”

令嘉飞快地爬起身，翻到沙发枕头底下的 iPad，打开体育频道的直播，比赛果然已经开打。

开场就是激烈的拉锯战，令嘉悬着心看了十几分钟，直到纳达尔率先拿分，才松了口气。

确认这不是“傅地魔”的阴谋，她这会儿才觉得有点冷，淋湿的衣服还穿在身上，令嘉迟疑着，把平板放在茶几上，飞快地进浴室冲了个澡，换了干净衣服。头发还没吹干，她又跑回屏幕前看比赛进程，二十分钟过去了，比分竟然拉平了！

令嘉抱着平板发傻，朝门外试探地问道：“你还在吗？”

“比分平了。”

傅承致平静的声音传来：“令嘉，酒店的地板实在很不舒服。”

他怎么还没走！

眼看这比赛估计还有的打，自己坐沙发，让别人坐门外，令嘉的教养让她着实有点不安。

犹豫再三，她终于把门打开一条缝——傅承致没撒谎，他确实坐在地上。

令嘉不解，这个人有洁癖，她还从没见过他这么不讲究的样子，捧着个手机就在走廊上看起了直播。

“你干吗不找个能坐的地方？”

“我在伊顿的时候，每个人都坐在走廊地板上吃晚餐，久违地温习一次……嗯，还是像记忆中一样不舒服。”

傅承致仰头回身，对上她的眼睛便得意地笑了起来。

“克莱蒙得分了。”

“什么？”

令嘉不敢置信地跑回客厅，屏幕上果然如他所说显示克莱蒙再得一分，这是什么奇怪的玄学？她只要一离开屏幕前，纳达尔就丢球！

大小姐气坏了，气冲冲地给套房定了一条分界线，傅承致坐在中线以南的客厅椅子上，她自己坐在中线以北的沙发上。

接下来的半个小时，令嘉不敢再从屏幕上移开视线。

大约如此紧紧盯着真的有点效果，纳达尔很快又把比分追上，两人就这样你来我往竞相追逐，比赛时间因这拉锯战无限延长。

实在可惜，纳达尔明明有着更出众的实力和经验，却每每在决胜关键点输了气势，而看似不起眼的克莱蒙往往在危急时爆发出能量。纳达尔每次拿分，令嘉都兴奋地握拳庆祝，而纳达尔丢了球，她又气得踹沙发，恨不得撸袖子自己上场。

傅承致的视线越过手机，落在她身上。

一场网球赛就叫令嘉忘记了伤心事。

这会儿她不再哭了，鲜活生动得过分，壁灯的光线晕染开，她趴在沙发上，一只手拄着下巴。

白发箍把她没吹干的头发别到耳后，露出荧白的颈部皮肤和耳垂，从他的角度看过去，还能瞧见她挺翘的鼻尖和半垂着的睫毛。

比赛持续了快两个小时，距离结束却仿佛还遥遥无期。

这样下去得打到什么时候？

令嘉真情实感地看比赛，随着比分的变化喜怒哀乐不停变换实在有点累。

她还饿了，又累又饿。

点开外卖软件后，她才想到礼貌性地转回头问一句：“我要叫外卖，你吃吗？”

“酒店可以点餐，我不吃外卖的。”

“但看球赛都是叫外卖的。”令嘉振振有词地把自己的歪理灌输给他，“到底吃不吃？”

“是这样啊。”傅承致恍然大悟地点头，又问，“但你不是要控制摄入的热量？”

令嘉撩起睡袍一角，露出半截纤细的小腿，说道：“我都瘦成这样了，今天还被砸了矿泉水，被媒体拍，被一堆人骂，我就想吃点炸鸡和甜甜圈而已，这也有错吗？”

她其实只是虚张声势地找点儿认同感，傅承致要是理性地阻止她，令嘉可能也就熄火了。

没想到傅承致点头支持：“没有错，只要能开心起来，你今天晚上可以多吃点儿。”

那小腿确实是快到一折就断的程度，他甚至觉得她的脚踝还没有自己的胳膊粗。

重点是她还可爱得过分。

令嘉指尖颤了一下，当真壮着胆点开了手机软件里的炸鸡店，盯着图片一个个往购物车里加，结账时才心虚了。

她只收到傅承致一个肯定的眼神。

结完账，令嘉又点进评分最高的甜品店，又是一阵同样猛如虎的操作，结完账才开口问：“我就吃一点点，其他的你能吃完吗？”

她这话问得既像自我掩饰，又像在自我安慰。

傅承致强忍内心笑意，镇定道：“没关系的令嘉，霍普总不会浪费。”

在等待外卖的漫长时间里，令嘉内心总算涌起了一点点罪恶感。

如果被妙姐和伍哥发现，说不定他们之间就再也没有信任了，哎……

门铃就在这时候响起来，令嘉自沙发上弹起身，朝门口冲了两步，又缓下来，指挥傅承致：“快快，快去开门。”

她指挥得理所当然，年轻的银行家生下来就没怎么被人使唤过，坐在原地，一时间竟没能反应过来。

令嘉语气无辜：“我现在是个有黑料的艺人了，会被人认出来的，难道要我拿吗？”

“好吧。”傅承致无可奈何地起身，开门前，他又指挥令嘉躲到一边，才拧动门把手。

“4029，请问您是小八女士吗？我在电梯口还遇到了您点的甜甜圈，一起捎上来了……”

快递小哥半晌没得到回应，抬头，就只见一个帅绝人寰、气质超群的大帅哥朝他伸手。

“您是小八女士吗？”小哥有点儿一根筋，不放心地重复着问了一遍，说罢还抬头又看了一眼门牌确认。

傅承致：“您觉得我像女士吗？”

“虽然不像，但我们得确认没有送错客户……”

令嘉在门后差点捂着肚子哈哈笑起来，直到傅承致偏头看她：“小八，过来拿你的外卖。”

一只细白的手从门背后伸出来，在把外卖包装袋子搭上她的指尖之前，小哥最后确认了一遍：“是小八女士吗？”

“是我，是我。”令嘉连答。

傅承致从来都跟“生活气息”四个字不沾边，看他被外卖小哥为难，她忍笑忍得肚子疼。

门一关上她就深感奇怪地发问：“你没点过外卖吗？”

“我不吃外卖的，你没办法确认别人的烹饪原料和手法，整个过程欠缺有效的监管，无法掌控，也无法信赖……”

他话还没说完，令嘉便将一只炸得香酥的鸡腿塞到他手里。

“哦，对不起，忘了你没洗手。”

她说罢，又把鸡腿拿回来，往他油乎乎的掌心塞了一只手套。

塞完，令嘉也不去看傅承致什么神情，径自将鸡腿咬进嘴里。酥脆的外壳炸开，汁水四溢，就是令嘉午夜梦回时的味道。

自从回国后，她就再也没有尝过了，以至于每一口她都咀嚼许多次才舍得往下咽，不禁感叹：“鸡腿味道真棒啊，鸡胸肉真应该跟它学习一下。”

比赛一直没有结束，此时比赛已经进行了三个小时，远远超出了一场正常球赛的用时。

纳达尔错过了两次赛点，而克莱蒙也历经了数次力挽狂澜，直播现场的天色都已经暗了下来。

由于赛场视线变暗，选手体力也已经耗尽，裁判最终宣布休息一天再继续比赛。

令嘉意犹未尽又失望不已地回神，突然发现桌上一片狼藉。

她不可思议地指着那堆鸡骨头和甜甜圈空盒子，咽了口唾沫，问道："这些都是我吃的吗？"

傅承致沉吟片刻，解释说："我试着拦你了。"

令嘉努力回忆脑海中的片段，傅承致中途确实曾把这堆吃的挪到茶几另一边。

可那时候纳达尔在输球，令嘉实在太生气了，又跑过去把它们都提溜了回来。

她望着桌面沉默了几十秒，突然抬头问道："你怎么知道克莱蒙能成为黑马？"

02

傅承致没有直接回答，而是开口问道："那，在我告诉你答案之前，你能不能先回答我一个问题？"

"你不愿意接受我的帮助，究竟是觉得亏欠我，还是没有办法面对你自己？"

他凝望着她，那双漆黑深沉的眼眸，向来习惯了从高处俯视洞察，仿佛只要她一撒谎，便能一眼看破她回答中所有的漏洞。

"是我先问你的，你不想说就算了，干吗还要明知故问？"

两人眼神接触没有超过两秒钟，令嘉便低头扶着沙发匆匆起身。

然后不待傅承致再说话，她径直走进卧室打开保险柜，把珠宝盒子都抱了出来，一股脑塞到他怀里。

"之前我情绪不好，忘了把东西还给你，你一块儿带回去吧，我困了。"

似是怕他不肯马上走，她甚至还佯装打了个哈欠。

傅承致无奈地低笑一声，把盒子放到一旁，问道：“那我走了以后，你确定不会再哭了？”

“我本来就没有哭！”令嘉死鸭子嘴硬。

傅承致并不拆穿，只继续问道：“也不会去看社交媒体的评论？”

“外媒那么多骂你的报纸，你会看吗？我才没有这么无聊呢！”

话虽这么说，其实等他出了门，她不一定能忍得住。

傅承致摇头回应。

“那倒不一定，我挺喜欢拿它们当餐前读物的，看完要是觉得编得不错，我还会顺手转发给乔治一起欣赏，他会负责帮我起诉。”

令嘉撇嘴：“起诉得过来吗？”

傅承致耸肩：“合宜每年为法务支出一大笔钱，总要给他们找点事情干。”

大小姐由衷羡慕了：“还能当餐前读物，你的情绪管理好像永远没有失控的时候。”

傅承致静默了两秒，说道：“有，你不是见过吗？”

男人别有所指，令嘉几乎是立刻回忆起他喝醉的那个夜晚。

不等令嘉眉头完全皱起来，傅承致及时切换了话题：“你可能记得，我父亲是在四年前去世的。那时我才拿到牛津大学的学位证书，没有丝毫准备地就接手了这个烂摊子。”

“合宜像个大型角斗场，里面都是血腥残酷的野兽猛禽，没有人愿意被一个毛头小子压制，他们总试图合力架空、围剿弱者。那时候可没有媒体骂傅承致，他们都在可怜我，打赌这个可怜的年轻人能在首席执行官的位置上撑上几周，会在周几宣布辞职……从那时起，我所有的目标、道德、情感，全都只围绕一件事情，让人看见、被人惧怕。”

“所以我不畏惧骂声，他们只会让我知道自己有多强大。”

话说到这里，令嘉哪里还会不明白他在这里待了一整晚为的是什么。

托他的福，令嘉现在确实没什么心思想网上的事情了，她思维跳跃，突然开口问道：“你觉得明天谁会赢？”

“这得看上帝的安排，晚安，祝你好梦，小八。”

傅承致跟她道别，霍普也就在这时到了门口。

他帮傅承致拿好外套，抱起桌上那堆盒子，强忍腹诽没笑出声，以他对老板的了解，他会相信上帝？

傅承致的字典里，如果一定要有上帝，那么上帝的注释内容一定是“我自己”。

是的，作为在西方环境里长大，写了十几年神学作业的第三代华人，傅承致是个无神论者，他坚信命运掌握在自己手里。

之所以敢跟令嘉打这样的赌，无非是令嘉眼中八二开的胜率在他这儿颠倒了选手而已。

令嘉再关注球星也不可能了解到，霍普十几岁时曾跟克莱蒙在法国同一位教练手下训练。

那时的克莱蒙天赋异禀，全面的技术使他在红土场上势不可挡，神挡杀神，只可惜转职后的第一场比赛就遇到了当时称霸网坛的顶级扣杀球星，被虐得体无完肤，一个小时不到就结束了比赛。莫大的耻辱打击到了克莱蒙的心灵，他从此便在赛场上一蹶不振。

直到几个月前，克莱蒙青训时期的教练不忍看他就此萎靡不振，年过七旬重出江湖帮助他恢复状态。

突破心理障碍后，克莱蒙终于逐渐找回昔日气势，技术突飞猛进。

法网的场地是红土场，正是霍普和克莱蒙感觉最舒服也最适应的场地。

作为慢速球场，红土与其他三大联赛在技术要点上有着极大的区别，球弹得更高，旋转能力也更强，许多在其他赛事里拿到数次大满贯的球星，终其一生却拿不到法网冠军。

这是他和纳达尔比起来最大的优势。

最重要的是，傅承致从霍普那儿得知，克莱蒙发誓这次如果还是无法拿到超越以往的成绩，就永远退出单打赛场。

资本家的人生就是由一次次赌博和冒险构成的，他比谁都清楚，不能小看任何人的垂死挣扎。

令嘉原本觉得经过这样跌宕起伏的一天，她应该会失眠，没想到才沾上枕头就睡着了。

她一觉睡到大清早，直到连妙过来，替她拉开酒店窗帘。

她坐在床上，在带着温度的晨光下揉眼睛。

连妙却是若无其事一般，一边收拾卧室一边向她告知进度："公司的声明已经发了，造谣的账号和转发的营销号也都截图存证，在准备起诉了，你就安安心心地工作，保证什么事儿也没有……"

"嗯。"

"这次营销的手段、路径，都跟常玥的工作室平时所为很像，我跟周伍怀疑，这事儿跟她脱不了关系，她可能就是为了报复你上次和她撞衫，想让你错失形象大使合同。"

"嗯，那也是没办法的事儿，我就猜如果她能够确定我跟傅承致没和好，还要恼羞成怒地再闹一场。"

她的语气平静得过分，连妙回头看她："令嘉，你怎么了？你这样不哭也不闹的，我还有点害怕。"

"真没事儿，睡了一觉醒来好多了。"

毕竟昨天吃了两大盒甜甜圈和一盒炸鸡呢，茶几上的油印子不知道有没有擦干净。

令嘉心虚，下床刷牙，经过客厅时，趁人不注意，又把桌面好好清理了一遍。

她还顺道带上了手机，连妙回头刚好瞅见，赶紧抓住她的手："过两天再看。"

"我保证，我真没事儿！"

令嘉竖起两根手指头。

说实话，网上的舆论比她想象中友好得多。

公司的声明里，承认了令嘉的身份和处境——宝恒千金、父亲住院、目前负债。

但同时声明里也完全否认了背景一说，毕竟令嘉当初是孔静和签进康纳的，至多能说是她父亲的旧友提携，跟资本根本挨不着边儿。

跟她合作过的何润止和陆起两位导演，还有合作过的一些演员，都纷纷替她说了话。

昨天颁奖典礼才结束，何润止导演打正门出来便遇见了媒体采访，没有腹稿，他当着各大媒体直接道："选角没有任何外力影响，她是我选出来的。没有其他原因，令嘉打动了我，她的表现怎么样，你们在电影院里也都看到了。多给孩子一些善意，少一些揣测，她是一个不应该被低估的优秀的年轻演员。"

陆起的方式就更直接，《水塔天鹅》前几天刚送去国外参加电影节，他直接放了一段片场花絮，附文："我不会拿我的电影开玩笑。"

不到十分钟的花絮里，大半部分剪的是令嘉在舞蹈室里练舞，芭蕾舞鞋磨坏了好几双，脚上到处磨出水泡，挑开第二天还得接着跳，最后两分钟，才放了她在剧院跳的那段《吉赛尔》。

灯光下，她穿着婚纱头戴花冠，轻盈起舞，即便只是随手一拍的花絮，也美好得叫人生不出邪念。

03

令嘉搜了又搜，翻来翻去，试图找出一点儿昨晚傅承致出现在现场的痕迹，但是没有。

没有报道，没有照片，就连她昨晚被人扔了瓶矿泉水的事儿也好像没发生过一样，只字未有人提。

当时尖锐刻薄的大小娱记似乎集体失忆了，忘记了在颁奖礼后门外堵到她时发生的一切。很难想象，在这个信息传递如此迅捷的年代，拥有什么样的掌控力，才能做到像一张密不透风的网，罩住所有朝外散发的消息。

傅承致没有罔顾她的想法，粗暴地抹去这件事情，但也替她解决了最大的麻烦。

加之事情发酵后，康纳的公关部门出了大力气，将事情往正面方向引导，一夜之间，虽不能说舆论一百八十度大转弯，但令嘉能翻到的评论也基本上没带多少恶意了。

“哈哈哈，一直觉得她和元五角色气质很契合，竟然是真正的大小姐，还是何导选角眼光毒辣，就是比常玥合适啊。”

“当时看节目就觉得她讲话超级有逻辑、有条理，原来是经过哲学的系统学习啊。”

“令嘉能忍住一直没拿学历和家庭背景出来营销，真的让我蛮惊讶的，至少能看出她不是个急功近利的人，可见所谓的朋友爆料根本没有一点可信度。”

“刚去查了一下，哲学是剑桥最难进的专业之一，去年就录了四十几个人，嘉妹真是学神啊！”

“呜呜呜，只有我在意男朋友去世和家里破产这两件事几乎同时发生吗？艺术来源于生活，进圈还债大小姐真的励志。”

……

这么一晚上下来，令嘉的微博反倒涨了二十多万粉丝，还有不少网友自发跑到她签约的品牌官微底下评论支持。

赞美和骂声来得一样迅速，令嘉翻完评论区不禁感慨这娱乐圈捉摸不定、变幻莫测的风向。

放下手机，她想起来什么，回头问连妙：“伍哥今早怎么没来？”

“他从昨晚典礼结束就在公司公关部盯到现在，估计还得收个尾。”

周伍在公司熬了一夜，她在这里倒是睡得挺香的。

令嘉有点惭愧：“今天是有品牌方的活动吗？那我们自己过去，让伍哥休息吧。”

“周伍怕昨晚再发生同样的事情，被娱记追堵，今天的行程已经替你取消了，后天直接去给他们拍广告。”

连妙说着，把她带来的一个大布袋推到令嘉面前，把里面成堆的剧本往外掏：“今天休息，顺便挑挑剧本，看有什么特别想演的。”

“还能休息？”令嘉前一秒才笑起来，下一秒就被掏出来的剧本惊到了，“这么多？”

“这还是周伍筛选过的，好演员有挑剧本的权利，只要你能保持成绩和口碑，剧本只会越来越多。”

令嘉现在是出了名的根骨好、性价比高，有观众缘，档期好约。

有的明星进组之前甚至挑剔得连盒饭都要洽谈好，周伍不会，他性格里有着典型的北方人的大方爽快。这个团队虽然规模很小，却是真真实实地在为令嘉做打算，不接烂戏，不赚快钱，爱惜羽毛。

从早到晚，除了吃饭、运动、做面膜，令嘉在套房里专心翻了一整天剧本。

直到天色微微开始发暗，她突然心不在焉，时不时地抬手看表。

“有人要来吗？”连妙好奇地问。

“没有！”令嘉连忙否认，“就……纳达尔和克莱蒙的法网直播马上就要开始了。”

不说还好，说了她更加坐立不安，心中忐忑。

要是纳达尔输了可怎么办？

她以后当真要和傅承致好好相处吗？

时间才到，麦片还没吃完，令嘉就立刻起身打开电视转播。

是成是败，就看最后一战了！

转播画面中，罗兰·加洛斯球场已经十分热闹。裁判示意比赛开始，纳达尔拿到了发球权。

她正目不转睛地盯着屏幕，只听连妙在窗边惊疑不定地道：“令嘉，你瞧，楼底下那是傅先生的车吧？”

令嘉闻言，捏着遥控器走到窗边。

窗外这会儿正下着雨，刚入夏的雨并不大，扑面而来的水汽只让人觉得格外湿润，隔着朦胧的一层雾，微暗的天色中，她看清了楼下停的迈巴赫。

她擦了擦鬓角沾上的小雨，心虚道：“也可能是别人的车。”

连妙否认：“但这种复古雪茄造型和鲨鱼嘴车头，还有轮毂的样子，在S市很少见，我就见过傅先生有一辆。昨天还多亏了傅先生英雄救美，你们昨晚聊了些什么，他都到楼底下了，怎么不上来……”

“你希望他上来吗？万一被狗仔拍到呢？”令嘉纳罕提醒，“妙姐，我刚签约康纳的时候，你和伍哥可是苦口婆心劝我别谈恋爱的。”

“今时不同往日嘛，我就觉得现在的傅先生与刚认识那会儿相比变了很多。”

令嘉完全没有察觉，疑惑地问道：“哪里变了？”

“怎么说呢，”连妙想了半晌，说道，“从前傅先生既客套又礼貌，但总有种深入骨髓的冷漠和疏离感，我一看就知道他是在国外长大的坏东西。但相处久了，你没有感觉到，他在你面前生动真实了很多，有点儿人性了吗？”

“是这样吗？”

令嘉的感觉完全相反，她反而觉得刚和傅承致认识的那会儿，是他最平易近人的时候，尽管那是装出来的。后来他们撕破脸，他脾气就变大变坏了，阴晴不定的。

连妙摇头：“可能当局者更不容易看清楚吧。”

她话音还没落，电视里纳达尔发球失误，观众席传出铺天盖地的感叹声。

令嘉再回头，只看见克莱蒙比分领先。

“啊！”

犯规！

怎么能趁她说话丢球，令嘉生气得想捶电视机一拳。

但她没想到，这只是个开局，接下来一个小时的发展，让她不仅想捶电视机，还想掀了地毯。

纳达尔经过了一夜的休息，状态并没有变得更好。

从第一个失误出现开始，他的心态大概就出了问题，变得急躁起来，他开始频繁丢球，而克莱蒙却有如神助，越战越勇。

七十五分钟之后，战局结束。

克莱蒙战胜纳达尔取得胜利，这场经历了两天的比赛，成为法网第一轮公开赛最具看点和话题的对打。

令嘉看比赛的时候瞎激动，最后一锤落定后，反而脑子放空瘫坐在沙发上。

窗外，天色已经完全暗下来了。

“妙姐，你觉得世上真的有人能预测比赛结果吗？”

“没有吧，要真有这种人，他买体育彩票还不得赚翻。”

话是这样说没错，但令嘉回忆起昨天的情形，越想就越觉得傅承致胸有成竹，十分笃定。

是她脑子不够聪明吗？是不是钻到他套里了？

明明都下定决心要撇清关系，结果这一来一往的，事情发展又莫名其妙地往她不愿见的方向去了，关键这还是她自己答应的！

趁连妙进了卫生间，她悄悄扒着窗帘，探出半个脑袋往下看，不料这次傅承致刚好下车。

司机替他撑着伞，路灯光将雨幕晕染开。

伞下，她能看清傅承致俊美的轮廓。

他的头发没像往日那样梳起来，而是松散地垂下，多了几分少年气息，少了几分不属于他这个年纪的攻击性。从额头、鼻尖到下巴，完美的曲线充满了煽动性的美感。站定整理完下摆衣扣，男人仰头朝她的方向看来。

她这边的灯很亮，从下面往上看视线会更清楚。

令嘉吓得立刻松手，躲到窗帘后。

可惜晃动的落地窗帘出卖了她的踪迹，令嘉还没来得及懊恼，下一秒，她的手机振动了一声，进来一条新消息——“小八，下来。”

这命令式的语气，是在招手叫小狗吗？

令嘉不服气，她干脆一把扯开窗帘，指尖并拢，在沾满雾气的玻璃窗上，大大地写了个“NO”。

傅承致接着编辑短信发给她。

“我们打了赌的，我猜你是个守信的人。”

令嘉道德感的确很强，但这次，她真的直到现在还犹如置身云里雾里，不知道傅承致用什么手段翻转了比赛结果，赢下了赌局。

她噼里啪啦地打了一堆文字发过去，傅承致也很快回复了。

“你下来，我就告诉你。”

令嘉绕着茶几踱步好几圈，看连妙还在浴室整理，终究还是好奇心占了上风。

下去听他说完就上来，令嘉想。

她在酒店里待了一整天，身上穿的还是睡袍，抬手从衣帽架上取了大衣匆匆穿好，拉紧腰带，又找了帽子口罩戴好。临出门前，忽然想起什么，她犹豫再三，还是跑回去对着穿衣镜整理了一下额间的碎发。

她一口气跑到楼下，由远及近，傅承致的轮廓逐渐清晰。

还没冒雨小跑到他跟前，令嘉就看清楚了他嘴角的笑意。

他在得意把她骗下来吧？可恶的“傅地魔”！

令嘉心里轻哼，但还是迫不及待地问：“克莱蒙到底是怎么赢的？难不成是赌博集团操纵打假球的内部消息吗？”

“当然不是。”男人否认，接过司机手中的伞，走近两步，遮到她头顶。

傅承致真的是有一张完美无缺的皮囊。

这种长相本来一直就是令嘉欣赏的，若不然她十几岁的时候也不会喜欢上沈之望。

人都说灯下看美人，此刻，在路灯和夜雨的加持下，他穿着衬衫和白毛衣，那张脸的魅力更大了。

女孩子乍一看，很难不心旌摇曳，饶是令嘉和他相处这么久，对美貌有所免疫，也在男人朝她递出手的一瞬间愣了一下。

他的手碰上了她额间的头发。

“你干吗？”

令嘉反应过来，忙闪开脑袋，她为自己片刻的失神感到羞辱，恼怒之下耳朵根也红了。

傅承致这才缓缓摊开手，他的掌心躺着一片樱花花瓣。

她刚刚跑过林荫道时，这花瓣不知道什么时候落在了发间。

第三章

令嘉，我找到你了

01

这边整条街种的都是樱花树，下雨后落了一地花瓣。

令嘉的小羊皮鞋都染上了溅起的雨水和新碾碎的花泥。

傅承致的视线移到她脸上，又往旁边看了一眼。

霍普立刻意会，站出来替雇主解释：“令嘉小姐，我先前无意隐瞒，其实克莱蒙是我的朋友。”

因为是朋友，所以他比普通球迷更清楚克莱蒙赛前的状态和实力。

令嘉脑袋都想破了，唯独没想过竟然还有这种可能。

她一时觉得傅承致犯规，一时理智又提醒她，别说朋友，就算是克莱蒙本人也不可能百分百控制比赛变量，确定自己可以取胜。

无论如何，这赌约都只能算傅承致赢了。

内心千回百转之后，她虽然承认了结果，却还是气不顺。

“酒店停车场一个小时一百块，你停在这儿看比赛，是不是钱多得没地方花？”

“原来小八这么关心我。”

傅承致很喜欢看令嘉恼羞成怒发小脾气的样子，他撑着伞风度翩翩地微笑提醒：“不过你可能忘记了，我从我父亲那儿继承的遗产是银行。”

他不像她需要苦兮兮地还债，他的钱多得几辈子也花不完。

令嘉听罢更憋屈，她拍掉衣摆的雨珠，问道：“你不是很忙吗？每天来找我算怎么回事？”

“虽然你可能不想见到我……”傅承致沉吟片刻，话锋一转，“但没关系，习惯了就好，我喜欢把工作之外的时间花在你身上。”

大小姐听得瞠目结舌。

“傅承致，我发现你现在变得比以前更不要脸了。”

他不紧不慢地陈述：“我相信如果我恪守绅士礼节，我们之间连最初的交集都不会发生。”

令嘉恨不得塞上耳朵，把这些动听又肉麻的话从脑子里删除。

“我警告你哦，虽然我输了，但不代表你可以蹬鼻子上脸！”

“这就算蹬鼻子上脸了吗？”傅承致诧异，“我以为这才是。”

他说话时抬手，以蜻蜓点水的速度在令嘉鼻尖轻戳了两下，又在她反应过来之前收回。

令嘉被他戳得一愣，余光从他的手指回到他脸上，反应过来，才气道：“傅承致，你在玩儿我吗？”

她说罢就要转身跑回酒店，男人早有预料，提前一步抓住她的手腕将人带回怀里。惯性让令嘉鼻梁撞上他的胸膛，吃痛皱眉。

“你还是没有明白，如果我想玩你，以任何一种方式都早就达成目的了。”傅承致的声音落在她耳边，他的怀抱带着雨后清冽的松柏气息，压低的声音像示弱又像在轻叹，“令嘉，我一直在克制忍耐，可你总在抗拒了解我。这一次，按照我们的赌局，是你答应了要体谅我的心情。”

她愣了一瞬，慌乱地挥开她的手。

她退开两步才回道：“那照你的意思，我需要对你言听计从才算是体谅吗？”

他摇头轻声开口：“你不懂，令嘉，我只是希望你能对我温柔点儿，多一点耐性，这就够了。”

听这个男人平日冷漠无情、居高临下地发号施令惯了，他突然用这样的声音说话，令嘉竟生出一种不真实感。

雨夜的风吹过，带着微凉而潮湿的寒意，树枝摇晃，樱花纷纷扬扬地随着缠绵的细雨洒落。

他注视着她的眼睛，带着从未有过的真挚。

在那样的视线中，令嘉感觉到自己的心不受控地剧烈跳动起来，她越努力克制，它便跳得越快。

她总觉得傅承致在刻意蛊惑自己，勉强找回神志，又退开两步，开始蓄意逃跑，含糊回应着：“这很难，我们从认识到现在有那么多不愉快……”

她退出伞外，傅承致却已经看穿了她的想法。

男人直接拉起她的手来，将伞柄塞到她手中：“回去吧，我会给你时间想明白，在喜欢你的人里，没有人能够与我匹敌，因为我已经把我最珍贵的东西给了你。”

令嘉拿着伞，怔怔地往回走，深一脚浅一脚，连地砖上的雨水溅在脚踝上也没有知觉。

“令嘉……令嘉？”

“啊？”令嘉恍然回头。

“发生什么事了？叫你好几声也没听见。”

瞧见门口多出来的伞，连妙猜到了，问道：“你刚刚下楼去见傅先生了？”

“嗯。”令嘉低头一言含混带过，“就是他和我打赌今晚的球赛，结果他赢了，来找我炫耀。”

连妙想象了一下这场景，笑起来：“没想到傅先生还能这么可爱。”

“才不是呢，可爱跟他一点边也不沾。”

大小姐反驳完，把头埋在沙发上的枕头里，试图甩开所有乱七八糟的想法，把思维移回剧本上，可傅承致那张阴魂不散的脸仿佛被刻在了她的脑子里。

“啊啊啊，这个人烦死了！”

“我要马上进组拍戏！”

02

令嘉说走就走，拍完在S市的最后一则广告后，她又迅速坐上了飞往F市的班机，准备一周后进组。

这部戏是在拍《暗刺》时接洽的，是季诚导演的一部关于摇滚的喜剧片《大珠小珠落玉盘》，令嘉需要在片中扮演一对双胞胎姐妹大珠和小珠。

以令嘉为数不多的经验来看，喜剧比悲剧更难演绎，更何况这两个角色性格迥异，她又是第一次挑战喜剧片，压力还挺大。

出发前她把季诚导演的片子都找出来看了一遍，全方位分析电影的架构内核、表演方式，还觉得不够，开机前一天，又给丹棠打电话深入探讨了一番。他成名的第一部电影就是喜剧片，给了令嘉不少行之有效的建议。

临挂电话前，丹棠突然想起来什么，笑着告知她了一个好消息：“令嘉，你听说了没？常玥和AM在闹解约呢，上次她往你房里扔虫子，这回可算有人治她了。”

“解约？”

“是啊，闹得还挺大的，AM之前一直力捧常玥，花了那么大精力，不知道为什么突然又雪藏她，这个月开始把资源全部朝其他人倾斜了。常玥想解约出去开自己的工作室，但AM可不是软柿子，她想要脱离AM，估计至少得赔个四五千万。”

“可之前不是说她……男朋友是公司高层吗？”

“谁知道，指不定这次雪藏就是因为他俩闹掰了呢。”

也太巧了，前脚她才与常玥发生冲突，后脚常玥就被公司雪藏。

挂了电话，令嘉在床上躺了半晌，摸到床头柜上的手机，组织措辞，给席霖发了一条消息，询问传闻真假。

席霖的回复很快：“是真的，承致他心疼你，给你出气嘛。”

令嘉就是心里存疑问一问，哪知道席霖回答得这么直接。

一哆嗦，手机掉下来差点没砸歪鼻子，令嘉吃痛地揉着鼻梁骨，感觉手机振动起来。

是席霖的电话，令嘉赶紧爬起身。

对方问候过便开口道：“还没来得及给你道个歉，妹妹。常玥之所以能针对你做出这些事情，跟公司的失察脱不开干系，我已经把她团队里策划这次事件的成员解雇了，过去那些事你别放在心上。”

令嘉沉默了好几秒，小声道：“如果不交违约金，以后她都没戏拍了吗？”

“这就是常玥的事了，你不需要替她担心，公司已经一而再再而三地给了她机会，是她心术不正，不愿意把握，才有了今天的结果。”

倒不是担心，令嘉就是觉得感慨又茫然。

这个行业那么多恶人，却不见得每个人都会得到惩罚。

常玥是AM内部排得上号的新生代小花，她的团队打压过那么多对手，所有人一直是睁一只眼闭一只眼地在配合，这次折戟在令嘉这儿，不是公司高层良心发现，只是因为她踢到了傅承致这块铁板。

她一直在努力和傅承致撇清干系，到最后却还是沾了他的光，用最简单粗暴的方式报了仇。

她觉得心里有点儿堵得慌，睡不着觉，干脆下床运动，做了十分钟仰卧起坐，又来了几组平板支撑。

F 市的天气已经很热了，随便动一下都是满头汗，喝了一大杯水之后，令嘉把剧本摊开，没过十分钟，又心烦意乱地合上。她摸出手机，打算给傅承致打个电话，问问他怎么又随便掺和自己的事儿。

他这会儿在伦敦，令嘉加上区号刚准备拨出，便有陌生号码打进来，归属地显示是 S 市。

时间已经过了十二点，令嘉只觉得奇怪，都这么晚了谁会打电话给她，稍作犹豫才点了接听。

不过几秒钟，她的神情从怀疑变成凝重。

举着手机自沙发上起身，听到最后一句时，令嘉只觉得如坠冰窖，僵在原地。

电话是从 S 市疗养院对接的人民医院打来的，那边传来一个急促的女声，自称是医院急诊科护士。她通知令嘉，在十五分钟前，护士进行夜间例行检查时，她父亲被发现昏迷不醒，初步诊断是突发脑出血。

疗养院的工作人员也接着打来电话："……情况不太乐观，现在刚送去拍 CT，家属得尽快到医院。"

听了这些情况，令嘉只觉得不真实。

"我每天都给负责病房的护士打视频电话，今天晚饭时人都还好好的，吃了小半碗饭，怎么会突然就进急诊了呢？你们是不是搞错了？"

电话那端沉声道："令小姐，我们理解您的感受。但这个病就是这样，很多老年人毫无预兆地就在睡梦中突然发病。好在我们护士很快就发现异常，没有错过最佳抢救时间。"

还有希望。

令嘉像是抓住了最后一根救命稻草，她立刻最小化通话屏幕，一边查看凌晨的航班信息，一边叮嘱工作人员："我现在在 F 市，乘坐最快的航班飞过去也要三个半个小时，在此之前麻烦您好好照看我父亲。无论出现什么样的情况，我希望医生不惜一切代价抢救他。”

在两分钟内订好机票，令嘉匆匆换好衣服，带上手机、证件和包。

坐在电梯里，她又给陈东禾打了电话，对方大概是睡了，拨第二次电话才接通。

三言两语把情况讲完，令嘉才道：“陈助，我上了飞机就不能接电话了，拜托你了。”

“大小姐，你放心。”陈东禾承诺的语气很坚定。

凌晨F市的街头，空荡得令人发慌。

令嘉在手机上叫了车，对方赶来要十五分钟，她从未觉得人生有哪一个十五分钟过得这样慢。热风滚烫地吹到脸上，令嘉盯着表盘上的时间流逝，恨不得插翅飞回S市去，最后实在等不了，一口气跑出影视城的街区，在主干道上拦了一辆已经要收车的出租车。

她拿出包里所有的现金，将五六张百元钞票一股脑地塞进驾驶座，语气急促地说：“去机场！”

所有的事情做完，甩上车门，她才发现自己的手在颤抖。

她出来得匆忙，都没有和隔壁睡下的连妙打招呼。她仰头闭眼靠着座位冷静了两分钟，等手颤得没那么厉害了，才在信息框里简单编辑了爸爸突发脑出血，她回S市的消息。

连妙明天一早醒来应该会看见。

剧组还有一个星期就要开机，但令嘉眼下管不了那么多了。

她突然明白了今晚的心神不宁从何而来，那大抵就是父女连心，她只能第一万遍在内心祈祷，求上天让爸爸再幸运一次，从死神手里逃生。他这辈子遗憾的事情实在太多，她还有很多话没来得及跟他倾诉，后悔没有在离开S市那天晚上吻一吻他的脸。

飞机在S市落地时，已经是凌晨四点。

夜间航班还没坐满一半，但令嘉快出机场时还是被人认了出来。

先是有人试探地叫了她一声，见令嘉没应，越走越快，便又放大声音喊了一句。

这下大厅里的人都掏出手机，朝她围过来。

03

围上来的人群里未必所有人都认识令嘉，但人就是有从众心理，一个人朝前迈一步，其他人便也随着往前。

时间已经是凌晨四点多，跟以往不一样的是，令嘉这次身边既没有跟随工作人员，也没有帮忙隔开人群的助理。

旁人的手机几乎要贴到她脸上拍照，她只能压低帽子，奋力试图摆脱挤上来的人群。

人越挤越多，最后还是机场的保安帮忙疏散拦了一下，她才得以脱身。

耽误了几分钟，令嘉心里焦急得要起火，一口气跑到机场外拦了辆出租车。

才报了医院地址，令嘉包里的手机又一次响起来，来电显示是陈东禾。

此时距离抢救已经过去了三个小时，令嘉的喘息和心跳都还没从刚才的剧烈奔跑中平复，但一种不好的预感已经袭上心头。

接通电话，陈东禾先问了她到哪儿，听见令嘉已经上了车，才轻声道：“大小姐，你可能需要做好心理准备。”

令嘉的声音僵硬得完全失去了起伏：“我知道，你说。”

“CT片子显示，董事长的颅内大半都是血，一边瞳孔在刚刚已经扩散，医生说他的身体条件并不适合手术，建议转入ICU保守治疗。”

令嘉对医学的了解再匮乏，也能听懂潜台词。

瞳孔扩散，这样的情况转入ICU，差不多等于已经宣布放弃治疗。

“如果我坚持手术呢？”令嘉问。

陈东禾的声音低下来：“我问了好几位医生，他们都认为，开颅手术之后，最理想的状况是变成植物人。”

上飞机前的一线希望，就这样彻底破灭。

黎明前城市的清洁工开始打扫街道，窗外风景飞逝，令嘉内心却空旷茫然得厉害，她觉得一切都不真实。

浑浑噩噩地下了车，浑浑噩噩地走到ICU病房外，她隔着玻璃注视着在那里安静地躺着的父亲。

男人在深度昏迷中，戴着呼吸机，脸上没有痛苦，好像只是睡着了一样。

陈东禾和她讲述刚刚过去的几个小时里发生的事情。

令嘉恍若未闻，她一动不动地盯着那里，突然轻声问道："脑出血会感觉痛苦吗？"

"不会。"陈东禾语气肯定地安慰她，"医生说，到这样的程度没有知觉，不会痛苦。"

令嘉在走廊的长椅上坐到六点钟，看到了连妙发来的短信。

"我在买今天上午的机票，周伍一会儿就能到医院，他会跟剧组商量延后进组时间，工作的事情你就不用担心了，好好照顾伯父……坚强一点儿，令嘉。"

比起上一次面临剧变，令嘉觉得自己这一次的表现已经足够坚强，只是不幸运的选项并不会因为她的坚强与否而出现变量。

到了第三天晚上，令父在ICU的状况急转直下，发生室颤。

临终抢救无效，人没能撑过当晚十二点。

令嘉从前听人说，父母在，人生尚有来处，父母去，人生只剩归途。

母亲在她出生后不久就去世了，如今，父亲的生命像烛火一样在她眼前熄灭，生命最后的几天他一直在深度昏迷中，甚至没能给她留下一句像样的遗言。

葬礼还没办，周伍和连妙帮着跑前跑后。

火化完遗体的当晚，俩人一个没顾上，突然发现令嘉找不着了，电话打不通，找遍酒店和疗养院都不见人影。

偏偏令嘉还是个艺人，不能大张旗鼓地搜寻。

"不会想不开吧？"连妙都急疯了，"我就说看她这些天冷静得不正常，她要是哭一场倒也还好，就这么不见了……"

周伍这个壮汉都急出了一头冷汗，车子陷入拥堵的车流里，他焦急地敲着方向盘说："你再好好想想，还有哪些她平时会去的地方？"

"令嘉平时除了工作的地方、酒店就是疗养院，还能去哪儿？我实在想不出别的地方了。"

"这么下去也不是办法，只能报警了。"周伍道。

至于会不会走漏风声，被媒体捉住消息，那也只能在保障令嘉的人身安全后再考虑了。

他刚要拨号，被连妙按住了手。

"现在人就不见那么一会儿，还不知道警察会不会重视……我先给傅先生打个电话，兴许他有其他办法。"

"傅先生就会重视？他人在英国，再说他们不是已经分手了吗？"

"分手是令嘉提的，而且就算分手，他也是目前唯一比我们更了解令嘉的人。你就想想你每次解决不了的麻烦，最后是不是傅先生出马解决的？"

周伍没了声。

谢天谢地，幸好连妙从前留过霍普的手机号。

傅承致这边，飞机在国际机场刚刚落地，霍普便将手机递了过来："先生，令嘉小姐人不见了。"

自从王乾的身份被识破后，令嘉虽然还继续用他开车，但不大当着他的面说事情了。

这回令父病危，令嘉连夜从F市飞回来的消息，王乾直到十二个小时前才从周伍那里得知，汇报到大洋彼岸的雇主那里。

傅承致本来打算等手上的事情解决完再回S市，但计划赶不上变化。

结束伦敦合宜的晨会后，他登上私人飞机，启程回S市。

傅承致对令嘉的父亲没什么深刻的印象，谈不上感情，亲情对他来说是一种太过奢侈淡薄的东西，很难与别人共情。

但作为商人，傅承致嗅觉灵敏，他很清楚，感情里一百次的精心谋划也比不过这时候在令嘉身边陪她多待几分钟。

让傅承致没料到的是，把责任和不给别人添麻烦刻在人生规章首页的令嘉，竟然会在葬礼前玩消失。

如果这不是意外，那只能意味着她的心理状态确实已经崩溃了。

他拨打令嘉的手机，如想象中一样，还是处于关机状态。

傅承致抬头朝副驾驶位的霍普发问："定位查到了吗？"

"因为手机关机了，所以追踪起来有些麻烦。需要计算基站之间的信号差异，技术人员说需要再给他一些时间。"

后视镜里，霍普看着傅承致降下车窗，解开领扣，眉头微拧。

身为一个合格的老板心情天气预测机器，他很清楚那是老板烦躁的表现。

回想去年在伦敦墓园，差不多的情形，却是截然不同的走向，霍普心中不禁感慨。

先生当初在决定接近令嘉的时候，恐怕根本没有想过会有那么一天，不是他围猎成功，而是他栽倒在令嘉手里。

他被一个二十岁出头的小姑娘牵动心神，甚至为她暂停工作，坐近十个小时的长途飞机，只为安抚对方情绪。

从两人之间的第一次交易开始，表面上看是傅承致掌握主导权，实则是他一直在向弱势的令嘉妥协，步步退让，而女孩占尽上风。

可以想见，如果保持当前的情况继续下去，傅承致说不定会越陷越深。

当人的情感不能再跟着理智走时，一切都会变得不受控，这正是老板从前最讨厌的事，就是不知道他此刻有没有意识到这一点。

如果时间回溯到去年六月，不知道他还会不会做同样的选择，因为一时的怜悯和心血来潮接近这个女孩呢？

等待的时间实在太久，不等电脑那端的技术人员发来坐标，傅承致已经再次开口向他询问："令家从前的宅子还在查封未拍卖状态吗？"

霍普回忆了一下，说道："是这样没错。"

"把车往那边开。"

那是他排除了周伍和连妙所有找过的地方以后，唯一能想到的。

短短一年，被查封的屋舍因为没人打理，已经失去人气。

纵横的蛛网，积满尘灰的大门、窗户，这座华丽的宅子，在夜晚看上去颇有几分鬼屋的惊悚感。

“令嘉小姐真的会来这儿吗？”霍普不确定地开口发问，说话间，地上的枯枝败叶被鞋底踩碎，突如其来的声响吓得他倒退两步。

傅承致抿紧嘴唇没有发声，他示意霍普举着灯上前，果然瞧见宅子入口处的封条有被破坏过的痕迹。

没有钥匙，两名保镖干脆暴力把门破开，宽敞而空荡的客厅终于出现在眼前。

傅承致不清楚房屋结构，进了门便开始找卧室。

令嘉一不高兴就喜欢躲到衣帽间里找安全感，说不定现在她正在楼上某个房间的衣帽间里偷偷哭泣。

04

从回S市到医生宣布抢救无效，令嘉一直恍如在梦中，机械地走完了整个过程。

但就在人被推进火化室的那一刻，仿佛一道闸门被打开，她忽然意识到，爸爸回不来了。

这一年来，尽管他卧病在床，说话困难，但只要人还活着，令嘉就觉得还有希望。

可现在，支撑她的最后的动力轰然坍塌。

那个小时候陪她放风筝，把她举到肩头，带着她进出公司写作业，忍着想念和心疼把她送到英国去读书的男人，已经永远不在了。

她没有爸爸了，未来的人生要她独自面对。

失去最后的亲人，就像是无根的浮萍，从此她的心酸、委屈不再有人倾听，世界那么大，却不再有一处属于她。

令嘉没办法接受，她的应激保护措施重新启动，迫切地想要找个没人能找到的地方躲起来。

这个地方不是公司配发的艺人公寓，更不可能是酒店，只能是她住了二十年的地方。

也幸好房子的锁没有换，还没有被拍卖。

几天来没睡着觉，令嘉疲惫而乏力地躺下，蜷缩在空荡荡的衣帽间内，闭上眼睛，仿佛还能回到一切没有发生之前。屋子里明亮宽敞，仿佛下一刻爸爸就会打开她的衣帽间门，蹲在柜门口，拍着她的背，轻声哄他的女儿别再伤心了。

不知道是不是人在悲痛绝望到极致的时候，会生出幻觉来，她耳边仿佛真的有脚步声逼近。

衣柜门开了，有光线落在眼睑处。

幻想成了现实，她蓦地睁开眼，然而许是在黑暗中待得太久，当刺眼的白光袭来，她下意识抬手遮挡。

“可算是找到你了。”男人的声音伴随着一声轻叹。

令嘉的瞳孔还没适应光线，什么也看不清，但才听见这一声，不知道为什么，她的鼻子突然酸了。

分明只是很简单的几个字。

男人背着光，即便她闭眼再睁开，也还是看不清他的脸。

令嘉从衣柜里爬起身，这次视线终于变得清晰，她环视傅承致身后一圈。

她苍白的面颊透明得不见血色，肩膀瘦削，往日明亮飞扬的眼眸中光泽黯淡，隐隐有血丝。

“你怎么找到这里来了？”她的声音不似往日温和，很哑，带着从不曾出现在她身上的冷硬。

傅承致却没有在意，而是抬手将她揽入了自己的怀抱。

令嘉僵硬的手在就要推开他的前一秒垂落。

这是她第一次没有拒绝傅承致的怀抱。

鼻尖抵在男人的胸口，温度传来，令嘉只感觉自己的心被攥紧了，眼中含泪，所有无法平复的情绪，那些搅得她头疼欲裂快要炸开的痛苦，终于泄洪般涌出来。

她从哽咽到失声痛哭。

衣柜都没能给她的安全感终于有人给到了。

滚烫的眼泪将傅承致胸口的衬衫浸湿了，但奇异的是，有洁癖的傅承致这一次丝毫没有感觉不适。

那哭声仿佛化成实质性的东西，一下一下地敲打他的心房，似乎要把那里的坚冰凿开。

他能感觉到一种陌生的感情将他的身体占据，他缓慢地伸出手，一下一下，轻轻地抚摸着她的头发。

“没事的，令嘉，哭出来就好了。”他没有说多余的话，只是不停地重复着这一句，像是在安慰一个孩子。

令嘉都不知道自己哭了多久，哭到她声音嘶哑，胸口只剩抽噎的震动时，傅承致再次轻声开口：“就算所有人都离开你，我也会陪着你，陪你很久。”

令嘉听见这一句，良久，才理智回笼般从他怀里抽离，拉开几厘米距离。

她擦拭脸颊的眼泪，打破刚刚短暂的静谧，注视着他的眼睛道：“你撒谎，你不会。”

“我会的。”傅承致摇头，“你不是我，你不能乱揣测，我会的，令嘉。”

“你不会。”

“我会。”

令嘉没想过自己的人生就算是到了这一刻，还有人一本正经地驳斥她的结论。

而且相比她的疯狂，他的表情平静得可怕。

令嘉终于崩溃了，此刻她分明已经一无所有，却又较真地要把唾手可得的一切推开。她近乎歇斯底里地推开他，出言反驳：“你不会你不会你不会！你是个骗子，你在我这里根本没有丝毫信任度可言！”

傅承致静默了好几秒。

“你有时候真让我伤心，小八。”他拉起她的手，低头吻了一下，“但是没办法，谁让我爱你呢，所以我这次还是会原谅你。”

对峙中，令嘉背过身试图止住眼泪，让自己的情绪缓下来：“我不需要原谅。”

"我恨你。"她说。

傅承致心脏抽动了一下，还没来得及作出反应，令嘉已经接着往下说道："我恨这个时候在这个世界上，只有你能找得到我。我恨你总在我需要帮助的时候出现，我恨你能看破我所有的想法，我恨你现在让我拒绝不了……"

她的语速越来越快，说到最后已经抬手捂住眼睛，泣不成声。

如果这是一场战役，傅承致觉得自己此刻已经缴械投降。

他输了。

眼前的一幕，就像当初他第一眼见她，觉得令嘉的模样长在他心坎儿上一样难以想象，他会对她的痛苦感同身受，会因为她的眼泪觉得心疼。

令嘉自始至终没求过他任何事，是他一路强求，做了无数违背他人生守则、银行家信条的行为，一路强求到如今。

现在，他又即将说出一句连他自己都觉得不可思议的承诺。

"我不信上帝，无法以他的名义起誓。所以，我以我自己的名义向你发誓，以后永远不会再骗你。这样可信吗？"

"如果还不够，我们再签一次合同？"

听见这句话，连门口的霍普都不禁睁大了眼睛，和门另一侧的保镖面面相觑。显然，他们都不敢相信这样的承诺是从老板嘴巴里蹦出来的。

和大多数上流社会精英一样，傅承致的话术和他的礼貌一样令人无可指摘，他知道怎么不费吹灰之力就让人开心，但真到签合同时，又是另一个层面的事了。他此刻竟能作出以后不再对她撒谎这样严苛的承诺，还用签合同起誓，不是被女人的眼泪冲昏了头脑，就是他真的爱上了令嘉，尽管深思熟虑也没办法计较那些后果。

人是找到了，但傅承致不放心，当晚就把令嘉带回了自己的宅子。

她的房间还保留着，像她搬走前那样丝毫没变。

在没人的空房子里待了一晚，令嘉身上的衣服落满灰尘，沾到皮肤上稍微一摩擦就发痒泛红。

她自己无知无觉，但傅承致在把她送进浴室前就已经注意到，令嘉沾了灰的手背又擦了眼泪，让她的眼睛发红发肿，侧脸还有几道挠痕，衣领处的后颈也是差不多的状况。她皮肤细白，看着越发触目惊心。

有了经验的傅承致这回在她的症状发作之前，提前给医生打了电话。

倒还真是富贵病，如果不是小时候家里就有钱，令嘉恐怕都没办法顺风顺水地长到那么大。

第四章

做我的玫瑰

01

令嘉几天没睡觉，也许是因为医生给她吸了氧，这一觉她睡得很沉。

眼角的泪顺着鬓角蜿蜒流进发间，又被用人一次次用温热的帕子擦拭干净，女人忍不住叹息：“可怜的孩子，在梦里也一直哭呢。”

傅承致倚在床头的柜子上，没有说话。

他从前听人说人生三大悲剧，少年丧父排在首位。令嘉没有母亲，又在这个年纪失去父亲，这样的变故足以改变一个人的一生。

而在令嘉的梦里，她又回到了在剑桥上学的时候。

父亲来伦敦，她兴奋地接完电话，下课后便匆匆乘晚班火车赶回公寓。黛西做了烤苹果派，奶妈拿来了红酒，大家围坐在壁炉前，屋子里暖烘烘的，氛围美好得让令嘉不愿醒，她希望这一觉能睡得无限长，因此在梦境里把每一个细节展开。

就在她想起身到窗边叫沈之望一起吃晚餐的时候，那身材挺拔颀长的男人转过身来。

英俊的少年面孔渐渐模糊，变成另一张脸，和傅承致的模样重叠。

令嘉突然醒悟，这只是一个梦。因为傅承致根本未曾出现在她过去二十年的时间线里。

她攥着被角猛然睁开眼，天花板上倒映着水池粼粼的波光，是她熟悉的地方。

拔掉吸氧管，令嘉偏头一看，傅承致坐在床头的椅子上抱着平板，似乎在处理工作。

闻见声响，他在页面上签了字，合上电脑后问她：“你醒了？饿吗？”像是什么也不曾发生过一样。

看着窗外漆黑的夜色，令嘉试了两次，干涩的喉咙才发出声音：“我睡了多久？”

傅承致低头看表：“现在是晚上十点，差不多十九个小时，你再不醒，可能又得麻烦医生跑一趟了。”

在令嘉的记忆中，自己从来没有睡过这么长一觉。

在外等候的用人已经端着托盘进门来，先给她递了一杯蜂蜜水，又把食物放置在她身边。

可能是因为太久没进食，她闻见食物的味道胃下意识地抽搐，她出言叫住用人。

傅承致仿佛已经看穿她想干什么，开口道："这时候绝食可不是明智的选择，令嘉，等病好了，还有很多事等着你去做。"

这句提醒又使得令嘉悲从中来。

她将头扭到一侧，想偷偷擦掉眼泪，傅承致已经递了块帕子过来："为什么躲？你什么样子我都见过了，可以在我面前哭的。"

他这样一说，令嘉鼻子又酸了。

"你管天管地，还管我怎么哭吗？你为什么这么讨人厌？"她夺过帕子又呜咽起来，擦了眼睛又擦掉鼻涕，哭了好一阵，才开口道歉，"对不起。"

"我不想这样的，但现在这种情况，我控制不了自己。生活好不容易稍微往好的方向转了一点点，我爸爸就这么毫无征兆地走了，我好后悔，那天甚至没有陪他看完一场完整的演出。如果我再多关注他一点，就会知道他压根没吃那些降压药，都偷偷地藏在床头的被褥底下……"

怕她流那么多眼泪脱水，傅承致趁她抽噎喘息的时间往她嘴里灌了一口蜂蜜水。

"你觉得他为什么这么做？"

令嘉猝不及防地咽下去，听见这个问题，被转移了注意力，又自责地抽噎起来。

"他不想给我增添负担，他以为他不在了，我就能拥有新的人生，他一定是看见了电视里那些新闻，他真傻……"

就在父亲去世后的几个小时，令嘉为了收拾东西去过一趟养老院。

隔壁房间跟她要过签名的老太太见她回来，追到楼梯口，把令父的遗言转达给了她："爸爸相信你，以后会好好的。"

那是当晚值班护士巡房前，令父睡着前拍着对方的手说的，他误把人当作了令嘉。

他像是早有预感一样。

可当时，谁也不知道这是令炳文留在世上的最后一句话。

令嘉眼睛都肿了还在哭，连傅承致都开始担心，再擦下去，她会不会把肿得像桃子的眼睑擦破皮。

他只能安慰："你有没有想过，这对你父亲来说其实是一种解脱，换作是我躺在病床上，没有尊严，吃喝拉撒都要被人照顾，我可能更愿意回到瑞士申请安乐死。"

令嘉："如果他觉得痛苦，为什么不在更早的时候藏起降压药，而要最近才藏呢？最难的时候都过来了。就是因为他看见了新闻，觉得我吃了苦头，所以才停止吃药不愿意再拖累我。"

傅承致摇头："我认为你小看了你的父亲，令嘉。也许他努力撑过这一整年，只是为了给你一些振作的希望？他知道你正处在人生低谷，所以即便痛苦也忍耐着，现在把药藏起来，恰恰是因为他察觉到了你的韧性，终于放心，觉得可以撒手离开了。"

从这个角度去想的话，令父留下的遗言似乎也正印证了这一点。

傅承致是个剖析人心的高手，听他这么说完，令嘉的自责感减轻了几分，觉得这是贴心的慰藉，但更大的失落感也随之袭来。

那种生命中从此空缺一部分的痛苦，是任何安慰的话语都无法填补的。

眼泪流多了容易偏头疼，她哭完这一阵，沉默了很久，傅承致也就静悄悄地坐在一旁处理公务。

手拄着太阳穴，手肘搭在膝盖上借力支撑着，令嘉才不至于昏昏沉沉地一头栽进床里。

时钟又走了两个点，令嘉忽然又开口说道："我可能是个被诅咒的人，我妈妈为了生下我难产去世，沈之望也出了车祸，现在我爸爸也走了。"

傅承致耸肩："人的生命并不能以时间长短衡量，爱过的刹那即为永恒。你喜欢尼采，所以也应该比我清楚该怎么理解这句话。事实上，如果以尼采的主张作为标尺衡量生命，那么，其实你才是那个被命运垂青的人……"

傅承致如此忽悠了一通，在令嘉听得发怔时，把厨房新端来的食物放到令嘉手中，拿勺子喂了她一勺。

令嘉下意识张嘴。

“好姑娘。”傅承致夸奖，然后用纸巾替她擦了嘴角，才接着道，“你要知道，任何人的过往都将会消失于时间之末。你的父亲以全部的爱供养你，也在这个过程中得到了满足。即便他的种种努力最终没能抵挡命运的走向和归宿，但至少他热烈地存在过，而你，应该成为他意志的继承者。”

令嘉在傅承致家里养病的这两天，还不知道她父亲去世的消息已经上了热搜。

前段时间她凌晨时分现身S市机场，对路人冷着脸耍大牌的视频，起初还在小范围传播了一阵。

虽然令嘉是以演员的身份出道的，但奈何脸长得太好，吸了一大波粉，也算半个流量体质。娱乐圈对偶像的要求本身十分严苛，他们希望镜头下的爱豆永远完美无缺，加上她至今只有一部作品护身，因此，出道后几乎没黑点的令嘉终于有了可以指摘的地方——她对着路人摆黑脸了！

键盘侠们骂了三天，直到令嘉父亲去世的消息被曝光，才静悄悄地闭了麦。

按时间推算，那天凌晨时分正好是令嘉父亲病危之时，再回去看视频，令嘉当时脸上的焦急显而易见，那么一大堆陌生路人围着她拍小视频，没骂人都已经算是涵养好，足够克制了。

当然，别墅里没人会蠢到拿这种新闻去打扰令嘉的地步。

到了第三天早上，令嘉睁开眼，第一次下床，终于下定决心开始筹备父亲的葬礼时，她扶着楼梯下楼，却在餐厅里见到了一个意想不到的背影。

02

“Lum？”令嘉深感不可思议地惊呼。

女人听了转过身来，她提起睡袍飞奔，直到一头扎进对方怀抱里，紧紧抱着对方的腰，她才有了几分真实感。

她万万没想到，傅承致竟然能周全厉害到把她远在新加坡的奶妈请回来。

两人名义上是雇佣关系，但陪伴她二十年的Lum其实是这个世界上除了父亲之外最亲近的人。

奶妈长长地叹了一口气：“辛苦我们小八了。”

女人轻轻地拍着她的背，便是此刻最好的安抚。

至暗时刻在缓慢的过渡中流走，令嘉对外界的感知一点点恢复。

桌子上摆满熟悉的菜式，空气中弥漫的食物香气钻进鼻腔，中年女人温柔的抚慰，一件件事情终于把她重新拉回人间来。

令嘉这次没有再哭，扎在女人怀中，安静地感受着传递到自己身体的温暖。

过了好几分钟令嘉才回身，对站在落地窗边的男人道谢。

不远处的傅承致闻声，把报纸交还给助理，歪头故意叹了口气：“我也陪了你这么些天，到现在才得了一声感谢，小八可真是个小白眼狼。”

奶妈听不得别人骂令嘉小白眼狼，赶紧替她解释：“我们小八一直很有礼貌的，这次是因为突逢变故才疏忽了，傅先生别放在心上。”

用人开始布置餐碟，傅承致朝餐厅走过来，听毕挑眉道：“这点儿小事怎么至于，我都习惯她对我不客气了，说谢谢显得多生疏。”

毕竟是耳光都挨过的关系了。

用毕早餐，傅承致特意留出时间给两人相处。

Lum自从被人简单交代了令嘉父亲去世的消息后，心中着急，匆匆就从新加坡赶到S市。她熟悉令嘉前二十年生命中发生的大小事，对大小姐的人际关系网了如指掌，却到现在还是不清楚这位傅先生是什么来头。

重点是，他和令嘉的关系看上去怎么如此别扭又亲密？

一直忍到房间里只剩她们两人时，女人才抓紧机会向令嘉询问这位傅先生的身份。

令嘉背对她，在床边坐下来，犹豫地咬唇，最后还是开口道：“他是之望的哥哥。”

“亲生的？”

令嘉点头：“同父异母。”

“天哪。”

奶奶从未听说过沈之望还有血缘兄弟，此刻听令嘉讲完，捂着胸脯半晌才消化了这个事实，脑海里冒出个不可思议的猜测：“你和他住在一起，就是因为他和之望长得像吗？”

“当然不是！”令嘉赶紧摆手解释，“我一开始都不知道他们的关系，这件事说起来比较乱，我现在没有和他住一起……”

她一时不知道该从宝恒破产讲起，还是先澄清两人复杂的关系。语无伦次地把回国后的经历一股脑地说完，令嘉最后垂头丧气地低下脑袋。

听到这里，奶奶哪里还不能明白令嘉内心的挣扎。

病了这么多天不见天日，窗外的阳光照进来，落在少女纤瘦的手腕上，瘦得连淡青色的血管脉络都清晰可见。

Lum 拿了把梳子，站在身后替令嘉轻轻地梳理着头发。

“别把自己逼得这么紧，没有人会怪你的，小八。这一年来，你经历的可能是许多人一辈子加起来都不会经历的困境和起伏，许多比你年纪大了数倍的人也不一定能重整旗鼓，但你坚强地挺过来了。一切都会好起来的，你已经做得够好了，不要被负面的声音束缚，也不要让任何过去的羁绊成为阻挡你人生朝前走的理由。”Lum 停了片刻，继续道，“如果傅先生爱你，那么就算他是之望的哥哥又怎样呢？法律并没有规定你们不能恋爱，之望是那么善良的孩子，我想他比任何人都希望有人能抚慰你，帮助你从痛苦中走出。”

话可以这么讲，但令嘉道德感太强，她的世界一直是非黑即白，别人可以这么做，轮到她时，她却很难说服自己。

令嘉一下一下地抠着指甲，对着镜子神情恍惚。

葬礼定在周一举行。

令嘉很惭愧。

她来到世上的时候，爸爸替她办了盛大的满月、周岁宴……筹备了她从小到大每一个属于她的隆重节日仪式，可当他走时，因为害怕惹来媒体的打扰和非议，她却只能为他办个小范围的追悼会。令嘉只能尽量弥补，请来几位爸爸生前的至交好友，让他离开时不至于孤单。

下葬的墓园同时也是令嘉母亲长眠的地方，令父早早地就在隔壁预留了位置，以便百年之后还能与妻子合葬。

最后，在合上安放骨灰盒的石板前，令嘉把自己的"小兔子"一块儿放了进去。

这是这一年来一直陪在令父床头的玩偶，爸爸就是抱着它入眠，度过了到疗养院后的大多数夜晚，令嘉只希望即便到了那边，他仍能感受到女儿的陪伴。

为仪式忙碌了一整天，令嘉没有哭。

不是不想，而是仪式开始前，傅承致提醒她，葬礼上亲人的眼泪会让亡灵牵挂，不舍得离开。

因此，即便令嘉忍得眼眶发红、鼻尖酸疼，也努力让眼睛圆睁，不敢眨动。

她一遍遍地在心里默念着安慰自己——至少爸爸是在睡梦中毫无痛苦地离开的，他现在可以去和妈妈团聚了。

傍晚时葬礼结束，众人下山。

令嘉原本还打算在回去的车上静静地待会儿，傅承致却非要她的保姆车捎他一程，理由是霍普因为工作紧急提前乘车离开了。

令嘉看在这些天他陪伴自己的分上，耐心地跟他讲道理："车是六人座，乾哥开车，我和妙姐、伍哥就占了三个座位，你光保镖就有三个……我另外给你叫一辆。"

"好啊。"傅承致点头，回身对其中一人吩咐，"你留在这里等车吧。"

令嘉惊得目瞪口呆，压低声道："你怎么能留他一个人在墓园门口等车？"

傅承致歪头道："所以留五个和留一个区别很大吗？"

她一时语塞，稀里糊涂地被推着上了车。

空间不大的保姆车从未这样拥挤过，连妙坐副驾驶位，傅承致坐她身边。

后排三人座上方车顶还挂着一堆防尘袋，里面装着平时用来应急换的套装和礼服。三个平均身高快一米九的壮汉蜷缩着身体，脑袋埋在防尘袋间，委委屈屈地挤在一起。

令嘉回头看了好几次。

这和她想象中回家路上的悲情氛围半点都不符，痛苦中带着几分心酸的搞笑。

下山途中，周伍趴在椅背上，跟她讲了这些天因葬礼耽搁的工作。

“……我当时好说歹说，跟《大珠小珠落玉盘》的片方争取了两个星期的假期，现在还剩四五天，哥知道很难，但是没有办法，妹妹你必须调整好状态了……”

明星的时间很宝贵，不仅属于她自己，也属于整个剧组上上下下围绕她展开工作的百十号人，不开工，摄影棚租金和工钱还得照发。许多处于上升期的艺人一年连轴转地工作 365 天也是常事，一项行程耽搁，接下来每一项工作都只能顺延，周伍虽然不会让令嘉连轴转，给了她充裕的时间琢磨剧本，但片约也已经排到过年。

“我知道了。”令嘉点头应下，把驾驶座椅背后袋子里的剧本拿出来。

她在心里叹了口气。

第一次接喜剧片，令嘉下了很多功夫，剧本开头的大部分台词她其实已经背得滚瓜烂熟，甚至设计好了细节、动作、气口，但现在再想找回当时的状态去表演，却还真是一件难事。

眼看周伍的脑袋越凑越朝前，快要卡在两人中间成为一只硕大的灯泡，傅承致不由得挑眉。

后排两位保镖极有眼色，假借车子下山产生颠簸，一把将周伍拽回后排，挤得他动弹不得。

03

王乾原本打算先把令嘉送回酒店，再送大佬回家，奈何路途行至一半，在酒店的奶妈给令嘉打来电话。

“刚刚有人来敲门，说话的时候老探头往里看，我把人打发走了，刚刚又发现那人还在酒店楼下，还有其他人，带着摄像机，鬼鬼祟祟的……”

她说到这儿令嘉已经明白。

疲惫地抬手揉了一下太阳穴，她回头对周伍道：“酒店被发现了，楼下可能有娱记在等着拍我。”

令嘉实在不希望第二天自己穿丧服的照片出现在各大平台上，再打扰父亲清净。何况车里还坐了傅承致这颗定时炸弹，被拍到也是大麻烦。

周伍气得把这帮无孔不入的狗仔骂了一通，提出建议：“我去把他们赶走，妹妹你从停车场的电梯直接上去。”

令嘉摇头：“算了，就在附近找个酒店住一晚吧。”

这一天对她来说实在太累太长，她此刻不想再生出别的枝节，只想安静地睡一觉。

周伍觉得可行，当即拿出手机给令嘉订了附近一家洲际酒店的套房，让连妙到前台办理入住手续。

其余人都下车以后，车厢里只剩下傅承致和令嘉两个人。

车窗外的天色已经完全暗下来，黑暗中，只有远处的路灯映进来一点微光，密闭的车厢将所有的声音阻隔在外。

令嘉把剧本搁在膝盖上，身体深深地陷入座椅。

分别在即，像送走所有宾客时一样，她对傅承致道了一声“谢谢”。

傅承致也像她一样，将脑袋往后靠，仰头看车顶：“这次是谢什么？”

“谢谢你今天来送我爸。”

傅承致忽然问道：“令嘉，你知道我第一次见你，是在什么时候吗？”

令嘉不知道他为什么会问这个，只下意识地回答：“之望的葬礼上？”

不料傅承致否认了：“不是。是你跟沈之望回家，探望我父亲那一次。”

令嘉万万没想到他的回答竟是这个。

她脑子里已经全然没有印象，只记得那天她在院子里等了很久。

男人接着道：“那天伦敦的天气很好，你站在玻璃花房檐下给玫瑰浇水，和用人聊得很开心。”

令嘉想不起来，傅承致再提她也只是满脸茫然。

她只奇怪为什么只见过一面的人，傅承致却仍能记得那么清楚，问道：“你记性一直这么好吗？”

“那得要看对我而言有没有记忆价值了。”

男人侧过脸来面对她，抬手，掌心轻抚她的头顶：“你那时候的头发就和现在一样及肩，穿了白色的裙子……”

细节随着他的描述一点点复苏，色彩连同生机注入那段并不起眼的记忆里。

令嘉下意识地觉得应该打断他继续往下说，却又不知道为什么迟迟开不了口。

傅承致的手指穿梭在她的发梢，空气在密闭的车厢内好似浓稠得快要无法搅动。

令嘉却没动，只怔怔地盯着傅承致开合的唇齿，还有半明半暗光线中俊美的轮廓。

“我那时猜想你应该有一个幸福的家庭，因为你长了一张没有忧愁的脸，看起来不需要为任何事情发愁担心。见过你之后，我甚至有些理解沈之望了，被爱包围长大的人就像一座灯塔，会是所有孤独的人共同的光源，吸引他们向你靠近。这一切都要感激你的父亲，我曾经以为这样的特质在失去他的庇佑后或许会消失，但很意外，经历完所有的事情，你仍然和从前一样……”

这样的坦诚让令嘉吃惊也害怕，尽管傅承致一早就说过爱她，却一次也未曾向她剖析过自己。

令嘉隐约感觉让他再继续说下去，局面会很难挽回。

她只能惊慌失措地躲开他的手，拿出手机想给连妙打电话，问问她有没有办完入住手续，以打破这尴尬的处境。然而人越慌时就越容易出错，通话列表打开后，她数次乱拨点错号码，又慌忙挂断，心乱如麻。

傅承致想说，做他的玫瑰，他愿意替令嘉重建一座足以庇护她一生的恒温花房，就像令嘉父亲为她做过的一样。

但看着她的样子，他到底没有选择继续说下去。

这个时间节点很特殊，他愿意给令嘉时间消化情绪。

暂时的沉默让令嘉终于松了口气。

她找到连妙的手机号，待要拨出去，“傅地魔”这三个字猝不及防地突然弹出到通话界面，于是按下拨号键的手指就正巧落在了接听键上。

电话通了！

令嘉吓得手一颤，挡住来电备注。

“我就在这里，干吗还给我打电话？”

傅承致拿起手机递到耳边：“你知道的，我这个人不喜欢对人妥协，但你现在又不想听我说，所以我在努力练习让步技巧。”

男人的声音从身畔和话筒里同时传来，现实里清朗低沉，经过话筒的处理后多了两分失真的磁性。

傅承致说的是实话，令嘉很清楚，比起从前说一不二的样子，他现在真的平易近人得多了。

她回应他的让步，终于放弃了提前下车的想法，和男人一样把手机举到耳边。

她偏头靠上车窗玻璃，叹了一口气然后才道：“我今天真的很累，没有精力想其他的，所以傅先生，谢谢你的让步，希望你在练习后能保持住这项美好的品德。”

傅承致笃定道：“可你每次没有精力想其他事情的时候，多出来的精力就只能用来哭了。”

令嘉哑然，她没法反驳，因为她本就打定了主意一上楼就躲进被窝，昏天暗地哭一场，哭到精疲力竭就可以睡着把烦恼忘了。

奈何傅承致不肯配合，开口便道：“令嘉，这样不好，与其上楼后躲着流眼泪，还不如在我面前哭够了再上楼。”

令嘉眼泪都快出来了又生生地憋回去，咬牙道：“谁说我会哭？我就不哭！”

傅承致语气温和道："那也好，这几天你的眼睛鼻子哭得快擦破皮了，需要休养休养，正好陪我说会儿话。"

令嘉："我不想说话。"

傅承致："提问也行，你今天所有的提问，我都会如实回答你。"

她也不想提问！

话刚到嘴边，令嘉突然想到一个问题："你父亲去世的时候，你是什么感受？累吗？伤心吗？"

男人认真回忆了一下，说道："有一些累，但没有时间伤心。几个小时后就是就任仪式，凌晨时分我在撰写合宜总裁就任发言稿，中间秘书让我审阅新闻部门准备公开的讣告和我父亲的生平视频，还要做好开盘后股价波动的应急预案、危机公关。天亮宣布就任，接着就得面对董事会，交出发展进程计划……"

这些光是听起来就已经足够叫人手忙脚乱。

令嘉又问："所以你哭了吗？"

"没有，我偶尔会在一切进行顺利的时候想起他，短暂消沉那么一会儿。他总是不满、总是苛责，他用冰冷强硬的方式铸就我，试图将我变成他一生最优秀的作品。他成功了，但也永远来不及与我和解。"

车厢里又安静下来。

两人分明近在咫尺，但隔着电话，听闻彼此的呼吸，是另一种感受。

令嘉思维发散了好一阵，问他："你会唱歌吗？"

"你想让我唱？"

"你不是说，今晚无论我问你什么，都会如实回答我。我听说伊顿有宿舍杯合唱比赛，全部宿舍都必须参加，每个人都必须在校长面前唱歌……"

"好了，就说到这里。"傅承致打断她，"我会。"

在贵族式的精英教育中，音律艺术与文史经济同样重要。傅承致嗓音条件很好，却没有同样好的音准天赋，小时候为数不多的几次当众演唱一直是他的童年噩梦。他讨厌被人耻笑，中学时代，为了期中考试前一晚的登台表演，每次都要花大量的时间练习音准。

令嘉问："我可以点歌了吗？"

"谁叫我在练习妥协技巧呢。"他清完嗓子又补充道，"点吧，但只此一次。"

"我想听《Do You Realize》，你会吗？"

"当然，你听过的，我也听过。"

The FlAMing Lips 是一支成立于 1983 年的美国乐队，这首歌正是当年因乐队成员 Wayne Coyne 的父亲去世而作的曲子，后期一度成为乐队演出的专用结束曲。

傅承致低哼歌曲开头的提琴旋律，从第一句开始，他沉而缓的嗓音沿着电话听筒传来，带着几乎从不在他身上发生的抒情意味。

你意识到了吗？

你认识的每个人都终将一死。

与其说出所有的告别，

不如让他们知道，

你已经意识到了人生苦短。

……

这首歌适合这样的夜晚，万籁俱寂，除了歌声，她只能听见车厢外伴着几声若有若无的初夏蝉鸣。

她举着电话，侧过身面对漆黑的窗子镜面，静默无声，泪如雨下。

第五章

我想你了，就不是小事

01

令嘉这天晚上没有做梦，一觉睡到了天亮。

和葬礼之前所有的痛哭意义不同，她听傅承致唱歌时的眼泪不再是抗拒现实的痛苦，不再是自我攻击、自我责怪的内耗，只剩遗憾与怀念。

她希望下辈子还能做令炳文的女儿，但是在此之前，她得先把这辈子好好过完。

这是爸爸最后交代给她的事。

《大珠小珠落玉盘》是一部小成本投资电影，剧本十分精妙，讲述一支濒临解散的摇滚乐队为了能在音乐节得到音乐制作人的赏识，获得灌制唱片的机会，不顾一切，因此一路笑料百出。

尽管成员们克服了种种困难，可在完成了最后一次登台演出后，梦想仍然破灭。乐团无奈解散，只有摇滚精神永存。

单从剧情来看，这绝对是一部直击人心、笑中带泪、充满感染力的喜剧佳作。

令嘉飞赴F市时，缺席的两周里，其他演员已经提前拍摄了一部分不需要她出场的戏份。

众人原本以为令嘉刚刚丧父，应该会需要蛮长的时间恢复状态，再加上小女孩是新人，指不定会拖慢拍摄进度，没想到她让大多数人的猜测都落空了。

她准备充分，台词已经倒背如流，还给自己的两个角色巨细靡遗地做了人物小传。因为之前跟丹棠探讨交流了很长时间喜剧的表演方式，她进组后的表现非常不错，与第一部剧荧幕形象反差巨大。

在《我和她的1935》中，她是矜贵优雅的大小姐元五，而在《大珠小珠落玉盘》里，她不仅需要扮演叛逆的朋克主唱大珠，还要演绎平凡的双胞胎妹妹小珠形象。大珠做了声带手术后，为了乐队能灌制唱片活下去，小珠必须扮演姐姐的形象，在最后一次登台时引起唱片公司的注意。

因此，这两个角色无法用造型区分，导演已经准备好了，但凡女主角演技不到位，就把两个角色的戏份分别集中拍摄，哪知到了镜头下，双胞胎的身份切换竟真的只需要令嘉一个眼神。

天赋一直是种玄之又玄的东西，尽管所有人都已经在《我和她的1935》里见识到了令嘉的灵气，但如此迅猛的进步，又好像不能简单地仅仅用天赋来形容。她根本没有接受过系统的表演学院教育，入行还不到两年，已经拥有了某些科班出身的演员努力一辈子也没有悟出的演技。

整部电影的拍摄过程很顺利，许多地方她都能一条过，她进组后只拍了 39 天，影片便提前杀青。

在令嘉待在剧组闷头拍戏期间，送到国外参赛的《水塔天鹅》也传来好消息，电影入围意大利电影节。

就在令嘉拍完电影出组后不久，她突然收到导演发来的贺电，《水塔天鹅》获得了主竞赛单元的最佳影片奖。

就在导演消息发来几分钟后，国内各大媒体的报道也紧跟了上来。

《水塔天鹅》在拍摄期间没有任何宣传，尽管意大利电影节一向是欧洲三大电影节中对华人最友好的电影节，但这样的新人班底爆冷获得电影节的最高荣誉金狮奖，还是让国内观众大吃一惊。

报道无论怎么写都是话题点，且不说鬼才导演韩延，就说女主演令嘉，《我和她的 1935》的余热还没有过去，她主演的又一部电影获此殊荣，俨然已经是势不可挡的新星。偏偏她父亲在此期间去世，这又给获奖的喜悦染上了几分悲剧色彩。

她在剧组时还好，返回 S 市当天，大小媒体早已得知她的航班号，蹲守机场等待采访。几次被围堵都不是什么好经历，令嘉现在患上了人群 PTSD（创伤后应激障碍）。

尽管这次记者们的提问都还算友善，但人就是一朝被蛇咬十年怕井绳。

令嘉没回答任何一个记者的提问，用口罩把大半张脸遮住，又压低鸭舌帽檐，再戴上卫衣帽子，在周伍和连妙、奶妈几个人的隔离下，一路低头疾步出了机场，直到上车才长舒一口气。

“就这么躲着也不是办法，这群人采访不到你，说不定会瞎写报道。”连妙说着自副驾驶位回头，递水时才发现令嘉手上已经端着她新加坡奶妈泡在保温杯里的花茶，停顿了一瞬，收回来自己抿了一口，接着说道，“而且，令嘉，当艺人总不能永远不面对记者的镜头。”

道理令嘉都明白，但已经形成的创伤又岂能轻易修复？

先不说上次青城奖颁奖典礼上被泼水，就只回忆令父病危那一次，也足够叫令嘉浑身冒冷汗。戴上U形枕闭了一会儿眼，快到酒店时，令嘉打开手机输入自己名字搜索实时热点，果然看到了刚刚机场的新闻。

所有抓拍的图片里，几乎都看不到她的脸，只剩一顶白色鸭舌帽。

有媒体把她包得严严实实、一字不答的态度渲染成对以往被追拍经历的抗议，因为令父去世那段时间她被狠骂了一通。这次评论区倒是太平，都在劝营销号善良对人。

令嘉也终于想通，说道：“我现在还不靠流量吃饭，正儿八经的发布会采访我会好好回答，追拍还是算了吧。我更希望观众能从作品里认识我，私人行程拍来拍去又有什么意义呢，演员的代表作总不能是机场生图。”

听到这话，连妙和周伍对视了一眼。

两人都知道她已经打定主意，说不定以后出现在机场都是这造型了。令嘉在大多数事情上都愿意听从专业人员的安排，但那并不代表她没有自己的想法，相反，令嘉很有主见。

虽然唾手可得的热度放弃了实在可惜，但比起其他动不动惹是生非的艺人，令嘉简直太好带了。两人想了想，便也没有勉强她。

Lum在剧组照顾了令嘉一个多月，才回酒店当天，就用套间里的西餐厨房给她好好做了一餐。

她做的全都是令嘉喜欢的菜，营养丰富，搭配合理，还有鲜美的鳜鱼汤，都是不容易让人长肉的食物。

连妙在旁看得叹为观止，这段时间她算是见识了大小姐从前是怎么生活的。

Lum这个女人简直是个十项全能管家。

令嘉吃得再少，每餐桌子上也不低于六个餐碟，就算每碟只吃一口，该有的仪式感还是得有。食材精细，都是她每天早上去市场精挑细选的新鲜货。酒店条件再一般，也收拾得井井有条，四处插满鲜花，两天一换，更别提洗澡时点熏香蜡烛、吃西餐用几套刀叉……这些生活精致的人才有的毛病，全给大小姐惯回来了。

往往令嘉坐下之前，女人就已经在沙发上摆好靠枕，只需要一个眼神，咖啡已经递到令嘉手上。连妙原本以为自己照顾得无微不至，跟Lum一比，简直跌到了尘埃里。

02

《天鹅水塔》已经获奖，在国内的上映迅速定档，接下来的宣发也就排上了日程。

再加上《暗刺》已经拿到龙标，在下一次进组之前，令嘉会接连有两部作品上映，前后可能不超过一个月，热度有的刷了。

口碑有了，奖项也拿到手了，如果接下来票房也一样亮眼，令嘉极有可能成为打破小花晋升速度最快纪录的新生代女星，在娱乐圈争得一席之地，且有望朝顶级电影咖进发。康纳当初给她的定位是“小祝梦之”，令嘉的表现却远远超出了他们的预料，到了这时，高层也不得不改变路线，替她重新规划版图。

在目前的市场中，比令嘉漂亮的没她年轻，比她年轻的没她会演，像她这样入行一年多连轴拍完四部电影，而且阵容上佳、送审顺利，只能说圈内罕见，努力、实力和幸运都缺一不可。

甭管是不是她的功劳，资本、制片导演们都喜欢这种吉祥物，周伍一时间又接到许多待洽谈的业务，忙得晕头转向。

因此，公司周三开完会议后，决定给令嘉再添一个助理。

自会议室出来，连妙替令嘉出主意：“要不，让周伍再跟他们说说，让人事把Lum招进来，工资从公司账上走，这样还免了跟别人磨合。”

大小姐从前过着锦衣玉食的生活，Lum 这种十项全能的奶妈薪水自然也不可能低，她现在要还债，连妙怕她负担太大了。

令嘉却想也不想就摇头拒绝了："不了，选助理的事儿妙妙姐你替我留意吧。"

那岂不是每个月要多开一两万工资？

连妙一时摸不清令嘉的想法，刚点头应下，恰巧财务问她报账单和签字的事，连妙回头把日程单给了令嘉，匆匆道："我可能还要忙一会儿，王乾在停车场，你先下楼回家。"

令嘉点头应了，走到楼梯口，却又恰巧碰见了祝梦之和她的经纪人。

两人互关了微博，再加上上次一姐拔刀相助，令嘉客客气气地站到一边，叫了声："梦之姐。"

祝梦之踏入轿厢，冲她扬了扬下巴。

"别站着了，进来吧。"

电梯门合上，令嘉表现得乖巧而礼貌。

"前段时间待在剧组，一直想找机会当面向您道谢，今天总算遇到了，多谢您上次帮忙。"

"你已经道过一次谢了。"祝梦之摘了墨镜，说道，"而且，你都能让她被 AM 雪藏，哪里需要跟我客气？"

常玥的解约官司还没打完，好长一段时间没出来活动了，大多数人都只道她是跟高层闹崩了，不知道其中真实的原因。

不管人信不信，该解释的她还得解释一下，令嘉认真地道："不是我让她被雪藏的。"

祝梦之的红唇微翘，似笑非笑地看了令嘉一眼，没再继续这个话题，只是道："不是就不是吧。"

令嘉在周伍那样的小经纪人手里，却能一路顺利发展到今天，硬说全凭运气，天底下恐怕没人会相信。

AM 副总裁是她的老朋友，祝梦之早前就听说过席霖为令嘉冲冠一怒，押着常玥来康纳给她道歉的事儿，之后 AM 又把《暗刺》这样的年度巨献的主角位给了令嘉，现在为她雪藏一个明星也就不奇怪了。

在电梯灯光下，她隔着墨镜又看了令嘉一眼。

少女年轻，粉蔷薇色的唇瓣轻抿，杏眼黑白分明，那种不谙世事的纯真娇美几乎能打动天底下所有的男人，也难怪让席霖这样的花花公子收心，将她捧成心肝。

虽说这期间有关他的绯闻也没断过，但没有一次是和令嘉的，而这更证明了她的特别。

比起那些肥头大耳的投资商，席霖好歹地位够高，人也英俊潇洒，这么一想，令嘉真是好运。

电梯门打开，祝梦之率先出了轿厢，奇怪的是，她的经纪人却没跟上去。

这人叫黄子谦，戴着一副金边眼镜，四十出头，看起来斯斯文文的，却是在康纳单辟工作室的大经纪人，是资源通天、搅动风云的大人物。令嘉不止一次听周伍表露过羡慕之情，黄子谦的地位就是他职业发展的灯塔坐标。

对方没按楼层，门合上之前，令嘉看了一眼操作面板上的负二楼标示，提醒道："您也到负二楼停车场吗？"

"我到哪层无所谓，重要的是，我有一些事想跟你聊聊。"

对方推了推眼镜，递过手来："你好，令嘉。"

令嘉有些错愕，但还是和他握了手。

"我有什么可以帮您的吗？"

他从口袋里抽出名片，说道："我想知道，你是否考虑更换一个更专业、更有实力的经纪人？令嘉，我能给你周伍不能给的顶级资源，让你更红、咖位更高，拿更多的片酬。我还能保证，三年之内，别人提到的康纳一姐将会变成你的名字。"

电梯已经到了。

令嘉礼貌地接过名片，看了一眼，放进口袋："感谢您的赏识，但我和我的经纪人相处得很好，目前还没有要更换经济人的想法。"

黄子谦说道："年轻人总是爱感情用事，你不妨再考虑考虑，跟着周伍那样的半吊子经纪人只会耽误你的前途，你来我这边，我会把手上最好的资源给你。”

“那梦之姐呢？”

“以她的年纪，状态无可避免会走下坡路，理应把优先权让给更有价值的人。”

“但您一定不会当着她的面这样说吧？如果对着她不能说出口，也就不要对我说了。”

令嘉抱歉地冲他微微颔首，临走前，忽然又想起什么，回头道：“我的经济人不是半吊子，我现在拍的戏、接的代言都是他替我争取接洽筛选的，我很满意。”

黄子谦这次没有再劝她，只是意味深长地看了她一眼：“你早晚会明白自己失去的机会有多可贵。”

电梯门合上，显示正在上升。

令嘉吐出一口气，塌下肩膀转身，她被那一眼看得心里毛毛的，搓着手臂刚刚往前走，就瞧见不远处声控灯亮了起来，赫然站了个高大的东北硬汉。

“伍哥？你怎么在这儿？”

“老不见妹妹你来，哥就下车瞎转悠。”

令嘉迟疑着问道：“你都听见啦？”

“听见了。”周伍沉默了好几秒，背过身去，感动得落泪，“太让我感动了，妹妹，哥没白疼你。”

他因为交友不慎给令嘉招了那么多事，她竟然丝毫也没犹豫就拒绝了全公司最厉害的经纪人，他何德何能啊。

周伍将衣摆拉起来擦了擦眼睛，郑重宣布：“哥就算上刀山下火海，也绝对要把你捧到大红大紫！让那个挖墙脚的孙子知道他嘚瑟得有多可笑！”

令嘉被他搞得有点羞涩。

“倒也没那么严重。”

拒绝黄子谦的邀请，除了感情偏向外，也是因为令嘉清楚她并不愿意成为黄子谦想要的艺人。

她知道黄子谦能把人捧得很高，热搜不断，一年接十几个综艺节目。按静和阿姨的说法，祝梦之一年挣两三个亿，签了黄子谦，说不定她的债务一年就能还清。但这样的人会让她觉得害怕，他不管手底下的艺人是不是黑红参半，她们在他眼里都只是商品，任何手段都只为挣钱。

令嘉从傅承致身上学到的最重要的一条准则就是不要和坏人打交道，做合伙人那更是万万不可能。

聪明人但凡有坏心眼，再怎么提防，她也很难保证不会被卖了还帮人数钱。

周伍也许没有那么成熟的营销手段和厉害的人脉，但他并不贪心，真心为她着想，而且给了她最大限度的自由，三人小队抱团成长，不论速度快慢，至少走得踏实。

宣传期间，令嘉跑了四个城市，再回来，就快到首映礼举行时间了。

头一天，她特地抽出休息时间跑了一趟市郊马场，去看看她的小金马奶思。

马是很有灵性的动物，太久不见主人会置气。令嘉当初把奶思接回来救急，不能现在没用了就甩开，把人家当工具马。

向来牢记“礼多马不怪”原则的令嘉，还叫奶妈买了几个椰子和一大兜子西芹，这就是奶思最喜欢的零食了。

西芹叶大，根茎肥美，跑圈之前，她一根根喂到奶思嘴里，培养感情，有一搭没一搭地跟奶妈说着话。

主仆俩回忆了好些从前的事，就在两人眼眶都有些湿润时，令嘉突然开口道：“Lum，你回新加坡吧。”

在Lum诧异的目光中，她接着补充道：“这些日子，要是没有你在身边，我真的不知道该怎么支撑下来。但所幸最困难的时候都已经过去了，我相信以后没什么能再打倒我，毕竟我长大了嘛。”

令嘉努力勾起嘴角微笑，她的声音又轻又缓，但俨然已经过深思熟虑。

奶思嚼着西芹根茎，偶尔掀起眼皮看两人一眼。

回国后这段时间，Lum 亲眼见证了大小姐与从前相比翻天覆地的变化，但她还是没料到令嘉今天能说出这样一番话。

毕竟在她的心目中，令嘉一直还是个小公主，是小时候自己稍微出门一会儿，就会追问家里人“Lum 去哪儿了？Lum 怎么还不回来？”的小孩子。

失落感袭来时，Lum 没能忍住眼泪。

“小八，我一直很后悔，上一次在你最需要的时候没有陪在你身边，这次是我想陪着你，孩子无论长多大，都是需要陪伴的。”

“可是你的孩子们比我更需要你，不是吗？别哭，Lum，我从来没有怪过你，我到现在依然不后悔当时劝你回国。以后想我了，你还是可以随时回来看我，我永远都是你的孩子。”

爱一个人是希望她能过得好，Lum 已经到了含饴弄孙、享受天伦之乐的年纪，自己的工作强度很高，令嘉不希望她继续跟在自己身边受苦。

好笑的是，去年令嘉独自回国时还悄悄落泪，乱发脾气，今年却只有感恩。

她已经懂得，相聚和离别是人生永恒的主题，之望和爸爸都教她领悟了这一点。有的人已经永远不会再回来，有的人却还能再见面，相较之下，这已经是上帝给人的最仁慈的分别。

令嘉低头拥抱她，拍着她的背，俯身时在她耳畔轻声呢喃：“再见，妈妈。”

Lum 像是听见了什么难以置信的言语，呆呆地僵在原地，旋即更大的泪珠砸在少女胸口。

泪水在棉布面料里迅速洇开，令嘉胸前的皮肤触感冰凉，心里却温柔炽热。

03

Lum 回新加坡后，令嘉身边很快来了个新助理，名叫晓桐，S 市本地大学应届毕业生，比令嘉大两岁，圆眼翘鼻，脸颊上有几粒小雀斑，说起话来叽叽喳喳，很会和人打交道。

连妙负责带她，事无巨细地跟她交代令嘉的生活习惯和需要负责的事务。接连两部电影要进行宣传，令嘉最近每天只睡三四个小时，剩下的时间不是在行程中，就是出席活动，工作强度高，还得时刻保持良好的精神状态，更需要身边的人细心照料。

《水塔天鹅》上映首周拿下了1.5亿的票房，国内最大的影评网站开分9.2。

因为在国庆前上映，同期没有重磅商业片，点映口碑加持上来之后，票房很快高登榜首，这是近几年来文艺片能拿到的最亮眼的成绩了，足够令同类型片子仰望。

就连圈内著名的电影人也称这样的成功难以复制。

从领取金熊奖最佳影片奖项时宣布定档，再到上映前的密集点映，宣传实时精准，令嘉对高票房功不可没，她几乎贡献了整部电影90%以上的话题。如果说之前还有人对令嘉成名抱有疑问，那么此时已经没有人能再否认她的艺术和商业价值。

没有影帝搭档，失去大导演加持，她仍然以一己之力交出了影视生涯第二份令人惊喜的答卷。

《我和她的1935》上映43天，累计票房14亿，再加上《水塔天鹅》上映首周获得的1.5亿，令嘉一跃跻身新生代小花一番票房前三。

就连安排在国庆节上映的《暗刺》，也将令嘉作为影片宣传热点之一。要知道，作为年度最重磅的大制作，《暗刺》一共三对主角，除令嘉外个个是大咖，若不是成绩惊人，宣发重点怎么也不可能轮到她。

借着这股东风，又有一堆合作方找上门来，周伍精挑细选后，一口气签了四个代言，包括一个国内饮品巨头的子品牌、一个国际一线洗护品牌、一个手游和一个墨镜代言，都是两年约。广告大片、封面海报拍摄到脚软，零零碎碎的费用相加，令嘉短短一个月就赚了将近3400万。

银行卡上的数字增长喜人，不过令嘉一直对自己的热度没什么概念。

国庆节前夕，令嘉新租的公寓终于搬完家。这天结束工作，她一个人外出买东西时，才发现影院墙外挂着自己的巨幅海报，超市货架的饮料上印着她的头像，就连促销区堆成方阵的洗护用品瓶身上都是她秀发飘扬的样子。那头发还是为了拍广告临时在美发沙龙接的，广告拍完第四天，为了另一个拍摄工作又拆掉了。

娱乐圈的更迭速度快得让人无法想象，一个人可以在一夕之间红遍大街小巷，也有人在悄无声息中沉寂。

令嘉刚进圈时四处碰壁，屡屡被换角，遇到的工作人员捧高踩低，现在却个个笑脸以待、曲意逢迎，要不是她已经事先经历过一次地位转换带来的落差，恐怕也容易在这些赞美和掌声中迷失自我。

她又把帽子拉低了一些，扔了一套洗护用品进推车，到柜台结账。

新搬的公寓地处市中心繁华地带，是个三百多平方米的空中平层别墅，还带个露台。

房东是周伍东北老家的哥们儿，因为娶了个美国老婆，上个月随她搬到加州，准备好的婚房也就用不上了，但卖又不舍得，便直接被周伍弄了过来，租给令嘉住。

毫不夸张地讲，这边的安保比从前康纳分的艺人公寓强许多倍，因为就连大佬的迈巴赫，这天晚上也被保安拦在了小区外头，差点造成交通堵塞。霍普打电话过来时，令嘉正走在回家路上，听完就笑了。

她揶揄："你们一向不是很有办法吗？"

霍普说道："傅让我今晚就查询小区里待出售的房产，他要马上买下来以业主的身份出入。"

电话里没听见"傅地魔"的声音，但隔着电话令嘉都能想象得到大佬吃瘪的样子，差点没笑出声。

"你把电话给保安吧，我马上就到门口了。"

虽然这一个多月没见面，但令嘉随时能从西半球的报道里瞧见傅承致的消息——他最近在金融版大出风头。

自上次的熔断事故发生后，外界一直认为傅承致应该需要很长一段时间休养，短期内绝无可能再有所作为。

但傅承致从来不是一个按常理出牌的人，他当时将北美合宜低价卖出的投资组合资金回笼，还被媒体大嘲合宜小王子被吓破了胆，谁料傅承致当时就把回笼的资金加上手里不多的融资悄无声息地重新建立美元仓位，等待时机做空美元。

一个月前他从S市直飞纽约，就是在做战前指挥。

直到美元开始下跌，众人才发现傅承致不知什么时候竟然做空了美元，在所有人因崩盘被套牢时大赚特赚。

此举不仅挽回了前两个季度的基金颓势，还多出9%的年度增长，戏剧般的逆袭来得猝不及防，细节扩展开来甚至能拍部金融神话电影，就是写书，也能写本励志鸡汤书。

令嘉在超市买了许多东西，拎着袋子到楼下时，手心已经被勒红了。

黑色迈巴赫静谧无声地停在她家的专属停车位上。

她换了只手提东西，叩响了车窗。

“大名人，你怎么这么晚过来了？”

傅承致开门下车，不知道是不是因为刚才在车上睡觉，眼睛里还残留几分惺忪。

一旁的霍普开口道：“宝恒打算重新上市，令嘉小姐您大概还没收到代理人通知，有一堆提案文件着急等股东签字，傅怕您麻烦，特意跑一趟呢。”

令嘉的眼角不着痕迹地抽了一下。

她一直就很佩服大秘们睁眼说瞎话的能力，公司重组后，她只从父亲那儿继承了3%的股份，这样的小事也值得母公司幕后大老板特意跑一趟，她还真是受宠若惊啊。

但既然理由都已经找着了，瞧着霍普手上那一大沓文件，令嘉还是好心地把人引进门，倒了杯咖啡。

坐下来翻看时她才道：“其实这些小事陈特助会负责的，他之前已经给我打过电话，要我预留时间了。”

傅承致喝了咖啡，这会儿倒是打起精神了，环视室内一圈，听到这话才顿住脚步，回头反驳道：“不是小事。”

“怎么不是小事？”

“我想你了，就不是小事。”

令嘉听见这话，蓦地抬起头。

他立在不远处，身材颀长，这段时间或许是刚剪过头发，板寸毫无遗漏地将他俊美的轮廓展露出来，背影拓印在落地窗斑斓的城市夜色里。

令嘉的心又不受控地扑通扑通跳起来，像一池被搅皱的春水。

她极力强迫自己移开视线，低头把目光放回条条框框的文件上，表面尚且能保持镇定，耳根和脸颊的滚烫却无论如何也挥之不去。

她小声反驳：“你别再说这些话了，我不喜欢听。”

04

令嘉回国前从不过问公司的事，直到令父病倒，她睡在医院病房沙发上的那段时间，才听陈东禾掰开揉碎给她讲了一遍。

她那时翻完了小山堆般高的海量文件，现在再来看，大致倒是能看懂，但到底不是专业的，令嘉觉得合同不能乱签。浏览完一遍后，还有许多细节没弄明白，陈东禾又不在，她只能都一一记下来，打算明天再找他商榷。

宝恒如今是绘真旗下的企业，背靠大树好乘凉，公司一旦重新上市，她手上那3%的宝恒原始股价值至少能增值几倍，需要慎之又慎。

合上文件夹，令嘉抬头，才发现傅承致不知什么时候站在客厅中央，端详着墙面上自己的大幅硬照。

那是摄影师程鹤拍的，色彩构图都是大师手笔，但别管拍得有多棒，在家里挂这么大一张照片，总归显得主人有点儿自恋。

这是周伍硬送的，理由是别的明星家里都挂，自己的艺人也要有。

自从上回撞见令嘉拒绝黄子谦的邀约，东北硬汉感动得不能自已，不仅从租房到搬家尽心尽力，还找印厂定制了这张他精挑细选后，觉得令嘉拍过最高级、最具质感的硬照当乔迁礼物，尺寸刚好够铺满一整面墙。

她当时没觉得有什么，这回被傅承致盯着看，看得越久她越感觉羞耻，赶紧出声转移他的注意力。

“我明天签完拿给陈助，让他转交给公司可以吗？”

“当然。”

令嘉把文件收进公文包，想起来还债的事，说道：“我最近刚刚拿到几笔代言费，一共3400万，本来早就打算转账的，一直没抽出时间，正好明天一块儿给你。”

几次还款零零碎碎相加，她的债务只剩1.5亿了。

傅承致回头道：“你不需要让自己这么辛苦，令嘉，没有人催促你。”

“人一旦失去上进的紧迫感，就很容易迷失在享乐里，我不催促自己，挣钱速度可能都赶不上利息增长的速度。”

她说完，蹲在她刚刚从超市拎回来的大口袋旁，埋头翻出意面和牛肉，随口问道：“我打算做晚饭了，你们要吃吗？”

人太瘦没有脂肪可供消耗，工作时间长了就容易头晕眼花，她最近工作强度太大，营养师说可以适当吃一点主食。

令嘉听见这建议的时候简直都要喜极而泣了，当即购置了几本米其林菜谱，一得空就翻开看看步骤和图片，一边流口水一边想珍贵的下一餐要吃什么。

虽然实践机会不多，但精神上令嘉认为自己已经是个蓝带厨师。

“有我们的份吗？真是太棒了！”霍普闻言马上响应，顺便替老板回答，“飞机落地到现在，我们都还没有进食。”

令嘉只是随口一问，哪知他俩真的没吃饭，只得又往锅里加了一些水。

她吃得少，不太确定两个大男人的饭量，打算把整包面条都放进去，顺便谦虚地说道：“我事先声明，我没做过几次菜……”

“看出来了，等一下。”傅承致突然隔着橱柜探身，抓住她的手腕道，“等水开了再放。”

令嘉放下手，他才接着开口问：“你打算做什么面？”

“沙茶酱牛肉意面。”

“你会吗？”

“当然！”令嘉不服气地反驳，“我把菜谱都背下来了，我会严格按照菜谱上的步骤进行。”

傅承致笑了起来：“所以菜谱没有告诉你这个种类的意面必须沸水下锅？”

“我以前一直冷水下面也能吃……”她小声反驳。

好不容易等水开了，她放完面条开始切菜，傅承致又教她：“牛肉切片要逆着纹理。”

令嘉突然觉得自己精神蓝带厨师的尊严受到了挑衅，抬起眼皮问：“你很会做菜吗？”

“很会谈不上，我也只会煮意面。”

令嘉鼓掌：“那太棒了，你来吧。”说着就解下围裙撂挑子，她累了一整天，好意请他吃晚餐还被嫌东嫌西的。

令嘉坚持认为人和人交往不能毫无底线地忍让，很明显傅承致被周边的人照顾惯了，就喜欢在人的底线边缘疯狂试探。

当老板的敢做，他这做下属的也不敢吃啊！“小两口”的情趣让霍普在旁看得瑟瑟发抖，傅承致自己却并不生气。

他对令嘉一向有很好的耐性，当真脱掉外套，解开袖扣，卷起袖子站到她之前的位置上，接替她的工作切肉切洋葱，之后又从沥水框里拿出洗过的西蓝花焯水，有条不紊地开火炒肉。

虽说动作并不熟练，速度也算不上很快，但平心而论，傅承致确实比她强一点。

他做事很有完美主义倾向，切菜宽度厚薄一致，在菜板上码得整整齐齐，调料严格用勺子量重，然后才往锅里放。

等到炒肉的香味出来，令嘉也摒弃前嫌了，站在橱柜边问他：“你什么时候学的手艺？”

“牛津宿舍，公共厨房，论文写到后半夜，总不能把厨师从家里叫过来。”

令嘉秒懂，两人是在同一个伦敦，经历过同样的考试周。

论文交稿前的夜晚，每个人都是不怎么睡觉的。在图书馆借齐文献以后，大家就开始不分白天黑夜埋头苦干。即便令嘉当时没住过几天校，后半夜电脑桌上也会摆一堆肉桂卷、甜甜圈，或者直接把冰箱里的晚餐拿到烤箱里热一热。

由于是开放式厨房，面条出锅的时候整个客厅都能闻见香味，傅承致先往令嘉盘子里盛。就在她刚要开口说“够了”的时候，对方已经停下来，俨然十分清楚她目前能摄入热量的上限。

令嘉自然而然地接过盘子，又接过他递来的叉子，背靠餐椅坐下来的瞬间，才突然意识到——这种彼此深入了解，但既不是夫妻又不像情侣的状态有多奇怪。

傅承致那份当初在她看来完全没有意义的同居合约，显然并不是毫无作用。

即便搬出来了，它的影响也持续存在着。

它确确实实让两个性格天差地别的人清楚了彼此的人生，甚至细化到作息、爱好、食量和口味……就像令嘉从前觉得傅承致精明恶劣、冷酷狠厉、惹人讨厌，但在知道他过往的人生经历之后，便再也无法从单一的角度去阐述他的性格，一切结果都有成因，深入剖析后，她很难说服自己继续单纯地讨厌他。

沙茶酱牛肉意面很好吃，但令嘉吃到最后，望着空荡荡的盘子突然有些伤感。

她意识到，无论傅承致是个什么样的人，他已经把自己深深地烙印在她的生命里。

人类感情是极其复杂的一门学问，不可量化、不可控制，所有细微的点汇聚累积在一起，就有可能在某一个瞬间发生质变。

傅承致固然威胁、恫吓过她，但他对她的帮助同时也不单纯只有金钱债务。这个男人几乎出现在她人生变故之后每一个崩溃的节点，他安慰、指引、教导她，看穿她的灵魂，也亲吻她的伤痕，甚至在令父去世后，他已经成为这个世界上唯一能不费力气直触她心灵的人。

令嘉之前一直无法弄清她对傅承致的讨厌、感激和依赖里到底掺杂了什么，但她现在懂了。

她之所以能对所有人保持克制和礼貌，而对他不能，之所以能从开始的惧怕到现在肆无忌惮地生气，之所以会在奶妈劝她那些话时感到心烦意乱，之所以会觉得对不起沈之望，一切都是因为她对他的表白并非无动于衷。

从前听人说走出一段感情最好的方式是依靠时间，或者开始另一段感情，令嘉当日不信，可她现在回忆从前和之望的记忆，或许依然充满想念和遗憾，但从前深入骨髓、痛彻心扉的感觉已经在渐渐消散。

Lum 走之前的那天晚上，替令嘉盖被子的时候跟她说了很多话。

她和之望在一起的时间太早，就像大多数青春期恋爱的小孩子一样，因为懵懂的好感牵手，因为同样身处异乡的孤独感相互慰藉、拥抱取暖，从十三岁到二十岁，他们在还没来得及明白爱情是什么的时候，已经将承诺刻进彼此的誓言里，成为彼此的亲人。

"但这不就是爱情吗？"令嘉当时便问。

"比起爱情，那可能更像一种习惯。当然，人生每个阶段对爱情的理解都不一样。对于世上大多数人而言，能遇上这样一个值得信赖、扶持着走过一生的人，已经是很幸运的事情。但当有一天，你碰见真正的爱情的时候，就会明白区别所在。"

令嘉如今正隐约明白这种区别。

她没办法完全信任傅承致却可以毫无缘由地对他充满依赖，她清楚他是个坏蛋，却可以原谅他的无耻，为他找借口解释。她会在他面前紧张、胆怯、心跳如擂鼓，或悲或喜，对未来患得患失……这些情绪的种类太多，变化太快，程度越来越深，和她在初恋里的舒适感天差地别，让她想骗自己都骗不了。

磨蹭到十点才把人送出门，令嘉折身回到客厅，才忽然想起来手里还有两张《暗刺》首映礼的贵宾观影券。

刚入行时，她连电影都没开始拍就主动邀请他来看首映，这次想来想去，似乎没有其他人可送，把餐盘放回水槽，令嘉犹豫了几秒钟，疾步回卧室拿了电影票，打开门追上去。

反正这次也提前两个星期了。

公寓的电梯正在进行日常养护，令嘉住在七楼，两人刚刚从楼梯下去，跑几步应该还能追上。

她拉开楼梯间的消防门，扶着扶手一路小跑下楼，才跑了两层，对方交谈的声音便清晰起来。令嘉探身朝下，正要开口喊人，便听到了霍普说话的内容，又将话咽了回去。

第六章

吻我最后一次，我给你自由

01

“现在赶到机场，应该能在十二点之前登机。按照飞行计划，抵达伦敦后，您大概有一个小时休息，早上七点公布下一季度的收购计划，七点半是例会，十点钟是和沃克利阁下的会面时间，中午……”

“你怎么把日程排得这么满？”傅承致开口道。

霍普认真地答道：“恕我直言，先生，如果您没有心血来潮突然更改行程，工作就不会积压，那么现在就已经可以躺在北伦敦的家里调整时差了。”

眼看他要展开长篇大论，男人赶紧移开话题：“好的，请你接着往下。”

霍普这才接着道：“晚上八点钟是慈善基金会晚会，届时詹姆士先生连同他的孙女都会出席，你们或许可以趁此机会好好聊一聊……”

令嘉跟在后面听明白了，几个小时前他们刚从纽约飞到这里，现在又要回伦敦去。

男人在疲惫的飞行中耽误了近二十个小时，短暂的停留只是为了给她送文件和吃顿不怎么像样的晚餐。

按照令嘉对“傅地魔”的了解，绕那么大个太平洋只为了见喜欢的人一面，这种毛头小子般的行径根本不是他能干出来的，投资回报率极低，更遑论他大费周章、风尘仆仆地赶来，却在刚才的相处中对自己的付出只字未提。

这种行为简直堪比《人间喜剧》里葛朗台捐出全副身家，颠覆常理且不可思议。

楼道里的声控灯一明一灭，令嘉掌心攥着首映礼电影票，脚上还套着没来得及换的毛绒拖鞋。

她就这样，不远不近地站在两人身后的楼梯上，安静地听他们讨论明天堆积的工作，心里五味杂陈。

尽管傅承致从来不吝啬表达他的爱意，但巧舌如簧和虚伪寡信向来是这个阶层大多数人的保护色，大多数时候令嘉根本不会当真。就算是一起经历那么多事以后，在傅承致刚刚说出“我想你了，就不是小事”时，她都没有全信。

直到此刻，傅承致从前所说的每一句喜欢，似乎才重新被赋予了不一样的重量。

认真想起来，这一年傅承致其实有过多次借口处理公务回国的行程，其实都是为了和她相处。

正因为在这个圈子里长大，所以令嘉才比许多人更清楚——对资本家而言，财富在他们许多人的人生中已经只是个数字，金钱上的付出无法代表他们真实的倾向和态度，时间和精力才是这群人真正宝贵的东西。

三两句话的时间，他们的话题重点从日程安排转移到了十几个小时后的慈善晚会。

听霍普的意思，合宜似乎想借着自己的慈善基金晚会，和波克希尔的总裁詹姆士表达收购意向，假如事情进展顺利，说不定等到会议结束，双方就能达成口头协定。

大名鼎鼎的波克希尔是英国老牌工业巨头，它不仅深耕房地产、能源、运输行业，也涉足船舶、飞机精密仪器制造。

令嘉刚从脑袋里挖掘出零星的资料，霍普的声音便忽然停下来。

隔了好几秒钟，他才又问起："傅，您会和爱拉小姐结婚吗？"

傅承致漫不经心地反问："你为什么认为我会和她结婚？"

"她的祖父是詹姆士，叔父又是保守党内呼声最高的下一任领袖，婚姻关系一旦实现，合宜至少能迎来五年政治红利期，我们便不必再依仗沃克利。再有，爱拉小姐对您很感兴趣，只要您在明晚能稍微流露愿意接受联姻的意向，收购条款就还有的谈，合作一旦达成，我相信合宜很快就能缔结起一个更强大、多领域发展的商业帝国。最重要的是，詹姆士老了……"

老人身体每况愈下，对企业的掌控也越来越弱，这意味着未来几年只要傅承致抓住机会，随时能将它拆解吞进肚子里。

婚姻在某些人看来，似乎是一道保障。

可惜银行家在市场上从不谈什么道德礼貌，对方既然选择与臭名昭著的傅承致接洽，寻求援助，也代表他们接受了这份利益与风险并存的合作协议。

“你希望我这么做吗？”傅承致懒洋洋地问他。

霍普想了想，开口道：“爱拉小姐的脾气不是很好，品行性格也远不及令嘉小姐。”

“那是当然。”男人忽然打断，语气有些不悦，“世上有几个人品行能与令嘉相提并论，你评价她，不应当拿她同令嘉比较。”

霍普立刻道歉，重新问了一遍：“您会和她结婚吗？”

傅承致没有直接回答，只敷衍道：“再说吧。”

人已经下到一楼，消防门打开的声响过后，便不再能够听见他们说话的声音。

楼梯间彻底暗下来，令嘉一动不动地站在二楼拐角的黑暗中，没有继续朝前走。

刚刚隐秘的悸动、欣喜……都在一瞬间受到冲击，荡然无存。

原来，在有的人眼里，爱和婚姻是能分开的。

哪怕他愿意坐十几个小时飞机赶来见她一面，也不影响他转头面不改色地和旁人商议联姻对象，将自己的婚姻当作一桩生意。

令嘉穿着拖鞋就跑出来，站久了，九月晚上的冷空气顺着脚踝往上爬，双腿又僵又麻。

她木然地转身往回走，直到光亮重新出现才找回一些神志。她套了件大衣把自己裹上，坐回沙发里，到底没忍住打开手机，翻到外网搜索了刚刚出现在两人口中的关键词。

他们口中的爱拉，不仅是詹姆士唯一的孙女，也是伦敦社交名媛，集美貌与财富于一身，光个人名下资产就多达 18 亿英镑。权衡一下，恐怕只要是个男人都很难拒绝这样的结婚对象。

很快，令嘉从英国八卦小报《每日邮报》里，扒拉出了一堆报道爱拉历任男友和绯闻男友的娱乐报道。

其中提到傅承致名字的就有两条，他和爱拉是牛津校友，两人在校时还一起办过画展。在媒体的采访中，爱拉一直对她这个在金融界名声不大好的旧日同学赞不绝口。

她甚至还从报道的蛛丝马迹里，排查出了傅承致大学快毕业时交往过的女朋友，一个叫伊芙的女孩。

据说他毕业进到合宜第一件事就是收购了伊芙的家族企业，不到三个月完成破产清算，变卖工厂遣散员工，从中赚了 6 亿英镑差价。

娱乐报道仅用几行字轻描淡写地简述完一家企业的命运，令嘉却无法阻止自己深深地沉浸在这种恐惧中。

就差一点，宝恒也是同样的命运。

两家企业的差别就在于，傅承致因为对她心血来潮的喜欢，对宝恒留了情面。

她甚至不知道自己是不是该庆幸，至少她让外界口中嗜血精明的银行家一改往日作风，没有赶尽杀绝，反而出钱出力，小意温柔。

令嘉相信他说的喜欢是实话，若非喜欢，谁也不能从恶龙嘴巴里抠出肉来。

但就算如此，无论他喜欢的程度有多深，也永远不可能和她结婚。

他们这类人对人生早已经有了精准苛刻的规划，他的一切行为活动、一切人际关系的保持，所有事情的出发点和落脚点，只是为了完成资本增值，实现利益最大化。

等到他结婚了，她又算什么人呢？

令嘉也绝对无法接受一个人生所有决定都只从投资者角度出发的爱人。

就算没有之望隔在中间，他们也天生就是不匹配的。

人太瘦了以后，会变得对温度更敏感，令嘉都把取暖系统打开了，也还是冷得牙齿打战。

把一个个网页关掉，时间马上要过十二点了，令嘉突然觉得自己的行为很好笑。

她连自己的八卦都没有搜索过，却为了一个讨人厌的大浑蛋浪费时间地毯式地排查他的绯闻，搜索他过去的人生经历。

按下手机熄屏键，令嘉脑子里天马行空地混乱了一整晚，终于郑重地作出一个决定。

她打开手机列表，开始翻找肖瑜的电话号码。

02

《你可真会说》这一季已经收官，肖瑜目前没有返回英国，还待在S市。

前两天他们共同认识的朋友过生日，令嘉还在朋友圈点赞了两人的庆生合影，她当时因为日程排得太紧实在腾不出时间，只能让晓桐帮自己寄了生日礼物。

考虑到时间快过十二点了，令嘉没有直接打电话，只发送短信，向对方征询第二天是否有空见面。

肖瑜还没睡，消息很快回过来。

聊过几句之后，他们约定了见面的地点和时间。临睡前，令嘉把手里的债务和资产又捋了一遍。

没错，她想借钱。

肖瑜当初第一次提出要借钱给她时，她其实很短暂地动心了一下，但最终按下了念头。

主要原因是她当时已经从傅承致的豪宅里搬出来，他既然答应了和她做普通朋友，这笔钱欠谁的都是欠，令嘉也就没有再横生波折。这几个月来，肖瑜也重新提起过话茬，但令嘉还是犹豫着没有给出答复。

但现在的情况不同了，她已经明白自己依赖傅承致，在意他的所作所为，被他牵动情绪。

她没办法凭空抹去这份已经存在的感情，毕竟喜欢不是执行程序，撤销只需要 Ctrl+Z，可再发展下去，这也注定是一段不会有结果的恋爱。

伊芙的家族企业尚不能满足傅承致的胃口，就算令家还没破产，宝恒的体量在这些庞然大物眼中，也跟一粒随风便能扬起的沙子差不多轻重，更遑论她现在除了债务一无所有。

她唯一能得出的结论是：和傅承致在一起，她没有任何筹码保障自己的未来。

所以，她得还债。

只有还清欠傅承致的所有债务，她才能坦然说出让他从自己的生活里消失的话，到时候，不管他是找爱拉还是与伊芙结婚生子，都和她没关系了。

令嘉清楚自己此刻的行为带着三分怨怼和两分赌气，只有一半是理智的。

可爸爸辛辛苦苦把她培养这么大，教她做个高尚的人，不是让她为了一份虚无缥缈的感情低下头颅，为人耻笑的。

如果不想让沈之望母亲那样的悲剧再发生，她起码得先和傅承致拉开距离，从根源上斩断他们之间所有的联系。

保险柜里的一沓文件，令嘉加减乘除算了半天。

她手里3%的宝恒股份目前估值约在4000万左右，上市后应该还会涨，虽然还不清楚具体会增值多少，但比起肖瑜第一次提愿意借给她钱时，总算是多了一份拿得出手的抵押，再加上她目前的事业差不多算进入正轨，这份债务给她带来的压迫感已经不再像当初那么强烈了。

第二天的广告拍摄十点钟开始，令嘉一早就出了门，提前来到咖啡厅。

因为不愿占肖瑜便宜，令嘉出发前特意又跟朋友打听了一遍，确认他的基金年化率是8%，肖瑜确实没有撒谎，这才放下心来。

她还叫上了陈东禾，让他帮忙草拟合同，经历傅承致那件事情之后，她不想再欠任何人还不起的人情债。

肖瑜到店里时，看见令嘉拿出的齐全的股权证明和抵押合同，十分错愕。

“这么严肃吗？”他开玩笑。

令嘉点头：“借这么大一笔钱，就算学长你放心，我也应该把该给的抵押给你的。”

肖瑜翻了两页便停下动作，抬头看她。

“令嘉，我其实特别好奇，你为什么突然改变了主意？是他要的利息太高了？”

令嘉摇头，搅动咖啡的动作停下。

“要是世上所有的事情都能用钱衡量，那一切应该会变得简单许多。”

她不愿多谈，肖瑜也没再追问下去，但寥寥几句话的信息已经足够他判定，从前在后台见过的那个男人跟令嘉确实有了很深的感情纠葛。

令嘉之前犹犹豫豫，也许就是因为这段感情还有回旋余地。

不知道中间发生了什么，她现在终于下定决心斩断这段关系，接受他的方案。

1.5 亿在一个星期后到账，加上之前的 3400 万，令嘉一起汇入傅承致的账户。

没等她想好怎么打电话通知，傅承致当夜就从伦敦飞过来，气势汹汹地在凌晨三点敲响她的住所大门。

头天晚上工作到十二点，连妙和晓桐来不及赶回公司宿舍，就近住在了令嘉的公寓客房。

晓桐的房间离门口更近一些，凌晨听到门响，还以为到点儿了，立刻爬起来，套上外套踩着拖鞋就去给周伍开门，万万没料到从猫眼里看出去竟然是个英俊绝伦、贵气逼人的大帅哥！

再一看墙上的挂钟，凌晨三点，晓桐揉揉眼睛，她也不是在做梦。

这气质，这颜值，她立刻就把连妙平时说的傅先生和眼前的男人联系到一块儿了。

妙姐说傅先生耐性一般，不好惹，但没说过傅先生要是半夜来敲门，她到底是开还是不开。

晓桐在帅哥的美颜暴击中睡意顿消，瞬间清醒。

捂着猫眼，她六神无主地呆愣了两秒，又凑上前看一眼，走廊声控灯底下，男人身后跟着的几个外籍彪形大汉看上去就很不好惹。

她还在犹豫着到底要不要开门时，连妙也披着衣服出来了，问她：“谁呀？”

晓桐小跑到上司身边，说道：“好像就是妙姐你跟我说过的那位傅先生……都凌晨三点了，不知道他这个时候来干吗。”

连妙凑近看了一眼，忙扣紧外套衣扣，吩咐：“赶紧去叫醒令嘉，这主儿估计是从机场直接过来的。”

以傅承致的礼貌，他不可能犯这种低级的社交失误，万里迢迢从英国赶回来，又在凌晨三点按响令嘉的门铃，除非发生了特别要紧的大事，否则连妙想不到其他合理的解释。

入睡前，所有人都没有想到这会是一个不平静的夜晚。

凌晨三点零六分，连妙和晓桐只在睡衣外面胡乱套了外衣，就和几个外籍保镖一起被清理到公寓门外，感受着深夜的凉风，大眼瞪小眼。

公寓隔音效果太好，他们隐约能听见里头一些响动，却听不清谈话内容。

回想刚刚和傅先生擦肩而过的那一瞬，晓桐还心有余悸。尽管对方的眼神自始至终没落到她这边，但只瞧那张高贵冷峻的侧脸，以及男人周身溢出的凝重到几近不能呼吸的低气压，她就知道，这不大可能是一场心平气和的谈话。

她小声担忧地发问："妙姐，我们把小嘉一个人留在里面没事吗？"

"进去就是你有事了。"连妙的回答言简意赅。

晓桐欲言又止，连妙瞥了她一眼："放心吧，傅先生再坏，也不会对令嘉坏，对旁人再严苛，到了令嘉那儿也是宽容大度的。跟她再久些你就知道了，傅先生有时候就像纸老虎，大家都怕他，但我估计令嘉是不怕的。"

连妙说得不错，令嘉并不害怕，也丝毫没有表现出措手不及的慌乱。

此刻，她和傅承致隔着一张茶几相对而坐，规规矩矩地并着腿，抬眸朝他看过去。

钱汇到对方账户后，她就一直在组织语言，怎么一次性了结这段关系，现在傅承致突然从伦敦飞回来，令嘉甚至还有种松口气之后可以破罐子破摔的坦然。

"我想你应该知道这个点儿我为什么会出现在这里。"

谈话开始，男人面上没有表情，但比起刚进门时生人勿近的模样，显然克制了许多，紧绷的嘴角显示他在极力忍着自己的怒气。

"给我一个解释，令嘉。"

傅承致不是一个容易把情绪外泄的人，但这一次，他是真实地在怒气中感受到了气馁和失望。这种情绪十分陌生，精明的银行家还没有意识到，这是人付出十万分真心却被践踏而出现的应激反应。收到令嘉还清欠款消息的那一瞬间，他像是被人朝后脑狠狠地敲了一记闷棍，脑子嗡嗡响了半晌，他将所有行程延后，直接做出飞来S市的决定。

十几个小时的航程没能令他消气冷静，怒气和挫败反而越来越强烈。

傅承致百思不得其解，究竟哪一步出了差错，在所有事情都开始往好的方向发展时，一切又不声不响地回到原点，他一刻也等不下去了，想要立刻得到令嘉的解释，抚平他内心的不安和焦虑。

“看来已经到账了啊。”令嘉沉吟着点点头，她的嘴角甚至还略微带着近乎轻松的笑意，“你把还款协议带来了没有？协议还给我，我们之间的债务关系就彻底结束了。”

傅承致听不下去了，他突然偏头，眼睛闭了好几秒，再睁开时，烦躁地松了松领带，放低声音试图哄她回心转意：“小八，我真的希望你再好好想想，这笔钱，你宁愿欠别人，还是欠我？我对你不好吗？”

令嘉摇头，放在膝上的手指动了动：“不，很好，我知道你也许从来都没对人这么好过，”她垂下眼睑，脸上轻松的表情消失了，转折如期而至，“可是我们并不适合。”

“我们的观念和性格都相差太远了，你无法从内心认同我的大多数想法，我也一样。不合适的人总会分开，委屈自己穿上一双不合脚的鞋子去走路，只会让彼此都遍体鳞伤。”

傅承致快被气笑了。

“令嘉，这么久了，在你心里，我就仅是一双不合脚的鞋？那你告诉我，谁才是合脚的，沈之望？还是肖瑜？”

他眉峰扬起来，平静的声音下已经暗潮涌动。

令嘉却在听见肖瑜这个名字时瞬间反应过来，皱眉道：“我是你的犯人吗？你还在监视我？”

“是。”这个字的音调咬得格外重，他不打折扣地全部承认，“我清楚你的衣食住行，你每天干了什么都有人向我汇报。”

“你怎么能这样？你向我保证过不会的。”令嘉猛地起身。

任谁知道自己身边有双时时刻刻监控的眼睛，恐怕都不能平静。

傅承致无动于衷："你不是已经下结论认为我是不合脚的鞋，还不了解我是什么样的人吗？令嘉，我的意志不会因为任何理由转移，我能为达到目的不择手段，也能为想要的东西不惜一切代价。"

不等令嘉从震惊中反应过来，他伸手摘下自己的宝石袖扣往茶几上一扔，说道："这是录音芯片。"

接着，他又抽出左侧领口的钢笔放在她面前："紧急通信器。"

最后是手表，冰冷的纯银表盘与玻璃碰撞，他冷冷地道："定位仪。"

"我的人生充满了欺骗和谎言，任何微小的善意背后都可能隐藏着致命的陷阱，我不信任任何人，也无法在任何一分钟放松警惕，所以我顺利地活到了今天，只有把所有无法确定的变数划进可掌控的范围，我才能成为你所看见的傅承致。"

"所以，我不会遵守一份无用的契约，没有什么比保护你的人身安全更重要。"他的语速很快，在最后一个字戛然而止。

空气沉默了几秒，令嘉消化完，重新坐下来。

深呼一口气，她努力心平气和地说道："好，承致，感谢你对我的保护和关照，但现在我们的债务关系已经结束，我以后可以自己聘请安保人员。"

"你在宣布逐客令，要我离开你的生活？"傅承致的声音发冷。

"如果你要这么理解的话，也——"

令嘉话音没落，被傅承致抬手打断："不可能。"

"承致——"

"停下来，我不想听。"

"可……"

"我说了，我不想听！"

傅承致扯下领带，抬腿两步跨过茶几到她跟前，禁锢住她双手手腕，将人推倒在沙发背上，俯视她的眼睛赤红。

"令嘉，你告诉我，你想到我时不会有一丝一毫的情绪波动，你一丁点都不爱我，我在你眼里跟刚认识的时候没有什么两样，是这样吗？”

狭小的空间里，她能清晰地听见男人紊乱的呼吸。

被一双充满爱欲与怒火的眼睛注视着，令嘉几乎要动摇了。

不是，不是，不是。

她的心脏不甘心地猛烈跳动，拼命告诉她答案，可是最终，令嘉只平静地抬起眼眸回视他，回答：“是的。我没有办法爱上一个和之望完全不一样的人。”

他紧紧地盯着令嘉的面容，试图从那里捕捉到丝毫心口不一的痕迹，可是没有。令嘉神情很平静，无辜地回视他的样子和荧幕上一样清新唯美，她仿佛根本不知道这句话会给傅承致带来多么沉重的一击。

傅承致从未这样气馁过，为摘一朵不属于自己的玫瑰，他不计成本付出了前所未有的心血和精力浇灌，到头来还是被刺扎伤了。

这感觉比八岁那年养了好久的小布拉班特猎犬扯下他小腿上的一块肉还要痛百倍，送走那条咬人的狗以后，他从此不再费心记任何猎犬的名字，不再倾注任何情感与关注。

可令嘉不是宠物，她是有记忆有情感的人，不会为几口罐头向他摇尾乞怜。他也无法像割舍任何东西那样，将这份糅杂着占有和执拗的爱意一并割舍。

眼前人的气质介于少女与女人之间，梨花带雨的一张脸在他触手可及的地方，柔弱得仿佛伸手就能揉碎。

她的眼泪自眼角滑落，滴在傅承致手背上。

“为什么哭？”他问。

令嘉无法回答真正的原因，只能偏开头，说了狠话：“因为我讨厌在你面前没有尊严的我自己。”

回想起别墅影音室那天晚上不愉快的记忆，怕令嘉再犯病，傅承致终于松手。

他退后半步，精疲力竭地坐在茶几上，过了很久才重新开口：“别哭了。”

“不要再哭我就答应你。”傅承致抬手，轻轻掠过令嘉发红的鼻尖，指腹抚上她娇嫩的面颊，替她擦拭干净眼泪。

一场分手，气氛却在此刻有了种奇异的亲昵感。

“令嘉，想得到你的爱，真是像颠覆世界一样不容易。”

轻轻一声叹息过后，他的声音温柔到极致：“做个交易吧，令嘉。”

令嘉的一颗心顿时提了起来，她刚要问那交易的内容是什么，傅承致已经接着道：“吻我最后一次，我给你自由。”

她的神情似是惊愕，又有些复杂难辨，整个人僵在了原地。

傅承致耐心地等着，过了好久好久，她终于轻轻地抬起手，扶住他的脸颊，在那下颌和唇瓣连接的地方蜻蜓点水地印上一吻。

交易已经结束，傅承致自茶几上起身，他居高临下俯视令嘉，漆黑的瞳孔漾出一种近乎温柔的、慈悲的宠溺神情。

“如你所愿，我帮你这最后一次，小八。只要你以后不要出现在我面前，我可以忍住任何欲望。”

03

傅承致大步流星地踏出门，一群保镖呼啦啦地跟上去进了电梯。

他没有回头。

茶几上的热茶已经放凉，茶叶舒展着沉淀到杯底，雾气冷却在杯壁上。

那是他刚进门时，晗桐给泡的。

他匆匆来，又匆匆走了。

除了这杯茶水，夏夜里的一切都了无痕迹。

连妙担心地多问了一句：“令嘉……你和傅先生，聊得不太愉快吗？”

人走后，令嘉就一直坐在沙发上没移动过，闻言摇头：“不是的，他答应我的请求了。”

“那是好事啊，你看上去怎么还不太开心？”

“我请求他离开我。”

连妙原本在倒水喝，闻言回头惊呼：“你们刚刚就是在聊这个？傅先生怎么会同意？”

不怪她这么问，以连妙看人的眼光，傅承致从一开始对令嘉就是志在必得、不达目的誓不罢休的态度。

他确实喜欢令嘉，对令嘉的宽容放纵可能到了他自己最开始都没料到的地步，这段感情在之后往复的拉扯里，傅先生绝对是越陷越深的那个人。况且，连令嘉最讨厌他的时候都挨过来了，怎么会在这时候突然选择放手？

“我借钱还给他了。”令嘉轻声解释。

连妙在原地愣了两秒，不敢置信地问道：“都还了？”

“都还了。”

出于职业敏感，连妙不由得紧张起来：“令嘉，压力再大也不能病急乱投医的，你找谁借了那么大一笔钱？利息怎么算？没签什么霸王合约吧？”

“我向从前在剑桥的学长借的钱，合同是陈律师看过的。”

那就没问题了，连妙这才松了口气，叹道：“难怪。”

难怪大佬走的时候，脸上戴着墨镜，一副生人勿近的模样，估计是被打击狠了。他费了那么多心血，到头来还比不上一个不知道从哪儿蹦出来的学长。

令嘉没回应，她背对连妙坐着，柔软的头发披散着，单薄瘦削的肩膀显得孤独而倔强。

人们常常会忘记，电影里、海报上那个光鲜亮丽、造型百变的大明星令嘉，在人后，也只是一个刚满 21 岁的小女孩。无论她看上去再怎么坚强，其实也还是个需要安慰的孩子。

连妙几乎整天贴身跟在令嘉身边，有起码的默契，估摸着她情绪不好，冲了杯安神的花茶，在令嘉身边坐下来，揽着她的肩膀，叹口气问道：“睡不着吗？”

令嘉点头。

连妙这才发觉，令嘉一直紧咬着唇，眼睛里好似生了片水泽，汪在那里，只是强忍着泪水才没流出来。

“这个结果看起来没有想象中那样使你快乐，是吗？”

令嘉又一次沉默。

这其实是她自从认识傅承致以来一直在追寻的结果，但现在，当一切都结束得干干净净之后，她之前那一鼓作气的豪气反而消失了。瞧着傅承致消失在门口的背影，一种说不上来的失去感和惆怅将她的胸口塞满，压抑沉闷，不是那种快刀斩乱麻的痛快，而是钝刀子割肉的痛苦。

他离开的每一步，都仿佛踩在她的胸口上。

令嘉从未体会过这样的感觉。

这与父亲和之望离世的感觉不一样，那时她只觉得撕心裂肺，而现在，说不上来哪里好哪里不好，但就是胸口憋闷，吃不下睡不着，像小蚂蚁在啃噬心脏，一下一下，随着心跳咬得人生疼。

“既然这件事让你们两个人都伤心，为什么还要这样做呢，你真的了解自己的心意吗？”

连妙把晾到合适温度的茶塞进她手中，提出假设：“或许……在借钱之前你有没有想过，可能那位学长肖瑜跟傅先生一样，他们都喜欢你。为了和傅先生划清界限而向别人求助，说明你宁愿欠别人的也不肯欠他的，傅先生应该很伤心。令嘉，你勇敢又充满同理心，是我认识的所有人里最温暖善良的人，在我看来，相互伤害从来不是你会做的选择。”

听到这一句，忍了一整晚眼泪的令嘉终于哭了出来。

她像小孩子一样委屈地道：“可是他已经有了他的爱拉。”

连妙大惊失色，一边给她抽纸一边问：“怎么回事？”

令嘉一个人把这件事放在心里太久，她擦着鼻涕眼泪，一边哭一边打嗝。

“他会和别人结婚，是个英国人。我亲耳听见他和霍普的谈话，我早应该想到的，他需要的是一个能帮助他的家族的女人，不管他再怎么喜欢一个人，婚姻和爱在他们这群人眼里是不一样的。等他结婚后，我又算什么呢？傅承致这个大浑蛋，他和他父亲一模一样，我只有现在趁早离开，才能保留起码的一点尊严。”

这是令嘉第一次明确表露，她对傅承致的心防已经松动。

但连妙还来不及惊讶就开始气愤了，立场突变，跟令嘉同仇敌忾地骂起这个渣男。

“……不管他是哪国人，受哪国的教育，既然他喜欢的是中国的姑娘，就应该按我们这儿的规矩来。他对你这么好、付出那么多，却还想着和别人结婚，吃着碗里的瞧着锅里的就是渣男！”

平时文文静静的女孩子，这下为了帮她出气骂人这么狠，令嘉倒是有些不好意思了，连妙不知道她和傅承致恋爱的内情。

虽然难受，但她不想别人也被自己不好的情绪影响，只得擦干眼泪又擤了鼻涕，解释说：“也不能说他是渣男，我们从来不是真正意义上的普通情侣。就算是情侣，也不一定要结婚，他从来没向我承诺过任何关于未来的事情，倒是不计回报地帮了我许多，无论如何，我应该感激他的。”

傅承致如果在这儿，他大抵不想要这份感激。

自上车撂下一句回机场后，老板就一言不发，司机偷偷地从后视镜里看了一眼，男人自始至终戴着墨镜，瞧不出情绪。

还没来得及收回视线，后座的挡板缓缓上升，司机起初还以为老板发现了自己的偷瞄，心中一紧，赶紧把视线移回路面认真开车，然而后头半晌再没有动静传来，似乎真的只是老板想自己休息一会儿。

确实，傅从伦敦万里迢迢地飞到S市，匆匆停留不到半个小时，又要飞回伦敦准备明天的晨会，应该很累。

他不知道的是，拿下墨镜的傅承致，望着漆黑车窗外绵延的城市光影，扶着额，静默无声地用指尖擦掉了流下来的眼泪。

这世界上应该没几个人会相信，曾经妄言“爱情是人生贫乏、追求虚幻的可怜虫才渴望拥有的东西”，信誓旦旦不会爱上任何人的冷血银行家，有一天竟真的会爱上一个人。

傅承致的原生家庭在任何人眼中都是个表面光鲜实则毫无温度的地方，他的父母名义上是夫妻，其实用“同事”二字来形容更加合适。他已经适应了这种无聊无趣的环境，也从未给过自己对家庭和爱情幻想的余地。

他想了无数次和令嘉的相处到底是哪里出了错，但归根结底，可能就如令嘉所说，他们不是一类人。

在名利场待久了的人，自然身上沾染的也是同样肮脏残忍的气息，而令嘉偏生是个生来没有阴霾的小天使，纯洁干净到谁想要和她吐露自己不可告人的占有欲，都会觉得是种亵渎的地步。

也许无论怎样付出，到头来他的爱在她眼中终究将一文不值。

令嘉应该向阳生长，而不是陪他共沉沦。

最后一次交易，是傅承致用尽了这辈子最大的慈悲，头一次放弃自己的欲望，给她留出逃跑机会。

当然，这也是给他自己机会，斩断这份不应该存在他身上的情感。

他已经开始怀念从前未尝过爱情滋味的自己，冷心冷肺的孤家寡人，没有任何牵挂，不必为任何想念所累。

车子很快抵达机场。

私人飞机起飞，引擎轰鸣声中，机场两侧的跑道灯飞快地从舷窗外掠过。

傅承致的视线停留在手机屏幕的照片上。

照片是在超市拍的，那天录完节目回家，他应令嘉要求拍下了她跟人形立牌的合照。

女孩开心笑起来的样子真美，柳叶眉弯弯，瞳孔发光，像伦敦六月最灿烂的晴天。

他已经滑到删除选项的手指，无论如何都没办法再点下去。

他自欺欺人地将照片保存在回收站，却心知自己说不定哪天又要把它恢复回来。

也罢，吃什么药都有一个锻炼耐受性的过程，等哪天他真真正正忘掉放在回收站里的照片，不再找回，也应该是他彻底放弃这段回忆的时候。

04

十月国庆假期，《暗刺》正式在全国上映。

各大影视公司联合出品，超强阵容，从预售起票房就已经一骑绝尘领跑同期商业片，加之令嘉的《水塔天鹅》还有十来天才下线，累计票房已达 2.7 亿元，两部电影同时在排行榜上，整个黄金周，令嘉成为各大媒体眼中名噪一时、风头无两的超级新星。

《大珠小珠落玉盘》的导演乐得合不拢嘴，他当时请令嘉主演的时候，真没想到她是这么个吉祥物，可惜电影制作需要周期，剪辑速度再快，成片估计也只能到明年元旦了，否则无论如何也得蹭蹭这流量红利。

为配合宣传，丹棠和令嘉一起上了好几档综艺节目。

没办法，《暗刺》里咖位最小的就是他俩，其他人不是老牌影帝，就是奖项大满贯的巅峰影后，总不能跟他们小辈似的连轴转地宣传。

忙碌起来，工作像是一张密不透风的网将人罩起来，令嘉每天变换造型，衣香鬓影地出现在无数镜头下。

一切都和从前一样，但好像又有哪里变了。

工作间隙，不会再有助理小跑过来递给她手机，告诉她有跨洋电话，周边的人也不再在她面前提起“傅先生”三个字。

欧洲和S市距离太远，语言文化隔阂太深，国内没有媒体关心一位伦敦银行家的日常，少了单方面的关系维持，那个人看似已经彻底从她的人生里消失了。

只有令嘉知道，不是这样的。

她只能控制自己不要去外网搜索他的信息，并不能保证傅承致的面孔不出现在自己脑子里。

人的记忆和情感是这个世界上最不受控的东西。

马场定时发到邮箱里的奶思的消费账单会提醒她，他们曾经并肩骑行，在橡树下的绿茵沙场跑道上畅谈小时候的事情。

每每旁人敬酒被周伍、连妙拦下，她会想起第一次被人灌酒时，傅承致像骑士一样从天而降，把她从危险中救走。

她想念父亲时也同样会想到，在那个世界崩塌的夜晚，是他在旧房子的衣柜里找到了她，将她全部的痛苦、眼泪和歇斯底里全部纳进怀中，并向她起誓永远不会再骗她。

家里出事后，傅承致几乎扮演了她生命中拯救者的角色。

令嘉从来不是铁石心肠无动于衷，相反，她的心很软，她只是拼命克制着告诉自己不可以回应。

她渐渐地明白，为什么当初傅承致带着协议出现在她面前时，可以狂妄地承诺，两年内对他没有感情他可以放她离开。

因为当恶龙愿意俯身时，天底下真的很难有人能抗拒这份温柔。

十月中旬的S市开始降温，令嘉不幸中招，被丹棠传染了重感冒。

喝了两天药，傍晚她带病赶到电视台，录制一档国民综艺节目。

摄影棚的镁光灯照得她面颊发烫、头重脚轻，不知道是不是低烧还没退。

幸而录制节目化的妆比较浓，化妆师的巧手把令嘉的一张脸化得仍旧精神饱满，瞧不出半点病容。

录制时间已经过半，节目到了趣味桥牌的游戏环节，嘉宾们一边打牌一边回答主持人的提问。

令嘉下场跟丹棠做对家，紧密的节奏鼓点倒计时中，嘉宾一面要打出正确的牌，还要完整准确地回答主持人口中的问题，否则就需要接受被悬在头顶的水泼下的惩罚。

为了保证可看性，顺便宣传电影CP，节目组很努力地把丹棠和令嘉凑成一对。

“《暗刺》拍得最困难的戏是哪段，是跟丹棠的吻戏吗？”

令嘉没上钩，跳过吻戏的话题答：“是动作戏，为了增肌，导演建议我在挂单杠做仰卧起坐时顺便背台词，感谢导演的鞭策，让电影里的我有了腹肌。”

“最痛苦的戏是哪一段？是跟丹棠的吻戏吗？”

主持人促狭，丹棠无奈，台下也都哄笑起来。

令嘉还是没有接茬。

“是电影最后，小冬在恋人怀里离开世界的那一段，因为太入戏，拍完看回放我把鼻头哭破皮了，粉底遮不好，被化妆老师训了一顿。”

小冬就是令嘉在《暗刺》中饰演的角色。

观众们哈哈大笑，只有中间少数令嘉的粉丝没能笑出声，他们都知道令嘉的初恋因车祸去世的事，她是实打实地经历过这样的生离死别，这段拍得是真的残忍。

几轮牌打完，话题逐渐脱离电影。

“小嘉，你的理想型是什么样的？”

令嘉捏着牌，怔了一下。

倒计时最后一秒，她终于放下牌，说道：“希望他是个好人。”

“小嘉对另一半的条件放得这么宽松吗？那男孩子们可太开心了……”主持人接着提问下家。

令嘉默默地想，其实这个条件也不见得宽松。起码对有的人来说，已经是最难的事情了。

完成节目录制已经是晚上十点，连妙在一旁胆战心惊地看完，令嘉问题答得还算不错，好歹没被水泼到。

一出摄影棚，连妙忙就给令嘉披上大衣，打开保温杯给她灌了两口药：“好在不发烧了，回去洗个热水澡吃了药就能睡觉，明早起来要还不见好转，咱们可能得去打点滴了。”

光鲜亮丽的妆容卸掉后，令嘉的脸色又变回病恹恹的惨白，见不着血色，细胳膊细腿藏在大衣底下，像是秋风一刮就能被吹走。

开大暖气之后，周伍又把保姆车后备厢里备着的小毯子抱出来给她盖腿。

令嘉接过毯子，余光忽地扫见放毯子的塑料箱里满当当装着什么东西。

“那是粉丝寄来的信吗？”

“是啊。礼物都退了，贺卡越收越多，从F市回来我就顺手放在车上了，你有时间再看。”周伍伸手在信件间拨了两下，忽然顿住，“咦，怎么还有这么大个盒子。”

他疑惑把礼盒拿起来看：“奇怪，礼物我确实都退回去了啊，这是谁放在车上的？”

晓桐也说不知道，令嘉干脆伸手把盒子接过来。

“别动，我来，别是什么奇奇怪怪的东西……”

周伍话音还没落，令嘉已经拆开了。

是只漂亮的圣诞水晶球。

周伍还在纳闷这礼物怎么跑到车上的，令嘉看了一眼，便已经确定了它的主人。

是傅承致放的，日子也许是从 F 市回来之后的某一天。

和他故意摔碎的那只一模一样，是查令街出品的圣诞限量礼物。

她把水晶球在手里转了一圈。

唯一的区别在于，从前那只底部刻了 Ron&Joanlin，沈之望和她的名字缩写。

而这只，刻的是四行英文——

“And the sunlight clasps the earth
And the moonbeams kiss the sea——
What are these kissing worth
If thou kiss not me.”

他刻的是雪莱的诗，巧的是，令嘉中学时期就曾在学校图书馆里读过这一段。

日光亲吻地球
月光亲吻海洋——
但这些亲吻又有何用
如果你吻的不是我。

生病的人也太容易哭了，令嘉借着擦鼻涕的空儿把眼泪一并擦了。

之后，就开始沉默。

周伍开车，趁着等红绿灯时回头看一眼，瞧见令嘉还抱着那水晶球，提醒道：“妹妹，来历不明的礼物可不能要。真喜欢的话，要不你先交给哥，哥找个人检查检查，别有什么摄像头藏在里头。”

令嘉摇头：“不是粉丝送的，这是我的东西。”

十月的伦敦阴雨连绵，行走于金融大楼内的精英们端上热咖啡，西服下加了薄毛衣。

霍普进老板办公室前，先打够了喷嚏，整理过领口，才抬手敲门。

那晚从S市回来以后，他觉得老板变了。

以往傅和令嘉发生矛盾，工作时会更严苛、更容易发脾气，这次却不一样。他对工作好像进入了一个麻木而不知倦怠的时期，对所有下属都温柔得可怕，就连对待犯错的人也只是和颜悦色地要求他们纠正。

“这样不好吗？”

办公椅从落地窗那面转回来，傅承致的长腿搭上办公桌。

“虽然不错，但您的改变来得太突然，大家还在适应期。”大家都胆战心惊地担心这条恶龙不知哪天又会变回去，霍普内心腹诽，面上给他讲起了茶水间的笑话，“布雷特上周失手那只能源股，今早您又安慰了他两句，他大概以为是恐吓，差点自己递辞呈到财务领工资。”

傅承致可不会安慰下属，放在从前，任何人都不会多想，那就是威胁恐吓。

男人被他逗笑了，勾了一下嘴角。

他抽出钢笔，接过文件，浏览项目时突然开口道：“我从前一直觉得，做好事会让我不舒服。”

就像从前大多数内敛的东方人无法开口说爱一样，稍微肉麻些的词汇都能让他们如芒在背。

傅承致可以毫无负担地说出一堆冗长、华丽又漂亮的礼貌话，但他不能做一件柔软的事，那会让他不自在，浑身起鸡皮疙瘩。

霍普顺着追问：“现在不会有这种感觉了吗？”

“暂时吧，我可以做一段时间的好人试试。”

从未拥有过爱的人，当冷硬的胸腔里开始有了这种东西的存在后，也许就像他一样，需要一点时间来适应。

在这个阶段，傅承致突然愿意对以往从不肯关注的弱小的人报以同理心，愿意花一点点的时间思考他们失误背后的理由到底是不是情有可原。

晚上七点，是傅承致从合宜下班的时间。

当然，下班仅仅代表他离开了办公室。

之后的几个小时，他也许会回家开视频会议；也许会与客户或合作伙伴共进晚餐；也有可能会参加晚宴，然后带着满身酒气一个人回到他从老头儿那里继承的巨大豪宅，一个人冲澡，吹干头发，关灯睡觉。

管家偶尔会耐心剪辑发送他那几只养在苏黎世的小布拉班特猎犬日常犯傻的影像，傅承致一脸嫌弃地浏览完，暂时没有其他事情等着做时，就会想起令嘉。

这一次，他的朋友，合宜首席法律顾问乔治，因为工作滞留到深夜，用人替他准备客房时，乔治心血来潮想借影音室看电影。

傅承致的腿原本都已经往卧室走了，闻言又转回来。

两个多小时，电影放到尾声，这位牛津法学院出身的大律师在影音室哭得稀里哗啦，回头控诉：“傅，你对这段感人的生死绝恋毫无感触吗？还是你已经看过了？”

黑暗中，傅承致没说话。

电影上映不久，他当然也是第一次看。

海水的柔波映得女主演天生的秋波温婉，像极了十几年前傅家苏州祖宅还没修缮时，家中挂的民国仕女图，又似他年少时看过的旧电影，梦回时偶尔闪现在香江的港口生离死别的大小姐的模糊形象，终于有了具象的模样。

这动态的音频比手机图库里单薄的一张照片更令人失落惆怅。

第七章

只要她不是毫无波动，
就是有希望的

01

《暗刺》上映第28天，票房突破18亿元，成为令嘉出道以来票房最高、增长速度最快的电影。

而《水塔天鹅》下映的最终票房突破3.95亿元，至此，令嘉主演的个人票房累计已经接近36亿元，在百花齐放的娱乐圈里一枝独秀。

电影火爆一部不难，难得的是令嘉出道以来的作品一部也没有失误，没有短板，拍商业片是高票房，拍文艺片就拿奖。

孔静和当初没有看走眼，观众缘是种玄之又玄的东西，令嘉有，观众就喜欢在大荧幕看见她，大荧幕放大了她眼角眉梢的灵气，放缓了她一颦一笑间的少女风情，淡妆浓抹都相宜，动态比静态更好看，连一点点少女的婴儿肥都恰到好处，令人惊艳。

电影里惊艳瞬间的截图，还被国内最大体育论坛最高票评选为神挡杀神、佛挡杀佛的新一代神颜。

周伍也在这时给令嘉递来了新本子，国内爱情片教父仇闻大导演的新作《天黑之前》。

剧本改编自同名原著，小说被誉为最好的初恋故事，打动两代人的青春记忆，拥有庞大的书粉。仇闻买下原著改编权后，迟迟不敢下手，潜心打磨近五年，最近才传出筹拍的消息。

这个资源可以说是提升国民度的千载难逢的好时机。女主角有着得天独厚的角色光环，她几乎是每个男人青春期都会喜欢的白月光，无论最终票房如何，能出演这个角色对演员的形象提升都有着莫大的好处。

女演员们为此抢破了脑袋，不乏给导演打电话毛遂自荐的人。可惜仇导在看完《暗刺》后，直接放弃了选拔环节，跳过资方力排众议把这个角色给了令嘉，无论容貌还是年纪，这个角色简直就是为她量身打造的。

好消息来得太突然，唯一为难的就是档期撞了。

令嘉为难：“好是好，可电影8号就开机了，《仙女2》的配音怎么办？”

康纳上半年为令嘉接了一部英国动画片《仙女2》的角色配音工作，由于会在国内上映，十一月中上旬，两个星期时间，需要令嘉到利兹去录制中英双语版本。这是一部关于芭蕾的动画，去年第一部上映后全球票房非常可观，动画公司又接着制作了第二部。

令嘉配音的角色是与主角竞争芭蕾舞团首席的女二号。

制作方原本打算找位中国大咖演员加盟，但无奈能说一口地道英语的人选太少，挑来挑去，直到《水塔天鹅》在意大利电影节获奖，令嘉才正式进入制作方的视线。恰巧两部都是芭蕾舞主题的电影，令嘉还有着长时间在伦敦生活的经历，获奖采访里英文说得非常流利，并且在中国人气正盛，是再适合不过的人选。

周伍说道："仇导为了选你做主角，连资方都得罪了，等你一个星期当然也没问题，放心吧，那边我已经通过气儿了，14 号回国，15 号参加青鼎盛典，16 号进组。"

令嘉这才接过剧本，把它和《仙女 2》的台词本一块儿放进行李箱。

飞机起飞时间是下午两点，从 S 市飞往利兹，中间在荷兰首都阿姆斯特丹转机。

同行的还有一姐祝梦之，她参加一档旅行综艺节目，到荷兰站跟队友会合，康纳干脆给她们一块儿买了商务舱机票。

"联络感情买连座！"晓桐查完座位图惊呼，"这么馊的主意都不知道是谁想出来的。"

康纳内部任谁都知道令嘉崛起太快，已经威胁到一姐的地位，祝梦之脾气不怎么好，别到人家面前晃悠拉仇恨就是最好的方式。

票买到一块儿，意味着得相处十几个小时，明显是有人在其中捣鬼，想看热闹。

令嘉倒是不怎么在意，因为祝梦之并没有大家想象中的那么讨厌她。

她也能猜到这个馊主意是谁出的，准是一姐的大经纪人黄子谦。她上回拒绝了他的拉拢，现在给她找麻烦呢。

果然，一姐戴着墨镜和耳机，登机后往隔壁一坐就开始闭目养神。

随行的工作人员都在后头经济舱，令嘉打招呼没得到回应，也不恼，自己背起台词。

飞机临关舱门前，最后一位旅客登机。

令嘉低头看剧本没在意，人走近了敲她肩膀，令嘉回头一看才惊讶地发现这人竟然是席霖。

身边好久没出现过和傅承致相关的人，她心头一跳，摘下耳塞问道：“席先生，你也去荷兰吗？”

“不，我转机去英国，你去哪儿？”

令嘉有点失措：“我去英国，去利兹给《仙女2》的角色配音。”

“巧了，”席霖笑起来，“AM负责《仙女2》的国内发行代理，跟你一样，我也去利兹出差。”

他干脆回头跟空乘还有令嘉隔壁的乘客商量，想换到她身边的位置。

商务舱空着大半，对方欣然同意。

这下令嘉左边是祝梦之，右手坐了AM少东，一份尴尬变成双份，颇有点儿如芒刺在背的感觉。

毕竟傅承致都要和别人结婚了，再和他的朋友相处，不自在也很正常。但显然，席霖不是个会尴尬的人，他像从前一样跟令嘉聊天，言语风趣不失亲近和气，不过只字没提傅承致的大名。

令嘉绷着的神经总算放松了，看来她和傅承致分开的事，他已经知道了，没想席霖下一句就压低声凑近道：“妹妹，你竟然真的让承致吃瘪了，我现在就是特佩服你。”

令嘉看着他脸上洋溢的笑容，疑惑道：“你们不是朋友吗？”

“是啊，但这并不影响我开心。你不知道让承致认输是一件多困难的事，这是我从学生时代起就致力的事业。认识你的时候，我都没想过你能一举完成这个伟大的使命。”

令嘉实在不能解他奇奇怪怪的恶趣味。

但她也没想过跟人解释其中内情，低下头正打算继续看剧本，席霖又接着说话了。

他开口有点像是在回忆：“其实，承致那家族都多少有点极端利己的基因，他能为一个人花那么多心思，我到今天都有点不敢置信，你就这样跟他提分手，怪可惜的。”

他兴致勃勃地问道：“你是真的不喜欢他吗？但就算这样，如果暂时没有其他喜欢的人，跟承致在一起多划算呀。你瞧他对你多上心，你完全可以等宝恒市值涨得差不多了，有了喜欢的人再……”

令嘉被他的奇思妙想噎到失语。

“您是在教唆我摆杀猪盘吗？”

杀猪盘，这是令嘉从网上学来的新词。

“妹妹啊，你可真是个妙人。”席霖笑得肚子疼，扶着腰平复气息，“但要不是这个原因，那你们为什么分开？有什么矛盾不可调和吗？你有没有想过开诚布公地提出来试试？也许其实承致自己都没意识到，他可以为你让步很多。”

“您把我想得太厉害了。”令嘉摇头，“我才21岁，很多事我自己都还没想明白，又怎么有能力改变其他人。”

她的想法很悲观，但也理智。

事实就是这样，再过两年傅承致就30岁了，社会观念已经完全成形，况且在那样的环境下出生，他比99.99%的同龄人看待问题都更现实。从他执掌合宜以来，做的每件事情也确实毫无温度可言。

如果席霖没有那么了解傅承致，或者眼前坐的不是令嘉，也许一年前他都可能会这么想。

但现在——

“你前男友是承致的弟弟，你清楚他妈妈的故事吗？”

令嘉猛地抬头盯着他。

席霖抬手道：“我无意冒犯啊，我只是想告诉你，基因这东西能决定很多东西。我父亲一辈子交往过很多女人，我也一样。但承致他父亲是个痴情种，如果他弟弟是，那么他可能也是。当年如果不是金融危机来得太突然，老傅总可能真的就离婚娶你前男友他妈妈了，那他们有爹没爹的处境恐怕得对调了。”

令嘉心中惊愕。

她没听过这些话，只知道之望丧母，父亲也不大管他。

“你也觉得不可思议吧，但事实就是这样。爱德华八世也为爱情放弃王位，爱情这玩意儿就是用来打破世俗束缚的。”

“您说话听起来……”令嘉像是在犹豫对这不礼貌的话到底该不该启齿反驳，顿了片刻后说道，“像位心灵鸡汤大师。”

席霖并没有因为这个评价而生气，反而被逗得更乐了。

“可能吧，确实是我最近偶像剧接触得太多了，你就当我跟你说戏呢，不要有心理负担啊。”说着他还特地给令嘉递上一小碟自己的水果，笑道，“赔罪。”

话题顺势转移到其他地方，席霖一会儿跟令嘉聊聊演戏，一会儿又聊聊工作，直到令嘉紧绷的神经又放松下来，他才适时地停下聊天，让她休息。

道歉归道歉，席霖可真不认为自己哪儿说错了。

虽然不能保证结果，但傅承致确实对令嘉的态度很特别，否则就凭他对私生子的厌恶劲儿，当初多看令嘉一眼都是奇迹。

航程过去大半，舱内旅客大多放平椅子进入熟睡状态。

祝梦之也终于从补眠中清醒，她往旁边一看，令嘉把《天黑之前》的剧本搭在脸上没心没肺地睡得正香，就像生怕别人不知道这本子被她拿到手了。

角色定给令嘉之前，制片人和资方一直是在跟祝梦之接触的，但被仇导婉拒，给出的七拐八绕的理由她已经忘了，真正的原因是暗指她年龄不合适。

想想自己数十年如一日地坚持保养，有时候照镜子都觉得自己刚满二十，怎么就演不了年轻人了？

祝梦之摘了墨镜，仗着令嘉看不见，握指成拳准备给她来一记暴击，落到人额前的一秒险险收住，换了根手指，轻轻地、暗戳戳地点了一下，算是出了口恶气。

看在她拒绝了黄子谦，还算是个安分的年轻人的分上，姑且饶了她吧。

飞机在平稳的巡航状态，洗手间显示正在使用中，祝梦之干脆抱着胳膊在不远处等待。

冲水的声音过后，人从里头出来径直从她面前走过，瞧背影，是位身材高大的男士。

祝梦之唤住他：“你好，请等下……”

席霖转过身，才瞧清祝梦之的脸，眉梢便挑了起来。

圈里的女性生猛起来有时真不见得比男人差。作为AM的少东家，一棵金灿灿的参天木，席霖从十几岁起就被前赴后继的女人盯上了，在餐厅的洗手间外被小明星扑过，也在酒店洗手间外被人扑过……不过飞机洗手间外头等着的，倒是头回见。

眼见人要靠近，他连忙抬手制止：“小姐，事先声明一下，我有女朋友了，请您自重。”

他席霖可不是来者不拒，连节操都不要的人。

祝梦之左右看了一圈，最后指着自己道：“你在跟我说话？”

“不然呢？”

她不可置信地僵在原地两秒，定睛在他脸上看了几秒，才把这个自作多情的家伙认出来。AM少东、令嘉的神秘男友，娱乐圈就这么大，稍微有点名气的人都互相认识，只是他们从前没有过交集。

两人到哪里秀恩爱不行，来她面前拍偶像剧“席少的心尖宠”。

祝梦之差点被气笑，白眼差点翻到机舱顶上了，她轻嗤一声：“眼拙了席总，刚才没把您认出来。我只是想告诉你，你掉东西了。”

席霖低头，果然，手机不知道什么时候从兜里滑落，舱面地毯太软，加上刚才的飞行噪声干扰，他没听见手机掉落的声响。

席霖轻咳两声，有点尴尬，正打算说点什么挽回尴尬局面，洗手间的门已经砰的一声在他跟前甩上了。

这女人脾气挺冲，席霖摸了下鼻子，心里说道。

可怜令嘉妹妹和她同在一家公司。

02

令嘉一觉醒来，飞机已经到了阿姆斯特丹上空，即将抵达机场。

长途飞行容易让人感到疲惫，广播响过后，舱内的气氛总算轻松了些，但她总觉着身边的两人说不出哪里奇怪。

一姐不知道什么时候醒的，正冲着舷窗补妆，而席霖正将整个身体转向走廊看报纸。

两人背对背，头还各自扭开，中间隔了个她，空气静默又尴尬。

令嘉悄悄地把座位升起来，暗想：就小睡一觉的时间，不知道错过了什么好戏。

用空乘送来的热帕擦了脸，令嘉左右环顾，突然发声："梦之姐和席总认识？"

"刚认识。"

祝梦之啪地合上化妆镜，说道："刚刚在洗手间门口第一次打招呼，黄哥也不知道怎么想的，给我订了个电灯泡的位置，对不起了令嘉。"

令嘉听得一脸蒙："啊？"

"打扰你们两位雅兴。"

"误会了！"令嘉连连摆手，"我和席总不是那种关系，今天就是碰巧遇上了。"

"没关系，不用解释的，我懂。"祝梦之低头继续整理化妆袋。

不，你不懂！

令嘉恨不得把一姐的脸扳过来让她好好看看自己有多清白："座位也是起飞前才临时换的，我们是朋友的朋友。"

"噢。"祝梦之态度敷衍地点头。

"是真的！不信你问他。"令嘉很较真，闪身让出身后的席霖。

祝梦之终于看过去。

席霖清了清嗓子，说道："对，令嘉是我哥们儿的女朋友，他应该不愿看见您这样误会我们。"

娱乐圈是个大染缸，真真假假的事儿太多，十张嘴也澄清不了的事儿更多，眼见一姐这回像是终于信了的样子，令嘉也不再计较席霖的说法是不是准确了。

令嘉在斯希普霍尔机场转机，从这儿开始，就要和公司其他人分别了。

等待飞机的时间，两个团队在机场一块儿吃了顿晚餐，拍摄旅行真人秀的综艺节目导演抓紧时间和席霖聊天套近乎。见不得导演那殷勤样儿，祝梦之戴墨镜跷着二郎腿，冷脸环臂坐在边上不耐烦地翻白眼。

眼前的情境更坐实了一姐跟令嘉关系不睦，众人都暗自嘀咕。

无辜的令嘉在助理们爱怜的目光中，光明正大地点了份香草冰激凌。

短暂地在地面休息过后，搭乘爱尔兰航空又是十三个小时的长途飞行，抵达利兹时，时间已经过去了一天一夜。

她上次来英国，还是为了拍《我和她的1935》，在酒店倒了十几个小时时差，一行人总算恢复了些精神。

当地时间早上八点，令嘉跟着负责人参观了制作公司，又见了制作录音的《仙女2》团队。

录了几段，一切比想象中顺利。

在国内的时候，令嘉就已经跟着配音老师学习了一阵儿，试了好几种声线，总算达到导演想要的效果。

唯一的难点就是给动画配音，需要每一个词都对上动画人物的口型，既要减弱自己的音色特点贴近角色形象，又要表达出充沛的情感。

十月的利兹，天已经冷了，连下了好几场雨。

傍晚，连妙泡的枸杞甘草菊花茶已经见底，令嘉口干舌燥，又冷又饿，抱着保温杯回酒店，恰巧在大厅遇见了同样回酒店的席霖，几人正好结伴一块儿去酒店餐厅。

酒店是制作公司帮忙订的，这家酒店的餐厅在利兹很有名。

早上起床时令嘉就已经看好了晚上的菜单，期待一整天，就等工作结束了。

等待前菜时，令嘉打破平静，主动寒暄：“您事情谈得还顺利吗？”

“还不错。”席霖点头，“顺利的话明天下午就能回国了。”

令嘉正准备客套地说句什么恭喜一下，男人的视线突然被餐厅入口处吸引。

她好奇地跟着回头望去，进来的是一对俊男靓女。

女人长相酷似女星克莱尔·弗兰妮，金色长发，个子有一米八几，已经快接近她的男伴了，姿态雍容，光芒四射。

真漂亮！令嘉中暗自欣赏，身旁的晓桐也脱口而出同样的感慨：“真漂亮啊。”

“我去打声招呼。”不等她们回应，席霖已经起身，径直朝女人迎过去。

令嘉傻了眼，席霖不是有女朋友了吗？

这就是男人的本性吗？！

令嘉脑袋里乱七八糟的想法直到席霖走到女人跟前才终结，因为仿版克莱尔·弗兰妮竟然十分热情地跟席霖拥抱寒暄起来。

原来两人原本就是认识的。

侍者开始上前菜，几人也听见席霖对她的称呼——“爱拉”。

电光石火间，令嘉似乎想到了什么，她突然把眼前这张脸和网络上的图片，以及“爱拉”这个名字联系了起来。

那个爱拉就是这个爱拉，她就是傅承致打算结婚的人。

意识到这一点，令嘉心脏重重一跳，她像是做错了事情般仓皇转回头，如坐针毡。

“怎么了，令嘉？”连妙心细，很快注意到她的动作，问道，“你的嘴唇怎么发白了？”

“可能是冷的……这里暖气温度开得太低了。”令嘉结结巴巴。

“是吗？”连妙并不觉得冷，但还是打开包，递上她的衣服，“那还是把外套穿起来好了，别冻坏了。”

席霖也在这时候走回来，他笑着开口道：“令嘉，我遇见了一个老朋友，她想跟我拼桌坐在一块儿，你介意吗？”

令嘉穿衣服的手一颤，大脑一片空白。

偏偏她是个不擅长撒谎的人，几条不怎么有说服力的借口在她嘴边过了几圈都说不出口，最后只能稀里糊涂地咬唇点头。

令嘉在谷歌搜索过的资料显示，爱拉的家族本部在利兹。但那时候的她，无论如何都没想过自己未来会以这样一种方式与人相见。

上帝就是喜欢将所有巧合汇聚在一起，才好捉弄人。

餐桌够大，侍者只需要再布置两把椅子，两套餐具，便可以让新的客人入座。

“Hi（你好）。”女人风情万种地把卷发往肩后一拨，落座时先与令嘉打了招呼。

令嘉尽力维持着社交礼仪，礼貌回应。

席霂替她们简单介绍了对方。

说到男伴时，他的声音稍微一顿，爱拉随意地介绍了男伴：“Alex，是个模特。”

接下来的时间就是席霂跟爱拉在聊天，说些他们在牛津时候的趣事。他偶尔也把令嘉拉入谈话中，不至于让她觉得被冷落。

不知为什么，每当爱拉的视线落在自己脸上时，令嘉就感觉那眼神里充满探究，那样的好奇不应该出现在两个第一次见面的人身上。

可对方说话的语气又表现得像初次相识，险些要让她怀疑是自己在疑神疑鬼。

令嘉开始讨厌西餐厅动辄一个小时起的用餐时间了，原本早在菜单上就看好的美食，如今让她食欲全无。

脑子里乱糟糟的，令嘉一抬头，那张精致的西式面孔就会映入眼帘，时时刻刻提醒她这是未来将要和傅承致结婚的人。

用餐过程中，爱拉也并不掩饰自己与男伴的亲昵，偶尔跟那个叫Alex的男模笑闹，交颈耳语，不难瞧出他们是对情人。

令父一辈子只娶了她母亲一个人，言传身教为令嘉灌输了对伴侣忠贞的概念，令嘉从未认可过那样不道德的爱情观。

而且，当双方的关系对标，意识到她跟Alex成了一类人后，令嘉唇色更白了。

她突然觉得自己很不堪。

两年来，她和傅承致待在一块儿的日子，像是偷了别人的东西。

这一餐挨到甜点上来后，令嘉终于找到借口提前离席。

她感觉喉咙发痒，不太舒服。

一年多没来英国，十一月猛然来到阴冷潮湿的利兹，呼吸道需要时间适应，倒时差加上累了一天，令嘉本来就有哮喘，晚上咳几声也在情理之中。

席霖关心道："不喜欢甜点？我看你一口没动。"

"是用芒果做的，我嗓子不好的时候可能会轻微过敏。"

席霖当即表示理解，她本来就是过来配音的，声音出问题就误工了，行程都得往后推，还是得慎重些，让她回去好好休息。

直到目送令嘉走远，席霖才收回视线。

他继续与爱拉交谈："Joanlin 是个很可爱的人，你觉得呢？"

爱拉使用叉子一边进食，一边漫不经心地点评："她看上去年纪很小且弱不禁风，需要保护，难以想象，Phil 他竟然喜欢这种没发育开的小女孩。"

席霖听罢反倒哈哈笑起来："Aila，你知道吗，你的妒忌在不知不觉中赞扬了她。"

令嘉年纪确实还小，但也不至于没发育开，否则几位大导演也不会先后为她折服。

他们最喜欢令嘉的地方不是她的演技已经好到无可挑剔，而是她的气质和年纪恰好介于少女与风情万种的成熟女人之间。无论东方还是西方，审美永远是共通的，没有人能拒绝年轻人皮肤紧致光滑，充满弹性和胶原蛋白的美感。

爱拉没有显露出被戳穿的窘迫，她从容耸肩。

"毕竟我们是第一次见面，您不能指望我对自己的情敌留下好印象，考虑到是她猝不及防地出现在我面前，我认为自己刚才的评价已经足够克制。”

“你为她的存在而感到烦恼？”席霖一针见血地指出。

爱拉这次沉吟了好几秒才开口作答：“也许吧，她长了一张没受过委屈的脸，看上去也不像伊芙那个只有皮囊、没有头脑的虚荣蠢物，Phil 对她的付出远非上段恋爱可比，超乎我预期的底线。”

她很早之前就知道令嘉的存在，因为傅承致从去年起就开始频繁往亚洲跑，不过她并不在乎。

这次却不一样，令嘉到她的地盘来了，这对她来说像一种挑衅。

今晚见到真人的威胁性，比她想象中那个虚幻的影子更让她担忧。

她忍不住生出疑虑，Phil 究竟能不能像他父亲一样，守住婚姻的条约和义务。

席霖瞥了一眼她身边俊美的意大利男模，笑起来：“那你认为 Phil 的底线又在哪儿呢？”

“你我都知道，这不一样。”

爱拉切换法语交谈：“我仅仅是寻找短暂的快乐。”

她消息滞后，显然还没有收到令嘉和傅承致已经分手的消息。

当然，席霖也不会多此一举提醒，只稍微替令嘉解释：“她对承致在伦敦的事情了解不多，并不知道你的存在，这次来利兹也只是受邀参与《仙女 2》配音，今晚的见面只是巧合而已。”

爱拉听见这一句，终于放下餐具。

“你瞧，这正是我倍感威胁的原因。你认为她对我的存在一无所知，但在我看来，事实并非如此。”

03

令嘉逃回房间，换了睡袍就立马钻进被子底下。

晓桐拿药过来，她也没吃。

“先放桌上吧。”她就连说话的声音也沮丧至极，像一根被霜打过的茄子。

晓桐不明所以，以为她只是不舒服。

连妙干脆就学 Lum，端着杯子坐在床边软语哄了几句。

令嘉觉得很丢脸，今天晚上她本来不想见人的。

但她最怕别人对自己好，僵持两分钟后还是认了输，顶着揉乱的头发从枕头中间钻出来喝药。

利兹的夜幕下，又下起瓢泼大雨，窗外电闪雷鸣，雨点拍打在酒店落地窗上，室内的空气跟地毯都变得潮湿起来。

令嘉披着被子，脸色发白，看上去很可怜。

晓桐担忧："要是实在不舒服，我们就上医院看看吧。"

令嘉本来就只有一分的不舒服，为了逃离餐厅说成十分，哪里需要去医院，闻言赶紧摇头："我没事。"

晓桐不信，令嘉不是个娇气的人，平日里在片场拍戏她很能吃苦，今天晚上提前离席肯定是真的不舒服了。

连妙说道："早知道应该问问之前傅先生给你找的医生都给打的什么针，我记得那个效果好，一剂下去就脱敏，睡一觉起来一点也不咳了。"

说完这句，她突然彻底明白了令嘉一整晚闷闷不乐的原因——令嘉说的傅先生要结婚的爱拉，原来就是今晚的爱拉！

连妙当即捶了一下头怪自己脑子迟钝，忙把晓桐赶回房间休息，拉了把椅子在床边坐下来。

想了半晌，她认真地开口道："令嘉，我觉得许多时候，你根本不必为自己设置那么高的道德底线，爱都是自私的。这位爱拉小姐，你今晚也看到了，她有自己的情人，她和傅先生之间的关系并不是我们想象的那样密切，他们既然没有订婚，一切就都还有机会，你或许可以试着跟傅先生谈谈，谈谈你在意什么，万一有希望呢？"

她握着令嘉的手，诚恳地劝道："我长这么大，唯一确定的一件事就是，人得学会自己争取，礼物不会从天上掉下来。当初《交换人生》的节目组来村里选角，是我主动从全村的孩子中走出来，站到导演面前，你刚来公司的时候，也是我主动跟原来跟的艺人请辞，让总监把我调到你身边。

如果不尝试，我今天也不会站在这儿。你也一样，试一试也不会损失什么，人生就那么几十年，遇到一个喜欢你又对你好的人有多不容易……试试吧，至少你不会后悔，嗯？”

“可、可是……”令嘉可是不出来，她突然觉得自己的语言实在匮乏，匮乏到没办法表述她现在哪怕十分之一的复杂心情。

难受、烦闷、羞恼……也许还有一些说不上来的自惭形秽，这是过去二十年从不曾出现过在她身上的情绪。

即便随着时间推移，她终于可以在连妙面前坦然承认自己对傅承致的感觉，但说给其他人听又不一样了。

她和傅承致之间有着如天堑般的地位差距，在任何人眼里都是不匹配的。

举个最简单的例子，如果席霖认为她和傅承致有结婚的可能，那么他今天晚上就无论如何也不可能答应爱拉拼桌的请求，让两人在同一张餐桌上相见交谈。

何况傅承致离开S市那晚，她已经把话说得很坚决，毫无退路可言。

令嘉不是怯懦的人，她觉得自己很勇敢。但这次，当要她同时抛掉自尊和内心根深蒂固的道德感，去追求一个虚无缥缈的可能时，这个抉择就再也做不出来了。

两个星期的时间一晃而过，配音工作终于赶在最后一天完成。

连妙提前买好的机票总算没有作废。

当天下午，三人乘车抵达伦敦，打算从伦敦直飞回S市。

作为欧洲最繁忙的机场，希斯罗永远人声鼎沸。

等待登机的时间，晓桐买了一堆食物给两人垫肚子，可惜令嘉要为即将进组拍摄《天黑之前》保持身材，一周前便开始节食，饿久了这会儿闻见油腥味还有点反胃。

身边一对喷了浓重香水的高大白人情侣走过，令嘉捂着帕子咳了两声，继续抬头专注地寻找自己的登机口。

然后，她仿佛看见了什么，视线突然顿住。

在那边视线扫过来的一瞬间，她拉着身边的连妙和晓桐一闪，躲入大厅的承重柱后。

身后呼啦啦一群人走过。

令嘉捂着胸口，心脏扑通扑通乱跳。

她还记得那天晚上，傅承致离开前的最后一句话，是让她不要再出现在他跟前，伦敦那么大，偏偏就让他们在机场又遇上了。

晓桐本想探头看看是谁把令嘉吓成这样，连妙忙把人拉回来，那群保镖眼观六路耳听八方，洞察力超强，开不得玩笑。

背对承重柱，想着刚才的惊鸿一瞥，令嘉放缓了呼吸。

傅家有私人飞机，平时有自己的登机通道，不知道为什么他会出现在这儿。

不管是什么原因，她们的航班再有几分钟就会开放登机口，那么大的T4航站楼，只要绕开这行人，偷偷上飞机，傅承致就不可能发现她。

令嘉觉得庆幸。

确实，为保障出行安全，傅承致一直有自己的专用通道。

如果不是为了找人，他绝对不可能踏足有这么多旅客的航站楼，复杂的环境对安保而言是一大考验。

傅承致这趟本来是打算飞往纽约的，临登机前接到好友的寒暄电话，通话最后，席霖想起来告诉他，令嘉因为配音在利兹待了两周，今天是最后一天，下午她会从希斯罗机场直飞回S市。

对方同时好心地提醒了令嘉和爱拉在利兹碰面了，以及令嘉在此之前可能已经知道爱拉存在的事。

这个消息出乎傅承致意料，他确定令嘉没有任何获知信息的途径。

他没说过，霍普也不可能开口讲。

那她究竟如何得知，又是什么时候知道的？

这两个问题都很关键。

金融从业者最擅长通过蛛丝马迹寻找答案，窥知真相。

长久的相处中，令嘉的想法和小脾气在傅承致这里从来都一览无余，她大概率不可能把这件事放在心底藏太久，如果她是最近才知道，如果误解再深一些……那她为什么突如其来借钱还债，还决绝地要和他划清界限，就都有了解释。

一行人的阵仗在机场并不常见，看上去像是大人物出行，通道两边候机的旅客都忍不住将目光移过来，集中在人群正中那位虽不知名，但仍觉得贵气逼人、英俊潇洒的亚洲人面孔上。

傅承致的步履本来急切匆忙，深入候机大厅后，又渐渐地慢了下来。

突然脚步定住，他没再朝前走。

霍普奇怪地道："先生？"

"这样出现，令嘉即便看见我，也会吓得躲起来。"

"不找了吗？"

"算了。"傅承致叹了口气，却没有立刻转身。

"您在想什么？"

"我之前的判断出错了，只要她不是毫无波动，就是有希望的，令嘉的心已经不再完全属于沈之望。"

他最在意的点已经不存在了，傅承致把手插进风衣口袋，微笑着像个胜利者一样做完总结，只是很快他的眉头又皱起来，仿佛在思考什么棘手的难题。

"我在想，令嘉为这件事发了这么大的脾气，代表她需要的承诺是一段婚姻吗？"

话都说到这份儿上了，傅竟然当真在思考和令嘉小姐结婚的可行性！

这虽然是霍普喜闻乐见的结果，但还是不免吃惊。

他知道自己身为助理，理应说点什么为老板分忧，但如此重要的抉择，万一老板未来后悔迁怒，他会吃不了兜着走的。

霍普觉得自己还是当个聪明人为妙，自继任以来，傅所有的决定都是从投资者角度出发，爱情也许注定短暂，生意却是恒久的。

合宜往前数三代人，个个都对收购波克希尔集团虎视眈眈，到了傅承致父亲执掌合宜时期，曾亲口对詹姆士总裁表明过联姻的意愿，詹姆士也如他所愿，送了自己最喜爱的孙女上了牛津。

尽管没有契约，但透过爱拉的履历、人生轨迹可以看出，她就是为了成为傅承致的妻子而被精心培养的。

收购案推进在即，如果傅承致反悔，不仅三辈人的夙愿会打水漂，还将面临来自詹姆士的怒火。

毕竟无论从哪一方面思考，令嘉都是一个对资本增值毫无帮助的妻子。

另一边，令嘉已经到了登机口，压低鸭舌帽，她最后一眼回望大厅。

傅承致还立在那儿。

他穿着白衬衫和灰色长风衣，侧脸的轮廓冷硬清瘦，眼神放空，带着一些鲜见的迷茫。

平日他光芒四射、睥睨众生的时候，令嘉会很清楚他是傅承致，但到了情绪低落时，那张脸便不可避免地与沈之望的重合，叫人恨不起来。令嘉已经分不清对他复杂的宽容心理，究竟有几分是移情，几分是真心喜欢。

第八章

现在，他又将为了她能活着，
付出自己有生以来最大的代价

01

蒙头休息十几个小时，落地后，周伍已经在机场等待，令嘉还得马不停蹄地飞往首都，盛装出席第二天的青鼎盛典。

这是国内最具权威和公信力的电影奖项之一，令嘉的作品《天鹅水塔》获得青鼎奖的最佳女主角提名，是《水塔天鹅》在国内拿到的第一项荣誉。

每次参加活动，大家都乱成一团。

要处理的事实在太多，只有事无巨细充分准备，才能保证镜头里的令嘉完美无瑕，光鲜亮丽。

"……走红毯的高定品牌方已经把衣服送过来了，造型师都改好了你的尺寸，你就去试试，哪套效果最好，咱们就穿哪套。"

周伍跟令嘉讲着，回头拉住一个工作人员又问："典礼结束要采访的媒体都对接好了吗？别又跟上次似的出什么岔子。"

他说的是令嘉领青城奖最佳新人奖时的事儿，毕竟有过教训，工作人员哪敢疏漏，跟周伍仔细讲起了采访流程。

礼服架已经推到跟前，令嘉取下面膜，大约试了半个小时，挑了件天青色的绸料礼服。

掐腰，有垂坠感的大裙摆，面料底下光华流动，设计剪裁恰到好处，大约那个模特体型同她很接近，并没有像别的裙子一样修改太多。

酒店离青鼎会场不远，就在上妆的时间，令嘉已经能隐约听到主持人的暖场词。

妆容是根据礼服来化的，底妆打完，光是眉毛就足足勾勒了半个小时，令嘉的脸经过化妆师的精心修饰，成了实打实的古典仕女，颇有种娇花照水、弱不胜衣、楚楚可怜的气质。

"行了，大功告成。"化妆师最后直起腰，收起四支唇刷，心满意足地结束了长达三个小时的面部妆造。

令嘉早已经仰着头靠在椅子里睡着了，突然惊醒，睡眼惺忪地左右看了一眼："能出发了？"

"不能，还得先把宣传的礼服照片在酒店拍好。"

令嘉叹了口气，抱着一团裙摆往外走，又被大惊失色的造型师叫住：“松开！快松开，小心揉皱了！”

酒店楼梯那边的最佳拍照地早被其他艺人占领，他们还得耐着性子在旁边排队。

又等了十几分钟，连妙和晓桐才小跑着过来，帮她拎着裙摆移到水晶大吊灯底下。

闪光灯下，令嘉内心又产生了熟悉的厌倦和空洞的感觉。

说不上来原因的烦躁占据了她的内心，她不喜欢这种光鲜却枯燥，且毫无意义、机械重复却没有产出的工作过程，但即便如此，以往她都坦然接受了，这一次，又是为什么觉得难忍呢？

在拍照的二十分钟里，令嘉将她思考的内容归结为——再见到傅承致，让她心里不平静了。

在希斯罗躲开傅承致时的庆幸，到这会儿已经变成难以言状的失落。

离伦敦越远，心情的落点越低。

冗长的准备工作终于在夜幕降临时结束，整座城市华灯初上，青鼎盛典正式拉开帷幕。

由于令嘉今天才从S市飞过来，为了让嘉宾们准时准点入场，主办方会负责派车接送。

还有几分钟司机就会赶来，一行人提前到酒店停车场等待。

电梯里，连妙在最后核对盘点应该携带的物品，回头问：“晓桐，令嘉的外套你给她拿上了吗？”

令嘉本来就有哮喘的毛病，保暖尤其重要。

“拿了呀。”晓桐打开布包抽出来给她检查。

“不是这件，这件颜色不搭，被媒体拍到不好看，是奶白色的长外套，一会儿在会场里穿那个。”

晓桐一拍脑袋：“我现在就回去拿。”

“你知道放在哪儿吗？”连妙有点儿生气，“车马上就到了。”

连妙说着回过头，看着她。

令嘉挥挥手，叫她放心："我没事，你们俩一去找吧，反正伍哥马上就来了。"

电梯门缓缓合上，箭头刚刚往上走，一辆车身印着华鼎宣传 logo 的白色商务车就从停车场入口驶进来。

令嘉想给人打个电话，又发现自己身上没兜，手机放到连妙包里了。

车在她面前停稳，电动车门滑开。

戴着白手套的司机跳下车来帮她拎裙摆，令嘉上半截身子探进去，这才发现商务车里除了司机，副驾驶座上竟还有其他人。

两个人的气质看上去偏斯文，不大像普通的接待人员。

"您好，能给我助理打个电话吗？我的工作人员还不知道你们已经到了。"令嘉暂停动作，礼貌地问询。

在令嘉看不到的角度，司机与那副驾驶座上的男人用眼神交流了一下，点头答应了。

"没问题，"他从怀里掏出手机，说道，"外面冷，令嘉老师您先上车吧。"

"再等等吧。"

令嘉还是没有上去，伍哥等后面的电梯，她估摸着应该马上就该到停车场了。

电话迟迟没有拨通，那人建议："时间快来不及了，要不我们先把您送到会场，其他同事稍后会把他们送到。"

"这……这个恐怕不行。"

时间确实紧张，令嘉不想为难主办方，但她这会儿外边裹着防寒毛毯，脚上蹬着运动鞋，高跟鞋还在连妙那儿，少了工作人员寸步难行。

副驾驶座上的男人也下来劝她上车，三人僵持了两分钟，所幸 2 号电梯的门这会儿终于开了。

叮的一声响过后，周伍抱着化妆箱走了出来。

令嘉眼睛一亮："我经纪人来了。"

司机和另外那个男人对视一眼，不等令嘉的笑容扬到嘴角，粗暴地将她推上了车。

“你们干吗？！”周伍大喊一声，扔了化妆箱就跑过来。

令嘉想喊，可惜车门被司机狠狠地带上，按下了行车锁。

她眼睁睁地看着身高才一米七几的司机，用一根防狼电棒轻松地把一米八五的周伍放倒在地上抽搐，然后淡定地回来开车。

令嘉不想被电击，打了个冷战，识时务者为俊杰，到嘴边的叫喊适时咽了下去。

车子启动，很快开出无人值守的停车场。

这像是一场绑架，但有一点很奇怪，这两个人从头到尾都比较客气，既没绑她手，也没蒙她眼睛。

衡量了一下双方力量悬殊，令嘉咳嗽一声，坐直了弱弱地出声，试图沟通：“两位大哥，你们可能有什么误解，我虽然是个明星吧，但我没有钱的，还欠了一屁股债，这些情况你们在网上都可以搜到。我平时与人为善，也没跟人结过什么仇，两位找我干吗呢？”

副驾驶座上的平头男在敲打笔记本电脑的键盘，回头看她一眼，想说什么又闭了嘴，只叹一口气。

司机道：“别问了，老实待着吧，只要你配合一点，我们不会拿你怎么样。”

“哦。”令嘉十分配合地点头，“我卡里只有十几万块，其他片酬都是一到账就划走了，你们要是拿赎金的话，得问我的经纪公司要。对了，我们公司孔总的电话是138……”

她权衡了一下，打电话给周伍和连妙，他们一时半会儿肯定凑不齐大钱，打给公司其他人，万一人家只要钱不管她死活就完蛋了，还是孔静和阿姨靠谱一些，好歹有父辈的交情，等她回去挣了钱再还债，孝敬她老人家。

令嘉天马行空地胡思乱想着，喋喋不休地说话以排解恐惧心理，连平头男都不堪其扰地转过头来说道：“小姐，您能安静会儿吗？”

“哦。”令嘉礼貌地捂嘴，“非常抱歉，打扰到你了。”

“没关系。”平头男选择原谅她。

车里安静了一会儿。

两个男人虽然是绑人那一方，但不知为何，昏暗的车厢光线中，令嘉总感觉后视镜里他们俩的表情比自己这个受害者还要愁眉苦脸、苦大仇深。

两边车窗被锁得密不透风，豪华的商务车隔音效果很好，听不见外头一点儿行车的噪声。

两人选择的行车路线也都是往偏僻安静处走，一路畅通无阻，多半是在出城。

令嘉知道自己现在挣扎求助多半无济于事，她观察着外面的街景，在心里默默记路。

但毕竟是陌生的城市，天也黑了，她第一次来这边，七拐八绕，很快就超出记忆上限，不仅晕车还头晕眼花，脑袋冒星星，只能在心里祈祷周伍快点儿清醒，警察能快点儿追上来。

又绕上一座270度的环形立交桥之后，趁两人一个开车，一个在敲键盘，令嘉借着惯性身体稍稍前倾，假装晕车，余光不着痕迹地偷瞥，想看看副驾驶座上的男人是不是在用电脑索要赎金。

车子一直在行进，不免颠簸，但平头男的手在键盘上却仍然几乎快成残影。

令嘉看不懂的代码一行行往下跳，电脑屏幕偶尔切换成监控视角的镜头，她突然明白了这个人在干吗——他在用程序入侵沿路的监控，批量操作。

有的整片黑掉，有的进行局部内容剪辑替换，干扰警方视线，以避免这辆商务车被追踪。

令嘉从来没见过这么厉害的技术，这人说不定还是名校出身，明明是高智商技术流，干什么不好，绑她才能挣几个钱？

可怜她刚刚还盼望着警察能通过停车场的监控追踪车牌号找过来，现在愿望都打水漂了。

令嘉终于想明白，这两个人绑她，恐怕不是为了索要赎金这么简单。

不知道车子又开了多久，终于停在郊区一处小别墅的独家院子里，檐下亮着一盏小灯，散发着昏黄微弱的光。

两人下车，仍把她锁在黑漆漆的车厢里。

令嘉估摸着青鼎奖的颁奖典礼应该已经结束了，她裹紧御寒的毯子，心里乱七八糟地想着，最佳女主角也不知道颁给了谁，周伍他们肯定已经因为自己的失踪而兵荒马乱了吧……

司机和平头大神就在这时候从屋里出来了，令嘉定睛一看，呼吸不由得一滞。

后头竟然还跟了一个人，他们有同伙！

几人嘴巴在动，不知道在说啥，但令嘉盯着那穿衬衫西裤、还戴眼镜儿的同伙，左看右看都觉得他不像罪犯，更像城市里的高知人群，律师或者商界精英什么的。

她干脆整个人趴近，把耳朵贴在车玻璃上，屏气凝神。

这回终于能勉强听清一些。

“……你们想到的办法就是这个？给我抓来一个公众人物？”精英男说话的声音像是气急了，他来回踱步，“要我怎么说你们好…有什么用，人哪儿来的还送哪儿去……”

“有用！消息是塞科那个邹总邹畅给的，他说傅承致当初就为了让人陪她玩几局游戏，逗她开心，给了几千万市值的股票做筹码。”司机反驳。

“但绑架、非法限制人身自由是犯罪，要坐牢的！”

“如果要坐牢，那就我去，主意是我出的，人是我绑的，我不怕。”司机十分仗义，他个子矮小，说话语气却大义凛然。

令嘉在心里凄惨点评。

全怪傅承致，他仇家太多，如今殃及池鱼了。

“别说了。”平头开口打断他们，他冲精英男道，“老大，人都已经在这儿了，牢我坐。我想抓住最后的机会，假如还是没办法挽回顽石的颓势，就算是鱼死网破，我也不会让那个傅总好过。”

精英男沉默了很久，像是终于痛下决心，说道：“不，是我的错，当初的决定是我下的，你们还年轻，不应该为顽石赌上一辈子。绑人的主意是我出的，绑了也就绑了，一切后果我来承担。”

……

几人兄弟情深，争来争去抢夺坏人身份。

令嘉从小不说脏话，但她现在只想在心里骂一句。

明明她和傅承致都分居这么久了，这些人的消息网络都不带更新的吗？

她现在就想冲下车去，摇着他们的肩膀和他们大声解释，绑她没用，傅承致都要和别人结婚了！

她心里刚冒出这些想法，商务车解锁了，几人已经初步达成协议，后座车门被猛地拉开。

令嘉身上还裹着防寒毛毯，穿着绸缎大摆裙，行动不便，保持着偷听的姿势差点跌进人怀里。

开门的是平头大神，正脸看上去是个清秀的小伙子，至多二十五六岁。

令嘉被他扶住，尴尬地眨了下眼睛，不自然地假笑：“可以下车了吗？我刚刚在车里都睡着了。”

男人神情比她更不自然，待令嘉站稳就和她拉开距离。

“你自己上楼还是我们绑你上去？”

“自己来自己来。”令嘉连连摆手，“我很配合的。”

在三个人的监视下，令嘉拎着裙摆进屋。

走了两步没走动，回头一看，令嘉指着平头男脚下提醒：“你踩到我裙子了。”

“不好意思。”平头男挪开脚道歉。

令嘉拢了拢身上的毛毯，摇头：“没关系。”

她情绪显得有些低落，一边走，一边嘀咕：“这个裙子是品牌方借给我的，不能洗，脏了得赔四十多万呢。”

司机耳朵尖听见了，问道：“这么贵？”

“是啊，我也觉得贵。”令嘉快哭了，“我还是新人，拍一部电影除去交给公司和上税的钱，也不够买几条，我还欠着那么多外债，也不知道哪年才能还上。”

化妆师精心化的楚楚可怜的妆容，在这时候派上了大用场。

男人天生容易对柔弱的女性生出保护欲，她眼泪要落不落的样子，像小时候绘图本上的林黛玉，叫人狠不下心。

何况平头男本就不是个坏人，一看她这样，更不自在了："你不是傅承致女朋友吗？他那么多钱，不肯帮你还？"

令嘉开始上楼，闻言吃惊地回头道："你们认识他？"

谁也没说话。

令嘉接着往下道："既然你们认识他，怎么不知道，他就是我之前的债主呢？"她叹了一口气，"前年我爸的公司被绘真收购，我们签了合约，他不催我还债，我和他住在一起，两个月前为了和他分开，我向从前的学长借了一大笔钱，才拿回协议，和他划清界限。"

"你们分开了？"令嘉的话让几人大惊失色，谁也没想到这趟忙碌竟然是竹篮打水一场空。

"是呀。"令嘉又往他们摇摇欲坠的心理防线上添了一记重锤。

和令嘉差不多高的司机终于没忍住踢了一脚楼梯，骂出一句脏话："这个禽兽。"

竟然还是强取豪夺的桥段。

作为老大的精英男却没上当，他看了一眼令嘉，安抚兄弟："还没到最后，别灰心。"

02

令嘉最终被送进一个窗户被封死的房间里，像是个储藏室，有张能容身的小床，没灯，没有任何能向外界传递信息的机会。

"你今晚就在这儿睡。"平头男告诉她。

令嘉点头表示接受，但有个小请求："我能洗个脸吗？今天本来要参加颁奖典礼的，化了全妆，不卸掉睡一觉起来我可能会过敏，你可能不知道，我有先天性哮喘……"

平头男没等她把话说完就抬手打断，闪开身指了指走廊尽头的洗手间，说道：“我看着你洗，别不老实，不然我就把你绑起来。”

“哦。”令嘉顺从地说，“知道了。”

打开水龙头，她在洗手台上发现一瓶男士洗面奶。

这里是精英男的家，东西也应该是精英男的东西，比起大部分男性，他的生活过得还挺精致。

没有卸妆乳，令嘉也不嫌弃，搓出泡沫打圈干干净净地洗了两遍。

冲水的时候，她又提了一个小请求：“今天晚上举行颁奖典礼，您能帮我搜搜，谁拿了最佳女主角吗？我期待一整天了，今晚可能会因此失眠。”

平头忍无可忍道：“你当这儿是什么地方？你不怕我杀了你？”

“怕的。”令嘉关了水龙头直起腰来，脸上沾着没擦干的水珠，低头小声道，“但我觉得你们不像是坏人。”

平头男没有替她搜颁奖结果，但扔给令嘉一个小面包做晚餐。

也托这个小面包的福，令嘉没有被立刻送回没有灯光的储藏室，而是容她在客厅停留了一会儿，方便进食。

主要也是别墅附近鲜有人烟，谁都不怕她大喊逃跑。

令嘉小口小口地撕下面包，生怕吃得太快又要很快被送回去，也争取一些时间和几人交谈。

这期间，令嘉搜肠刮肚地想着，终于把“顽石”这家公司从偏远的记忆角落里翻找出来。

似乎是去年年底，美股熔断，傅承致从纽约回到S市，那段时间绘真张罗着收购的几家科技公司里，除了塞科，还有一家就是顽石。

令嘉不关心傅承致生意上的事，但她隐约记得当时的报道是顽石拒绝了收购。

一年过去了，绘真到底做了什么，把人逼成了这样？

令嘉不由得心生感慨。

她把宝恒破产，父亲从中风到去世，自己退学回国，背上巨额债务的过程拿出来情深意真地讲述了一遍，言语间故作坚强，对面三人也不知道感同身受还是觉得同病相怜，壁灯下，他们听得泪光闪烁。

令嘉没猜错，这三个人其实都不是坏人，只是几个理想天真的年轻人。

最年长的精英男，顽石创始人，其实也不过32岁。

自年初绘真买下塞科后，有了资本相助，市场的围剿也就此开始，商场的厮杀虽不见血腥却从来都是残酷到不留余地。

顽石如今已濒临破产，即将解体，从行业内朝气蓬勃的后起之秀到即将永远消失在互联网历史上，这一切仅仅发生在不到一年的时间里。

说到这些事，似是已经压抑到绝境，精英男直接痛哭了出来。

兄弟俩抱头又是一阵相互安慰。

谈得差不多了，他终于擦干眼泪，说道："放心吧，我们不会伤害无辜的人，你就在这里待一夜，到明天打完电话，不管结果怎么样，我们要报复的人不是你，不会为难你。"

令嘉被送回房间。

虽说暂时没了生命威胁，她心里却还是惴惴不安，他们想拿她跟傅承致换什么？

令嘉原本以为这一夜会胆战心惊得睡不着，为了保证上镜效果，她在典礼开始前喝一大杯冰美式，又饿了一整天的肚子，或许是终于吃到碳水食物的缘故，躺下没多久她竟然不知不觉就闭上了眼睛。

令嘉心大睡着了，殊不知这时候外头为了找她已经乱了套，周伍和连妙报了警，晓桐坐在警察局里更是哭得眼睛都肿了。

"都怪我，要不是我忘拿外套，小嘉也不会出事了……"

周伍在屋子里口述，帮助警察复原罪犯相貌。

连妙没有心情安慰她，说道："这时候说这些都没用，别哭了，怎么想办法找到令嘉才是主要的。"

所有人都一夜无眠。

孔静和也连夜从S市飞过来坐镇。

令嘉圈内圈外都没什么仇人，因此大家都猜测是令嘉的疯狂粉丝作案。由于不清楚绑走她的人出于什么目的，对方也一直没有打来电话，为防止媒体蜂拥而上，也为保障令嘉绝对的人身安全，在警方建议下，他们没有对外公布令嘉失踪的消息，只借口登台前身体突然出现状况无奈缺席典礼，就连《水塔天鹅》的奖项也由工作人员登台代领。

凌晨六点，天刚蒙蒙亮，令嘉从睡梦中被人叫醒。

她睁开眼一看，是平头男。

他的样子有些严肃，给令嘉递了些洗漱用品，又告诉她洗完出来吃早饭。

她睡觉很老实，但躺了一夜，身上的滑缎裙子还是皱了。

刷牙时面对镜子，令嘉眉头也跟着皱了起来，她叹了口气，唉，这下赔偿是怎么也躲不过了。

客厅中央的茶几上放着两部手机，都是老式翻盖机，只可以用来打电话那种。

令嘉将傅承致的私人号码写在纸上给他们，吃着绑匪给的煎饼喝着牛奶，听候几人接下来的吩咐。

“你爸爸的公司被绘真收购，你当初也是被强迫和他在一起的，应该能理解我们的心情，我们已经走投无路了。所以，等会儿电话接通你配合一点，让他知道你很危险，让你出声的时候再出声，知道了吗？”

“知道了。”令嘉安安分分。

拨电话之前，平头男就已经打开电脑，他不知篡改着什么数据，应该是为了防止信号追踪，在为拨号加密。

所有人坐在客厅中央，屏气凝神地看着精英男的手指头按下最后一位拨号键。

电话拨出的同时，他打开了扬声器。

对方很快接通，分辨出号码前的区号，他在开口时已经切换成中文：“你好，我是傅承致。”

那声音隔着扬声器传来，低沉得有些不真切，礼貌矜持，带着一点儿鼻音，显得主人漫不经心。

闻其声，如见其人，他的模样只用短短一句问候便在令嘉脑海里勾勒出大致轮廓。

像是小孩子受委屈见到大人那一瞬间，令嘉的眼睛有点酸胀，她努力把这种感受从大脑里驱逐出去，让自己平静。

这会儿伦敦时间是晚上十点，正是傅承致结束工作的睡前时间。

负责打电话的，是和傅承致从未谋面的平头男，傅承致不认识他的声音。

他开门见山，上来就道："你的情人在我手上。"

傅承致先是笑了起来，然后不屑地道："先生，如此拙劣的勒索电话，我的秘书平均每天都能接到一两通，我不知道你用什么方法拿到了我的私人号码，但我劝你停止这种毫无意义的行径，否则就算是玩笑，我的律师也随时能将你送进监狱。"

他说罢就结束了通话。

平头男甚至没来得及反应，他怒了，重新拨号时告诉令嘉："等会儿我把电话递给你，一接通你就出声，声音焦急一点，告诉他你在我手上！"

那边响了两声后再次接通："你还想说什么？"

从傅承致的语气能听出他的耐心已经宣布告罄。

所有人不知道的是，他另一只手已经拿起座机拨号，即将拨通给自己的律师。

话筒就在这时递到令嘉嘴边，大家的目光集中在她身上。煎饼差点卡在令嘉的喉咙眼，她硬生生地咽下去，张口欲言，大脑却一片空白。

小个子司机急了，拍了一下令嘉的肩，她发出一声短促的痛呼："啊——"

傅承致的动作突然停下来："令嘉，是你吗？"

在所有人的目光注视下，令嘉点点头，意识到傅承致看不见，才开口答："是我。"

傅承致沉默了两三秒，再开口时他的声音变了，冷峻严肃，带着令嘉从未感受过的威严。

"他们对你怎么样？刚刚打你哪儿了？"

"他们……"

不等令嘉说完，怕她露馅儿，电话被人拿走了：“傅总，想让人安然无恙，我给你十四个小时。”

“明天中午十二点之前，你召开媒体发布会，售出手里绘真的所有股份，宣布退出在中国互联网行业的所有投资，我们放人，否则，请您准备好给令嘉收尸。”这是他们深思熟虑后提出的要求。

三人与塞科的邹畅已经达成协议，中国区互联网行业是块肥肉，但放弃了对傅承致来说也并不伤及根本。只要傅承致肯为令嘉一条命放弃这一小部分利益，手腕最强势的人消失，邹畅随时可以通过与绘真高层的渠道走动重掌塞科。

届时塞科也会给顽石留一条活路，他们削减开支，出售顽石部分业务，总能挺过这个寒冬。

最重要的是，这个条件十分宽泛，利害关系涉及太广，傅承致无法在短时间内排查出哪方才是真正绑架令嘉的人。

尽管知道这个计划一旦失败，他们会失去全部，但那又怎样？他们本来就已经走投无路了，不是吗？

谈罢条件，平头最后问道：“怎样，想好了吗？傅总，你答应，还是不答应？”

“可以。”傅承致毫不犹豫地道，“我会召开媒体发布会，但你必须保障令嘉的安全，等事情结束，她要是有丝毫差池，或因为此次事故留下任何创伤阴影，我会让你和你的团伙付出难以想象的代价。”

三人抱着 1% 的希望拨通电话，只因傅承致这样的资本家根本不能用常人的良知来揣测。

只是谁都没有想到，他竟然这么轻松就答应了，爽快得让人怀疑他是不是有什么阴谋。

几人面面相觑。

傅承致的声音又从听筒那边传来：“我已经答应了你们的要求，现在，我想和她说两句话。”

“她就在旁边，听得见，别耍花招。”平头男用他凶恶的语气恐吓道。

傅承致顿了两秒，轻声开口："令嘉，相信我，别怕。"

令嘉胸口的心脏像是被大钟撞了一下，余音长得她久久没办法从中抽身。

在这一瞬间，她突然有了一种虚幻不真实的触觉，灵魂从现实的场景抽离，飘浮起来。仿佛这一句话，就是她宿命轮回一直在等待的安定感。

她听到傅承致接着往下说，声音轻柔，像是在安抚青春期闹别扭的小孩子。

"令嘉，你和我说点什么，什么都可以，我好久没听到你说话了。"

令嘉原本眼睛就酸胀，听到这句时，眼泪更是差点落下来。

她抬头望着面前的几人，最后把未开口的话都咽了回去，说了一句："谢谢你，承致。"

电话挂断了，几人商量起来，令嘉却无心仔细听他们说了些什么。

她吃不下饼干，满脑子反反复复都是傅承致的声音。

三人组反悔了，他们经过商量，认为以傅承致这么精明冷血的人，轻易同意了他们的要求一定有诈。

这不是笔几千万的生意，是上百亿，并且决定着成千上万员工的命运。

仔细研究后他们觉得己方的条件漏洞还是太多，傅承致完全可以把自己左手的股份卖到右手，等放走令嘉后，随时能有转圜的余地，他们必须重新打电话，他们必须提出更明确的条款，让事情无可挽回。

等令嘉发现几人要再打一次电话时，立刻慌了："你们要补充什么条件？"

"我们手上掌握了一些资料，让傅总对着媒体亲口将他过去这些年为垄断行业、操控股价所做的事情公之于众，交出账务，宣布退任合宜总裁。"

令嘉大惊失色："你们疯了，他怎么可能为了我这么做？"

从傅承致的祖父创建合宜开始，每一代继承者都从上一代手中接任合宜总裁的位子，直到再也无法作出任何决策那天才卸任。

可以这么说，傅承致人生的大部分意义是被合宜赋予的，他是傻了才可能松手。以合宜群狼环伺的局面，位置一旦让出去，想拿回来就难了，那些人会像见了血的鲨鱼一样撕咬分食权力，企业会重新陷入内斗。

可惜其他人的立场跟令嘉的并不一致，他们只想让公司活下来。

只要傅承致答应了，就算等两年风头过去，傅承致重新掌权，顽石的羽翼也丰满了。

互联网行业日新月异，更新迭代的速度快得一天一个样，只要争取到发育时间，届时所有资本都会重新评估他们的价值。

令嘉还在试图说服他们，摇头重复道："他不可能答应的，他甚至为了事业可以奉献自己的婚姻，你们这样会激怒他，他随时能为之前的决策反悔。"

对于成大事的人来说，放弃爱情或许会有阵痛，但失去权力和地位是能让他们痛一辈子的事情。

令嘉甚至不想再听，她不想从傅承致口中听见那让自己绝望的沉默或拒绝。

他已经帮过她很多，而她从未给予他什么，无论是物质还是情绪价值，她没有资格要求他为她做任何牺牲。

她扔开早餐，想回到那间小储藏室，却被精英男叫住了："等等，你不可以走。"

电话重新拨通。

令嘉麻木地看着平头男嘴唇一张一合，把刚刚讨论出的结果一字不差地重述给对面。

不再像第一次毫不犹豫，这一次，傅承致让所有人都等了很久。

令人窒息的沉默中，所有人都在等待着他接下来的答案。

像被注射了超标的肾上腺素，令嘉的心脏跳得快要爆炸了。

她无奈地转过头，如果不是还有人在身边，她甚至想把自己的耳朵捂起来。

"你清楚自己在做什么吗？"傅承致终于开口，他的声音饱含不耐烦的警告，"一而再再而三地试探我的底线，你们从哪里来的自信，觉得我会答应你们任何无理的要求？"

踩在钢丝上的众人被这一桶冰水彻底浇醒，侥幸被打破。

他们总算回忆起令嘉之前的话，两人已经分手，毫无关系了。

刚刚在他底线内他还可以软语温存，交易超出预期值却也能立刻撕破脸转变态度。

果然，这才是他的本色。

失去唯一一枚筹码优势，电话两端的战火一触即发，似乎就要图穷见匕首了。

所有人都没有想到，傅承致接下来话锋一转道："这是最后一次，如果明天发布会结束，你们没有释放人质，就算逃到天涯海角，我也会把你们所有人找出来，挫骨扬灰！"

没有人怀疑他的威胁是虚言，因为那股狠劲儿即使隔着电话都已经令人胆寒。

手指都快要把耳朵堵住的令嘉，在听见这一句时不可置信地松开手，缓缓回头。

她忍了一整天的眼泪，像断了线一般，噼里啪啦地落到木质地板上。

孰重孰轻，令嘉从未怀疑过傅承致会做怎样的选择，可到这一刻她才突然明白，原来她还是没有了解过真正的他。

伦敦十一月每天只有不到两小时的平均日照，俨然已经进入初冬。

英式庄园的绿茵草坪及花园养护得再好，还是被连绵不断的阴雨打得七零八落。

二楼书房内，文件和酒杯以及各种花瓶摆件散落一地。

窗外电闪雷鸣，屋子里却没有开暖气，潮湿的空气像是比外头还要更冷几分。

霍普从家中匆匆赶来，来不及抖落身上的雨水，最先瞧见的便是这样一幕。

傅承致一个人坐在窗边的长沙发上，神情寥落地在发呆。

他衬衫松散，头发也被抓得一团乱，颓然的样子把霍普吓了一跳。

听见踩在地毯上的轻微脚步声，他没有回头，看着窗外喃喃轻叹：“我一定是疯了。”

霍普凝神，问道：“您做了什么？”

“我答应了绑走令嘉的人，在明天十二点之前，宣布退任。”

霍普倒吸一口凉气，他简直不敢相信自己的耳朵，险些要以为自己没睡醒，还在做梦。

“您是认真的吗？”

“你认为我在跟你开玩笑？”傅承致反问。

霍普立即噤声，转换话题，职业素养重新上线：“这样的意外没有出现在我们建立的经常性计划备案中，时间太紧张，应对起来会十分艰难，这场仗很难打赢。”

“我已经通知了提名委员会和法律顾问团队，他们会负责所有舆情公关事务和风险规避。”

傅承致站起来，转回头时已经与刚才的模样判若两人，仿佛软弱、寡断、焦虑、痛苦从未在他身上出现过一样，他又成了那个完美无缺的危机处理机器，精准而冷血。

他逐一往下吩咐：“我已经让新闻部门起草了发言稿件，等他们发到邮箱里，你来做最后的补充校对。”

“另外，通知首席执行官十五分钟之后开始视频会议，我会在明天的发布会任命他为新的执行总裁，但他必须保证，在我退任后，合宜按照原计划规范的发展进程延续下去。”

“明天开盘之前，我希望得到董事会多数成员的意见表决，确保合宜在外界看来仍然稳定，只是常规权利轮转。”

……

一连串的命令下达，就连霍普这样三百六十度无短板的金牌助理，也不免觉得脑容量欠缺。

他仓促记下，准备一一执行，转身前，才猛然想起来还没汇报最重要的事。

“先生，我们已经派人协助警方开展地毯式排查，各个关卡都在通力合作，相信很快就能找到令嘉小姐的下落，您放心，她不会有事的。”

傅承致低头展开纸起草信件，不知道有没有把他安慰的话听进去。

霍普在心里叹了一口气。

直到书房重归安静，男人手中握紧的钢笔才稍微停顿。

刚摔过的钢笔不知道哪出了毛病，墨水往下渗漏，沿着他的手指落在雪白的纸张上晕染开。

眼前的局面，比父亲去世那年还要复杂。那一次，在他父亲去世前已经有草拟的紧急预案排演过，从公布讣闻到宣布就任，一切仅是按部就班，忙中有序。

而这个夜晚的无措和混乱，一切仅仅是因为，他任性地顺从了自己内心最深处的心意，他不顾合宜数十年的发展规划，对未来不管不顾，放纵了自己不负责任的选择……只想要令嘉活下来。

勒索、绑架、敲诈、危及生命的报复……这一切在傅承致生活的圈子并不鲜见。

十二岁那年，他的远房表舅就曾因要和相恋四年的女友分手，女友雇凶伪装成绑架案，并在收到赎金后撕票。尽管傅承致与表舅的关系不算十分亲近，但那人确实是个不错的长辈，每次从瑞士到伦敦，风尘仆仆却从不忘给外甥带份别致的礼物。

傅承致至今还记得，遗体被发现的现场照片上，男人脑瓜正中被开了个血洞，猩红混合着白色浆液。

金钱财富给他们带来了所太多东西，既包括权力地位，也包括桎梏和危险。绑匪第二次打来电话的时候，傅承致脑袋里闪过的就是表舅那张记忆中惨烈又恐怖的死人面孔，从鲜活和善到悄无声息，只需要一颗子弹。

挂掉电话之后，连他都忍不住为自己作出的选择感到震惊，他分明不是这样的人，甚至在最初时，他的令嘉的好感仅仅只是肤浅的迷恋。

他应该恩威并施地去谈判，让他们明白一条性命对自己而言不算什么，要么见好就收，要么滚蛋。

但他还是无法想象同样的事情在令嘉身上发生。

他最终选择妥协。

从心理学的角度来讲，感情同样是一笔投资，付出得越多，代价越大，对投资对象的爱就越深刻，就像天底下的父母孩子、痴男怨女，这是典型的沉没成本谬误。

学金融出身的傅承致应该比任何人都清楚这一点，但人性还是决定了他无法将她割舍。

因为他这一生，从未在任何人身上倾注过那么多，他几乎给了令嘉自己所有的关注、宽容、耐性，包括时间、精力、爱意和善良。现在，他又将为了她能活着，付出自己有生以来最大的代价。

03

首都的天已经大亮，出了太阳，可惜被遮光窗帘挡得严严实实。

别墅内所有人都在沉默，等待半天后大洋彼岸的媒体发布会宣布召开。

只有令嘉一个人，坐在沙发上听娱乐频道的新闻。

在对方已经答应他们所提条件的情况下，他们允许她看一会儿电视。

每个节目、每个频道都悄无声息，没有任何关于她失踪的消息。

她的心情比昨晚刚被绑到这里时还要复杂不安，这种不安随着十四个小时期限的临近，越来越强烈。

傅承致还不知道，事实上，只要他对她的安危表现出毫不在意，在他们第一次提出条件时就拒绝谈判，她这会儿十有八九已经被放出去了。但现在，他要为一个虚假的交易条件放弃来之不易的权利，将数年来的经营成果拱手让人。

下午五点整，伦敦时间早上九点，亚洲合宜宣布了出售绘真股份，预计在年底彻底撤离中国市场的消息。

傅承致的第一条承诺兑现了。

这个消息让三人十分振奋，沉闷的客厅里迎来短暂的放松。

令嘉却再也坐不住了，她关掉电视，趁着其余人去弄午饭的时间，和看守她的平头男商量：“既然你们的目的已经达到了，为什么一定要把他逼入死路呢？”

“这是必要的，我们谁也没有办法保证他不会反扑，你比我们更清楚他的行事手段。”

“我可以保证。”令嘉从沙发上翻起身来，举手道，“只要你们现在放了我，我保证在事情结束后，他不会再找顽石任何麻烦。”

“那不行，你看起来挺善良的，却是个骗子。你俩的关系，也跟昨晚和我们说的天差地别，我分辨不出来哪句是真哪句是假，所以你就再待几个小时吧。”

平头男不肯看她。

令嘉急了。

她想说，如果傅承致真要报复，就算他退任了也一样能做到，尽管可悲，但现实就是这样，双方的实力悬殊注定他们犹如蚍蜉撼树。他们不懂，但她在傅承致身边待了那么长时间，对合宜的能量是最清楚的。

但她偏偏不能说，因为后果无法预计，要是把人激怒了，情况还可能变得更糟。

见说服不了对方，她干脆起身往里走。

“你干吗？”平头男急忙跟上问她。

“上洗手间你也要管。”

男人的脚步这才停住。

令嘉反手锁门，却并未如她所言上厕所，而是打开水龙头，她的目光落到卫生间角落里那只墙面粉刷桶上。

昨晚洗脸的时候令嘉就注意到了，这边别墅应该结束装修不到一年，东西应该是装修时遗留的，因为患有哮喘，很容易过敏，令嘉一直对这些东西的气味格外敏感。

蹲下身，她费力地用牙刷刷头将盖子撬开，一看，里头果然还有半桶乳胶漆。

她想，只能兵行险招了。

令嘉沉下心，把脑袋凑到漆桶上方，猛吸了一大口气。

她在赌，赌这些人并没有完全失去良知，只要有一点点可能，她都得试试。

冲水后再出门，令嘉起先看起来神色如常。直到矮个子把晚餐端上来叫人吃饭时，三人才发现，令嘉裸露在外的胳膊上的皮肤浮起了可怕的红疹子。

席间，饭没吃几口，她却越来越频繁地咳嗽、气喘。

几人谁也没见过这种症状，都被吓一跳，还是精英男先冷静下来，问道：“你怎么了？”

“我有先天性哮喘，哮喘发作了。”

令嘉的身子顺着凳子滑坐到地上，捂着脖颈，巴掌大的脸蛋发紫，咳得昏天黑地，看上去几近窒息。

这绝不可能是装出来的样子。

司机飞快上网将这病症搜索了一番，准备出门给令嘉买急救药物和哮喘喷雾，就在他打算出门时，被平头男拉住了：“来不及了。”

令嘉从小娇养，从前令父为了给她养好身体，甚至给小学资助了大批丹桂树苗，把学校里春天到处飞絮的柳树全给拔了。她没受过什么大的刺激，刚才怕吸入的过敏原剂量不够，她还特意多闻了一会儿。

也因此，她这次发作比以往都更厉害，不一会儿，胸腔里就隐隐有哮鸣音在响。

“送她去医院吧。”平头男下定决心。

“不行！”司机摇头，“不可以的，向阳，我去买药，傅承致的媒体发布会还没开，咱们这样可能会前功尽弃……”

“我们可以为了顽石牺牲，却不能让无辜的人来替我们送命，离这最近的药店往返四十分钟，等你把药拿回来，她可能已经没命了。”平头男回头征求精英男的意见，“老大，是这个理吧？”

男人沉默着，犹豫了两三秒点点头：“她出了什么事，咱们都是杀人犯。”

司机还是不甘心：“可她是个明星，所有人都认识她，这么把人送出去，咱们还没走出医院就得被逮捕！”

“你去衣柜里拿件外套，把她的礼服遮一遮。到了医院，咱们弄张轮椅把她放在急诊室外，有人帮忙就赶快离开。”

由于用全部的力气忙着呼吸，平复咳嗽，令嘉思绪已经有点混乱，连他们说什么也顾不上听了。

她裹上外套就被人抱上了车，车子一路疾驰把她送到医院。

在医院急诊病房的隔帘中间，令嘉终于吸入急救喷雾。

不知过了多久，等她清醒缓过神来，身边已经只剩下一个年轻护士，正在调整氧气阀。

令嘉垂死病中惊坐起，拉住女孩的手腕，哑着嗓子开口道：“麻烦问一下，现在几点了？”

“现在是下午六点半。”

女孩答完，特别小心地问道：“你是令嘉吗？”

令嘉思绪纷乱，一时理不清，麻木地点头。

“怎么身边都没人陪着你呢？我昨天看到新闻说你身体不好住院了，才没上台领奖，怎么会突然来了我们这边？不过还好来得及时，你这次可是太危险了……”

伦敦时间十点半，傅承致的发布会是不是已经召开了？

令嘉来不及一一答她，只能将人打断：“对不起，您能把手机借给我用一下吗？我想打个电话。”

“噢，当然当然！”护士连连点头。

护士掀开帘子出去，给令嘉留出空间。

先拨了区号，令嘉的手指在号码盘上颤了好几下，才重重地按下第一个键。

古典与新潮并重，繁华与时尚交融的伦敦金融城，密集分布着全世界最顶尖的投资银行和金融公司。

金丝雀码头畔的合宜总部，足以容纳近千人的大会议厅，已经汇聚了各大媒体。

媒体的镜头灯光闪烁中，傅承致西装革履，神情从容，站在台前。

手边是公关和律师团队改了一夜的发言稿，只为他等会儿自我剖析时，将客户的愤怒减轻几分。

这一天，或许将会成为载入合宜发展史册的灾难日。

合宜上下都觉得，傅承致应该是受到了什么大人物的胁迫才断臂求生，召开这场新闻发布会。在场的人只有霍普和他自己清楚，他做这一切到底是为了谁。

记者们已经调试好麦克风收音，打开录像功能，万众瞩目中，傅承致整理好情绪，照着稿子就要开始沉痛的发言。

突然，不知是谁的手机突兀地在台上响起，通过麦克风传遍大厅每一个角落。

是哪位不长眼睛的助理！

大家都暗自嘀咕，这人职业生涯可能到头了，竟然在这种场合忘了将手机调至静音，犯如此低级的失误。

不承想，铃声还没响过五秒，傅承致手伸进西服里，非常自然地将手机掏了出来。

“抱歉，有一通紧急电话。”

登台前，霍普原本按照惯例要替老板保管手机，但傅承致这一次没有交给他。

绑匪随时有可能打来电话，他想在第一时间得知令嘉的消息。

如今，这通电话真的来了。

“喂？”

令嘉听见傅承致的声音，来不及想更多，她一口气说完自己已经脱险，被送到医院的事，最后才胆怯地小声问道：“发布会开始了吗？还是结束了？我的电话是不是打得太晚了？没赶上？”

傅承致闭眼，顿了两秒。

他将所有汹涌的情绪按下，声音微沉："没有，一切都来得刚刚好。"

"我可以解决，你不用担心，先睡一会儿，等我。"

挂断电话后，傅承致眼神示意，招来霍普，把手机交到他手上。

这位金融界的大明星，慢条斯理地折起稿子，塞进西服口袋里，调整好麦克风的角度，面不改色地临场更改发布会主题。

在镁光灯下，傅承致清了清嗓子，开始他今天的主题发布——指责几家联合阻碍合宜发展的大型社交媒体网站垄断行业，阻断创新，表示再不更正将产生莫大的政治影响，同时他慷慨激昂地一一列出证据。

灯光闪烁不停，拍下的影像中，傅承致轮廓俊美冷硬，眉骨和鼻梁棱角分明。

记者们甚至开始在心中草拟好了金融版的头条标题。

毫无疑问，这条心肠冷酷的恶龙对他们做过的最好的事，就是养活了一大批金融版记者。

04

令嘉强撑着打完电话后不久，又昏睡了过去，直到凌晨时候才醒过来。

警方顾及令嘉生病不便，特意到医院来做笔录。

两个小时过去，时间也快要到黎明了。

急诊科绝对是每家医院最吵的地方之一，24小时都有呻吟声，随时有新的病人被送进病房。

可惜天还没亮，院里一时半会儿腾不出其他病房，令嘉的点滴也还没打完，不好转科室，只得将就一夜。

周伍把窗帘拉得严严实实，惭愧道："妹妹，从现在开始到离职，哥一定寸步不离地跟在你身边，再出这种事我就是爬也要爬上他们的车，跟你一起被带走！"

晓桐哭哭啼啼："真的对不起，小嘉，都怪我，害你受苦了。"

……

他俩话说了一堆，连妙听不下去了，劝道："你们静一静吧，都回去睡觉，让令嘉也休息一会儿。”

她掀起令嘉的被子检查了一下，打完抗敏针几个小时后，可怕的红疹已经差不多消退了，只隐约残留一些红印。令嘉偶尔咳嗽，嗓子还是哑的。

人走后，病房重新安静下来。

连妙缓慢地拍着她的背安抚着，却听令嘉语气低落地小声开口倾诉：“妙姐，这次真的完蛋了……我害傅承致损失了一大笔钱。”

“一大笔是多少？”

“他低价卖出了绘真的全部股份，损失是我债务的很多很多很多倍，我拍一辈子戏也还不清的那种。”

她一连用了好几个“很多”。

连妙咽了口唾沫，就算她对互联网行业一无所知，也该知道绘真未来十年的发展前景，更明白傅承致放弃了多大的一块蛋糕，但她还是安慰道：“这毕竟不是你能控制的，换个角度想，要不是因为他，你也不会被绑走，对吧？但傅总这次真的让我刮目相看，他是个真正的男人。”

“你要是错过他，可真的太可惜了。”

“当然。”

有声音表示赞同，医院的绿色帘子下一秒被掀开了。

霍普身后，一个身材高大挺拔的男人快步走进来，他身上还穿着发布会结束后没来得及没换的西服，松开两粒领扣，脸上带有倦色，只有眼神仍旧明亮。

他是直接从伦敦赶过来的。

令嘉猛地从病床上折起身，支吾了几声，手足无措地道：“你怎么来了？这么快？”

她穿着病号服，右手在输液，由于袖子滑落露出了细瘦白净的手腕，上面的红疹印子格外刺目。

傅承致没有立刻回答她的问题，而是直接俯下身，伸手将令嘉揽入怀中。

她的头紧紧地抵在他的肩膀上。

这个怀抱携着烟草味和室外带来的冷冽的气流，本来坚硬的胸膛，却在两人躯体隔着衣物相触时产生了温度。

“快吗？”他发出一句深深的喟叹，“来见你，我觉得飞机太慢了。”

霍普和连妙默契地移开眼，退到帘子外。

他的话像是一股巨大的力量袭来，一堵墙被推倒，扬起粉尘，弄得人心慌意乱，令嘉的耳朵不受控地被他说话的气息吹得滚烫。

强烈的男性荷尔蒙气息使得她大脑一片空白，许久才找回理智，她用左手拍了拍男人的背：“松、松一下，我快喘不过气了。”

急诊病区的背景音伴随着小孩的哭闹、呻吟，还有监控仪器有节奏的声响。

傅承致终于放开手，环视周遭环境一圈，冲帘子外的助理嫌弃道：“这里很吵，怎么住这儿？”

背对他站着的霍普想说“关我屁事”，但还是恭谨地扬声作答：“是，我会尽快安排环境更好的病房，让令嘉小姐好好休息。”

令嘉忙摇头，指指上方的输液袋说道：“不要麻烦了，天快亮了，等这里的液体输完我就回家，快好了。”

傅承致探手过来，轻轻地触碰了一下她的脸颊，将令嘉睡散的鬓发拢到耳后，而后就是长久的凝视。

“你在看什么？”

令嘉心跳得很快，手指在被子底下茫然地搅动，只得紧张又不自在地别开眼。

傅承致感慨：“我在想，我究竟爱上你哪一点，爱情有什么魔力，能让我这样的人心甘情愿做任何事。”

令嘉委屈道：“可我没有让你答应他们的要求，你干吗要答应他们呢？他们知道我对你不重要，原本就要放我走的……”

“对，是我自掘坟墓，当初应该忍住不要靠近你的。但小八，你不知道，我也想用理智选择，可话说出口就跟着心走了，我没办法用概率打赌，因为倘若我输了，赌注将是你的性命。”

她沉默良久，小声询问：“所以你现在后悔了吗？”

“没有，绝不会。”傅承致摇头，找到她被子下的左手，贴在自己脸颊上，“没有什么能比现在这样让人安心，安然无恙地见到你更令我开心。”

“令嘉，我努力过的，但这一次，是你失约，你重新出现在了我面前。”

“是你让我知道了，你在乎我。”

令嘉百口莫辩，因为他说得没错。

如果她不在乎，现在他们就不可能在医院以这样的姿态相见。这些日子她很想念他，等这个人真的到了眼前时，她却又不敢触碰、不敢上前，她还记得他未来会是别人的丈夫。

别扭劲儿上来之后，她又试图抽回自己的手，不敢看他凝望自己的眼睛。

霍普这时在外出声提醒：“先生，新病房已经安排好了，要现在过去吗？”

令嘉回神摇头：“我都说了不用的——”

“Joseph。”

傅承致抬手打了个响指，那位常年跟在傅承致身后的高大保镖便走进来，替令嘉拿好输液袋，都不用怎么抬手已经举得比令嘉原本的输液架还要高。

“听话，我只是想让你有个安静点儿的地方休息。”

僵持下去也不是办法，令嘉只好问连妙要了帽子戴上，以防被人拍到。

她戴完帽子还要再戴口罩，傅承致的耐性已经告罄，俯身一只手穿过她的腰肢，一只手绕过她的腿弯，像抱小孩那样轻松地把她整个人抱起来。

令嘉只觉重心不稳，脚下悬空马上要摔到地上，吓得短促地惊呼了一声。

她的手下意识地搂住他的脖颈，回过神来已经稳稳地落进傅承致怀里，她恼怒地拍他的肩膀：“你干吗吓我！”

帘子一掀，她也来不及抱怨了，手忙脚乱地把口罩戴好。

新的病房跟急诊这边隔了一栋楼，外头天已经蒙蒙亮了，依稀有早起的病人家属走在路上，令嘉整个脑袋都恨不得埋在傅承致怀里，就怕被人认出来。

直到进了住院楼，令嘉才抱头苦恼地道：“完了，急诊值班的护士小姐是认识我的，你刚才这样，她肯定看见了！”

傅承致浑不在意地道：“你没注意到霍普没有跟上来吗？为什么总为有人操心的事情费神？”

急诊楼里，棕发蓝眼睛的外国人从公文包里拿出文件递到柜台，操着一口吐字不太准确的中文向护士自我介绍：“你好，我是令嘉小姐的律师，为她所有的私人事宜提供服务。您只需要在这份保密文件上签字，我们将为您提供……”

新的病房安静又敞亮，床头的花瓶里还插了束饱满娇艳的香槟玫瑰。

连妙暗自嘀咕：“可真不够老实，医生之前还信誓旦旦地说没病房了。”

把她放在病床上之后，傅承致连接了好几通电话，都是打来询问绑架案相关事宜的。

现在令嘉脱险，也是时候要处理这几个人了。

令嘉竖起耳朵听着，在他挂了最后一通电话后，终于忍不住开口求情：“他们其实真的没有想过要伤害我，给我好吃好喝的，最后还放我回来了，他们犯的错都会受到法律制裁，你可不可以……不要动顽石了？”

“你瞧，什么乱七八糟的人都能叫你生出同情心，你对任何人都善良，却偏偏只对我一个人残忍。”傅承致摊手，“如果他们真的对你好，就不该让你犯病，不该让你命悬一线，虚弱地躺在这里。比起他们对你做的，我没有作出更过激的行为已经足够仁慈。”

令嘉狠狠心不再劝他，闭眼承认他所说的。

“犯病是我的错，我自己打开了油漆桶才进的医院，我想着如果犯病了他们会提前放我回来。”

傅承致拿着手机僵在原地：“为什么这么做？”

但很快他意识到自己问了一个愚蠢的问题，答案已经不言而喻了，因为令嘉醒过来第一件事就是给他打了通知电话。

她不想让他失去太多。

就像当初在街头为沈之望失去生命痛哭一样，令嘉给任何人的爱都是一腔赤诚、情真意切的。

他如今已经拥有了自己曾经羡慕、遥不可及的东西。

傅承致的嘴角不受控地缓缓地翘起来。

他心头发痒，胸口很热，满足与充实的感觉流到四肢百骸，整个人都是雀跃的，快乐由内而外地散发洋溢，不加任何掩饰。如果他的人脑词典再宽泛些，便能找到一个能更准确描绘此刻的词语——“幸福”。

这就是幸福满满的感觉。

他不知道，也没办法形容，可他愿意不惜一切代价为自己的人生留住眼前这种感受。

“好，我答应你，不动顽石。”

他的信誉度在令嘉这里不算很高，而且他居然这么爽快地改变主意，她有点怀疑。

令嘉想什么都立刻写在脸上，傅承致立刻察觉到了，无奈道：“这是公诉案件，我不会插手，至于那个小公司，就当是感谢，毕竟他们阴差阳错地送了我一件珍贵的礼物。”

“十二号床，到点量体温了。”

门口小护士敲了两下门，推着小车进来，给她挂了两个新的输液袋，然后给她发完药后，开始例行检查体温和血糖。

检查时，护士偷偷地瞄了她的脸好几眼，目光又落在床头病历卡霍普新取的那个名字上。

护士狐疑地反复看了好几次，才转身又推着车回护士站，才坐下就跟小姐妹说道：“我跟你说，最里头那间 VIP 病房，今天来了个超级大美女，长得特别像令嘉。令嘉你认识吧？就是昨晚刚拿到青鼎影后的那个小姐姐！”

……

令嘉自然不知道这小插曲，护士前脚刚走，傅承致后脚就从窗边坐回来。

或许是之前被她支使倒过水的缘故，这次他也没唤人，十分自然地顺手地给她调了杯温开水端过来，插上吸管，连着药一块儿递到她嘴边。

令嘉吃完药，杯里还剩一点儿水，他便就着吸管喝完。

令嘉都看呆了："那是我的杯子。"

"怎么了？"

"你怎么可以直接用我的吸管喝水？"

"我不光用了，我还可以直接吻你。"

第九章

我给你一个从未有过信仰的人的忠诚

01

由于手上还连着输液管，令嘉躲不开，眼睁睁地看着那张英俊的面孔俯下来，放大。

令嘉往后缩到背脊抵住墙，还是被他抬手扣住下巴，刚扬起脸，就被他蜻蜓点水地吻了一下。

她下意识地抿唇，盯着他，外强中干地生气道："就算你被敲诈得很惨，也不代表你可以亲我。"

"花了那么多钱都不可以？"

令嘉不应他。

傅承致礼貌地点头："好吧，对不起，作为一名绅士我应该向你道歉，需要赔礼吗？或者你可以吻回来。"

那张俊美无匹的脸对着自己说话，令嘉有点晕头，他得意的样子让人又讨厌又想笑，令嘉强忍着不让自己嘴角翘起来。

"你这样耍流氓，你未婚妻知道吗？"

"谁说我有未婚妻？"

"要结婚的女性，不能叫未婚妻？"

来之不易的轻松氛围此刻荡然无存。

傅承致的脸冷肃下来，他郑重地解释了一句："令嘉，我不知道你从哪里听到的消息，但我目前没有结婚的打算。联姻都是父辈的一厢情愿，关于婚姻，我从未向任何人做出过任何承诺。"

没做出承诺，也不代表他心里没动过念头。

令嘉听得出他话里给自己留的余地，现在没有结婚的打算，不代表未来没有，也许某一天还会结。

令嘉不再说话，忍下那一口憋屈的闷气，拉上被子躺下，提醒自己要开心一点。

他未来怎么样才不关她的事，她都拿到青鼎影后了，还怕找不到人结婚吗？！

等她还清债务，功成名就，也谈他十个八个男朋友，气死他！

之前喘不过气一夜没睡好，这会儿药水都起效了，支气管的症状也缓解了，心头挂着的事情都落地了，令嘉终于好好地睡了一觉。

她这一觉就睡到了下午，连护士什么时候替她拔了针头，撤走输氧管也全然不知。

总之，等她再睁开眼，她突然发现天花板又变成了波纹荡漾的样子。

令嘉揉了揉眼睛，险些以为自己还在做梦，她猛地从床上坐起来环视四周，正是她从前在傅承致别墅里住的房间。

从地毯、摆件、花瓶到窗帘，一切都和她从前住在这里的时候无异，连她母亲那几套珠宝都还放在梳妆台的柜子上。

他怎么又把她弄到这儿来了？

“妙姐……”令嘉吓得一骨碌爬起来，扬声喊人，发现自己身上连病号服都给换成了宽松的荷叶边睡袍，更是加大了音量喊着，“妙姐！”

连妙果然还在，闻声一路小跑着上楼来：“怎么了，令嘉？哪里不舒服！”

“我们怎么从B市回来的？衣服是谁帮我换的？我昏迷了吗？怎么连一点感觉都没有啊？”

“坐高铁，我换的，昏迷倒没有，我也纳闷呢，你平时睡觉没这么沉啊。医生说在输的液体里加一点儿安定，都不知道他到底加了多少剂量！”连妙气愤地说道。

“那我们回都回来了，怎么不去公寓，到这儿来了？”

连妙神色有点愧疚：“对不起啊，令嘉，我争取了一下，但是被傅先生否决了，没敢跟他唱反调……只能叫上伍哥跟过来了。”

“气死我了，谁同意要来了，他怎么老自以为是地帮我做决定啊——”

令嘉话没说完，视线落在门口，发现门框上斜倚着的傅承致，声音渐小，虚张声势道：“看什么看？我现在就回家！”

她说罢就跳下床，趿拉着拖鞋找衣服：“我的外套妙姐你带没带？”

不等连妙回答，傅承致告诉她：“衣柜里有。”

令嘉瞥他一眼，快步过去推开衣帽间，果然满满当当都是衣服，一小部分是她当初搬走时遗漏的，其他的应该是他后来买的。

她还住在这儿的时候，傅承致就喜欢一掷千金给她买这些华丽的东西。

令嘉随手拿了一件羊绒大衣套上裹紧，拖鞋也不换了，用手指梳了两把头发，叫上连妙："快，我们回去吧。"

傅承致站在门口没动。

他放了连妙出去，却把令嘉拦了下来。

"你干吗？"令嘉有点慌，"你也想非法拘禁吗？"

"现在是晚上八点了。"

"那又怎么样？我又不是没有在八点回过家。"

"没有车，我不会送你的。"

"我让伍哥叫车。"她拍了下傅承致的手臂，"你让我出去。"

"我不让你走。"

"我想走，我爸爸在这儿都拦不住我。"

令嘉说完就开始和傅承致的手臂较劲。

尽管令嘉是一米七的身高，但她太瘦弱，在傅承致面前还是显得娇小，像拔树一般，使出吃奶的力气拔了他的手臂半晌，愣是分毫未动。她气急了，有如暴怒的小兽，仰头与他对峙："最后一次，你让不让？不让我叫伍哥上来揍你了！"

傅承致俯视她："你确定吗？周伍在这儿可是谁也打不过。"

"你！你简直要气死我了！"

令嘉张口要咬他，结果"嗷呜"一口咬了一个空，因为傅承致把手臂收回去了。就在她面色一喜往外跑时，整个人被抓住腿，从下而上抓起来，她被傅承致扛在肩膀上，往屋里走——

"大浑蛋，你想干吗！妙姐，救我！"

连妙急了，她对令嘉是最好的，一点委屈也舍不得让她受，果真要冲进门，却被周伍拉住手腕："你傻啊？你就没看出来人家是两口子，床头打架床尾和的关系吗？"

"我没看出来。"连妙甩开他的手，没好气道。

"令嘉要是真不愿意，她不会跟傅总说这些缠缠绵绵的废话，跟挠痒痒似的。难得有增进感情的时间，人家打情骂俏呢，咱们做人得识相点儿，不要做没眼色的电灯泡。"

"你可真是烦死人了。"

连妙知道他说的是实话，转身就走，疾步下楼捂上耳朵，不忍再听后头传来的一声声呼唤。

卧室门被傅承致反手锁上了。

令嘉被扔回大床上，刚刚系好的大衣腰带因刚才一番折腾散开了，衣摆彻底敞开，里头便是乳白的睡袍，荷叶边的裙子褪到大腿根，雪白修长的腿竟比裙子还要柔嫩几分。

"我警告你，不准乱来啊！"令嘉一边往床另一头躲，一边冲他扔枕头，鹅绒满天飞。

"没有你的允许，我不会乱来，最多就亲亲你的脸罢了。"

"鬼才信你呢，你这个有前科的人。"

"你得信，我爱你，爱你的人，是没办法伤害你的。"

令嘉气喘吁吁地倚在床头的墙上，闻言轻哼，到底是把枕头扔到了一边。

傅承致像是刚洗过澡不久，换了件宽松的毛衣，黑发虽然已经不滴水了，但安静地垂在额前，看上去少了几分锋利，多了一些温柔。他立在离她两米远的床尾，张开双手，用美色，还有最低沉动听的声音诱惑她："小八，到我这儿来。"

令嘉喉咙动了一下，但腿没动。

"我才不傻呢。"

"你怕把持不住？不敢吗？"

"谁不敢了！"令嘉不能被人激，三步并作两步跨到床尾。

傅承致的脑袋只到她胸口那里，她得以居高临下地看他："就这？"

傅承致双手在她腰上收拢，令嘉没提防，膝盖顺着他的力道忽地跪坐在床单上，四目相对，他们的呼吸拍打在彼此脸上。

令嘉对着这张脸是没办法说不的。

他五官每一个都好看，好看到没有瑕疵，长到她心坎里。他的眼神深邃，像是能窥见她内心的每个角落，被那样一双眼睛盯着，不知怎么就心猿意马、情迷意乱……

等令嘉回过神，他们的唇瓣已经相贴了，触感柔软而滚烫。

令嘉想踹开他吸口气冷静冷静，但没承想这一下踢错了位置，踩在他肩膀上，原本的抗拒竟像极了若有似无的邀请。

傅承致也不喊疼，抓住她的脚踝吻了一下，掌心顺势上滑，欺身上前来。

他的指腹像是带着火种，抚过的地方都带上了炙热的温度。

“可以吗？”

他伸手去掀自己的毛衣前，声音沉得有些沙哑，向她征询意见。

令嘉的内心完全是迷乱的，小腿发痒，心尖也酥麻，两个小人在她心里打架，一个劝说她快醒醒，穿好衣服回家；一个人却又跷着二郎腿，将事情轻描淡写地弱化，没什么大不了的，反正大家谁也没结婚，她又是喜欢他的，顺水推舟，成年男女有什么所谓？

月色安静，空气激荡，他们彼此的身体深处都有暗流涌动。

床头一盏壁灯开着，昏黄的光晕衬着他的轮廓，他垂落的发梢落在她的额头，扫起来很痒，令嘉抓紧他衣领的手不知不觉地放松。

她放纵自己，悄无声息地点了点头。

院子的泳池水位大概放得很满，因为映入她眼帘的，是那被波光粼粼投满的雪白天花板，那光里有倒映的月光，也许还有路灯光。晚风轻轻拂过，水池的银光和涟漪也随着闪烁，似是虚像，又像叠影，连人的心也为之颤动。

男人的十指与她的在枕边紧紧相扣，鹅毛枕头里飘出来的小朵小朵羽毛，像冬天的第一场小雪，很快弥漫了整个原野。

02

昨天下午睡的时间太长，凌晨五点不到，外头的天还暗着，令嘉就已经醒了。她眼睛还没睁开就感觉到腰酸背疼，昏暗的光线中还能瞧见胸口的粉色痕迹。

稀里糊涂的激情退却，回归贤者模式，几个小时前发生的事情就像一场梦。

她咬紧被角，后悔得想把自己的脑袋拧下来。

令嘉平时不是太放纵自己的人，做了几秒钟心理建设，就是不知道该把这超出计划轨道的意外归结为自己昨天生病了，心理防线比较脆弱，还是傅承致愿意不惜一切代价救她，千里迢迢地在那个特殊的地点出现，纯粹是出于感动。

就跟她被绑走，在电话扩音里听到傅承致答复时的不可思议一样，她现在也做了不可思议的报答。

现在，两清了。

这么一想，她心里好受许多，眼睛往旁边偷瞥，傅承致还在睡觉。他鼻子挺翘，呼吸平稳，不知道做了什么好梦，连嘴角都带着笑意。

确认他没有要醒的迹象，令嘉才小心翼翼、一点一点地从傅承致身下扯回自己的睡袍。

她掀开被子，抓起床头的大衣，摸黑踩到拖鞋，准备开溜。

她才摸到门把手，便听到声音从背后传来："去哪儿？"

傅承致睡眠向来很浅，才感觉到温度从怀里撤离，他立刻便睁开了眼睛，声音里还带着鼻音，以及一些鲜见的、睡醒后的茫然。

"拍戏。"令嘉有现成的借口。

傅承致顿时清醒了，打开台灯，暖色调的光晕下，男人的表情看上去不太高兴。

像是刚抓紧一些沙砾，又要悄无声息地从指间流走。

但他耐着性子，压下脾气，出言提醒："令嘉，现在才凌晨五点。"

"但伍哥订了八点的机票，我已经一再延误，今天是必须进组了。"

"那也得先吃了早餐，然后我送你去机场。"

这是他最后的让步。

令嘉现在已经可以轻松摸到"傅地魔"的底线，知道已经没有商量的余地，思考了几秒，没再拒绝。

厨房准备早餐的时间，她从容地洗了个澡，吹干头发，然后换好衣服。

吃完早饭，傅承致的司机和霍普都已经在外头檐下等待了。

“早上好，令嘉小姐。”霍普热情地和她打招呼。

令嘉路上还有话要跟傅承致说，这下副驾驶位又多了双耳朵。

尽管她知道霍普几乎清楚傅承致所有的事情，还是不大自在地适应了半晌。一路上，傅承致给她剥了橘子，满含温情地和她说着话，令嘉心神恍惚，有一搭没一搭地应着。

直到车子转上直达机场的高速公路，距离目的地越来越近，升上车子中间的隔板，她才终于开口：“承致，我觉得你好像误会了什么，所以我觉得有必要声明一下。昨天发生的事情不代表我答应和你在一起了，我只是出于报答，所以给了你想要的。”

她这话才出口，傅承致的脸便沉了下来。

“你认为，我是个可以召之即来、挥之即去的家伙吗？令嘉，你觉得我做这些，仅仅是为了得到你的报答？”

令嘉硬着头皮道：“我没有这么想。我的感情观很简单，我会和喜欢的人在一块儿，从认识到恋爱再到结婚，可你不一样，你太复杂了，你有太多的东西要顾忌，有太多的利益要权衡，你还有很多的心眼，倘若你真的想骗我，说不定你结婚十年八年我也一无所知。承致，如果我答应和你在一起，我爸爸会生气的，他辛辛苦苦把我养这么大，不是让我给人当情人的。要是真的那么做了，我都没办法原谅我自己。”

“这就是你昨天点头的原因？”傅承致脸色阴沉。

令嘉视若无睹地移开眼：“是的，满足你的执念，你以后不会再惦记，我心里也好受一些。”

傅承致紧紧地盯着她的眼睛道：“所以你答应我仅仅是为了偿还我，打发我……”说到此处，他气得声音都在颤抖，“看着我的眼睛，令嘉！你告诉我，你要和谁恋爱，和谁结婚？”

令嘉被他吓得心尖一颤，但转过脸来，还是极力平静地再次开口：“对不起，你或许觉得我自私，但世界上大多数人都是按照这样的道德准则去生活的。”

“你觉得这点程度的甜头就能让我收手吗？”他的样子冷得可怕，冷声陈述，“令嘉，我要的不是一晚上，是你的一辈子。”

令嘉忍无可忍，终于火了：“凭什么你要什么我都得给，你是老天爷的亲儿子？”

“傅承致，你要记清楚，我不是你的下属，不要冲我发脾气，也不要对我阴阳怪气地说道。我已经很努力地在克制自己了，谁声音大谁有理吗？你要不在大街上随便找个人问问，有谁可以接受自己的伴侣被人平分？”令嘉平日教养满分，连说话的声音都不大，这会儿突然爆发，傅承致被噎住了。

他头疼，沉默两秒，试图去拉令嘉的手解释：“我对爱拉毫无感情，就算未来有需要，也仅仅是一桩生意，我们双方都清楚这一点，只是很短暂的联姻。我答应你，我不会和她有任何亲密举动，更不可能和她生孩子……”

令嘉的眼神彻底冷漠下来，她心灰意冷，不留情面地挥开他的手。

“我没办法把太恶劣的话说出口，但真的，”她闭了闭眼，接着道，“你真让我恶心失望。”

“承致，哪怕只有一秒时间，你反思过吗？你那么讨厌你唯一的弟弟，却还要再做和你父亲一样的事，在外头养一辈子情妇，制造下一个悲剧，你讨厌你父亲，却最终要变成和他一样的人。”

车已经抵达机场外，令嘉一眼瞧见了推着行李在机场入口处张望的助理。

“停车。”她大喊一声。

司机吓得赶紧点刹。

令嘉不再看傅承致是什么表情，也不待霍普帮忙开门，甚至不等车停稳，头也不回地匆匆甩上车门。

只剩下车厢前排的司机和霍普眼观鼻、鼻观心，之前恨不得把耳朵捂上，这会儿他们更想无限缩小自己的存在感。

令嘉小姐看起来文文静静，胆子可真够大的，半点面子都没给傅承致留。

两人都暗恨今天为什么要跑这一趟，不仅目睹老板被骂得狗血淋头的直播现场，还见证了他人生前所未有的难堪时刻。

知道上司太多难堪的下属，可不会有什么好下场。

车一直停着不走也不是办法，两人眼神示意推让半天，还是司机鼓起勇气小声询问：“先生，我们现在折返吗？”

似是终于想起来车上还有两个人，傅承致“嗯”了一声。

司机应声启动车子，拨转方向盘，转出下客通道。

这是傅承致第一次无比清晰地知道了令嘉在别扭什么、纠结什么。

有一瞬间，他几乎都要答应她了，但最终他还是用仅存的理智避开重点，冷着心肠拒绝。这是他父亲用自己的人生经历教给他的生存法则，他能为感情做很多牺牲，但最终都在家族和事业面前让步，这是每一代合宜继任者的责任。

他心里一抽一抽地发酸、发涩，想着令嘉刚才发火的样子，一会儿心疼她，想起她最后冷漠的眼神，一会儿又觉得头也隐隐疼起来。

返回的路上，他装作有些无所谓的样子，强行让自己轻松地跟霍普聊天：“你说我是不是对她太好，太没脾气了，让她没看清我是什么人？”

霍普不敢随意答话，这个问题怎么答都有毛病。

但首席助理之所以能做首席，肯定都是能摸透老板心思、有几把刷子的人，谨慎考虑之后，他选择顺着傅承致的心意推一下，大着胆子道：“恕我直言，先生，就在两天前，您连绑匪那么离奇无理的要求都能够答应，那样的代价您都可以付出，结婚又有什么难度呢？”

再聪明的人，有时候也难免会被他的人生框架套住。

傅承致就是这样，偏偏在最关键的地方，被传统家庭观念缠住了手脚。

03

《天黑之前》的取景地，在一座名字很美的湘西小城。

这里有白塔孤舟，绿水绕山流，空气干净清新，吊脚楼神秘，青石地板雅致，是叫人来了便会感到心情放松的城市。

耽误了许多天，女主角终于进组，这消息让剧组上下都松了一口气。

虽然来得最迟，但这些日子令嘉也没闲着，她通读了《天黑之前》的原著，待拍的台词也背得滚瓜烂熟。

因为整部电影需要许多雪景，剧组事先查好了天气预报，确保在合适的日程去拍那些最重要的戏份。

令嘉在整部电影里的扮相，头发都是清新的黑长直或马尾，这是她拍戏到现在每次妆造时间最短的，快些时候甚至不到半个小时，底妆尤其干净，打造清水出芙蓉般的纯粹感，是少女感十足的初恋长相。

《天黑之前》的原著作者随组监制，连他看到未经修剪的拍摄片段也惊叹："如果世上真的有章西，那一定就是令嘉从书里走了出来。"

拍摄要持续两个半月，进组之后令嘉就和傅承致断了联系，情况虽然和上次差不多，但这一次，她不再有心神不属的感觉，反而觉得坦然。

她已经把内心深处的想法没有隐瞒地全都讲了，郁气也没了。

尽了全力，结果是好是坏，她虽然决定不了，但很确定自己这一次不会再留遗憾。

新的男演员搭档是最近大火的男偶像江屿白，资本助推，加之他的演技得到过一众学院派评委的认可，因此拿下了本片的男一号。

两个主演都非科班出身，令嘉以演技见长还不用怎么操心，可江屿白就让仇导有些头疼了，他的上部影片能获得认可，很大原因在于有本色出演的光环在，而到了这部戏他的演技就有点欠缺了，但那张脸又实在叫人割舍不下。

五年磨一剑，仇闻不可能放任自己的作品成为"只是随便拍拍"的东西，因此花了大量的时间给江屿白讲戏，让令嘉努力带他入戏，每一幕都拍许多遍，精雕细琢留下最好的那一段。

好在江屿白只是没经验，灵气还是有的，但这对令嘉来说仍然是种挑战。过去拍的四部电影，她几乎都是和表演经验丰富的大咖、前辈们合作，被他们带戏，从他们身上学到很多。这一次，却要她一个人独挑大梁了，身上的压力立刻便沉重许多。

戏拍到第二个月，所有人都翘首以盼的湘西第一场小雪终于来了。

这场雪下得太漂亮，浩荡流逝的绿水白河被雪雾轻笼，以后不知道还能不能遇上，仇导当即拍板，把整部电影的高潮也就是重逢那场戏提前拍摄。

令嘉在这里有场从舟上落水的戏，需要江屿白跳下去救她。

在寒冬腊月落水，令嘉和导演又都不愿用替身，被救出水面那一刻，她还得把感情表达得淋漓尽致，难度可想而知。

尤其河流并不是一潭死水，水速微急，虽然身上绑了安全绳，重重防护，但不可控因素还是太多。

稍有疏漏，就得重拍。

上去下来几次，令嘉的牙齿开始打哆嗦，她感觉自己由内而外被冻住了，僵硬得连脸上的表情都很难控制。她坐在椅子上让化妆师给重吹头发、补妆，还得听导演骂："……到底行不行，雪马上就没了，这条再过不了，你们耽误的不是一两秒钟，而是整部电影！"

人造雪拍不出质感，天光也马上就落下去了，只有趁着最后一小时抓紧时间拍。

令嘉被骂到险些崩溃，可她也清楚，但凡在影坛能闯出名堂的名导，十有八九在片场都是暴君。他们只有严苛，才能得到更高效的配合、更漂亮唯美的经典镜头。

最大的难点在于：她在演技上是体验派，戏份顺序被打乱后，少了那种水到渠成的情感铺垫。

这在以往有时间准备的话，还不算大问题，可今天这场戏是导演临时决定加的，她没有更多的时间酝酿。

连妙递过来热水，令嘉抿了一口，然后便推回杯子。

令嘉打着哆嗦闭上眼，摒弃杂音，强行让自己投入场景，去寻找导演想要的感觉，这场戏只能靠她提高水平，带着江屿白的情绪走。当然，作为回报，导演也会把更多的镜头给她。

全场焦急地等待，终于，造型师把令嘉的头发吹干了，再睁开眼，她的情绪出来了。

十年久别重逢，目光应该是无比复杂的，既有深切的爱意，也有恨和怅然。

尽管在场所有人都冻得上下牙打架，但令嘉心无旁骛之后便不再发抖了，她仿佛全然不能感受到风里携带的冷意。

这才是职业演员该有的素养，仇导鼓掌："好，令嘉，保持这种状态，我们再来一条。"

令嘉重新踏上木舟，在江屿白对面坐下。

以往她拍太细腻的感情戏时，习惯性用自己的初恋代入对方的脸，但这一次变了，她爱的人变了，代入的脸也随之改变。这些变化镜头往往是最难以把握的，真正的好演员，只有直视自己的内心，才能用真情实感征服观众。

又爱又恨，这种情绪没有谁比傅承致更能让令嘉体会。

果然，这一次拍下来，导演没再喊"卡"。

倒是令嘉自己主动要求把没处理好的几个细节重新补了镜头。

屡次落水，结束拍摄换衣服时，令嘉身上的皮肤被泡得发皱，浑身冰凉。

仇导慈悲地大手一挥，批准令嘉提前回住处休息。

附近酒店环境一般，剧组包下的住处是一片民居。

出于保护女明星隐私考虑，剧组拨给令嘉一个独立的小院子，两间屋，她单独住一间，两个助理合住一间，还有一个卫生间。

院子里铺着青石板，花坛里种着兰草，还立着一棵锦葵科的木槿。

才进小院，连妙就开始往浴缸里放热水，让令嘉泡澡以防留下病根。

喝过感冒药再泡进热水里，令嘉困意就上来了。

"小嘉，你的手机在振动呢，要接电话吗？"进浴室之前，她把手机留在门外了，晓桐听见跑过来提醒。

令嘉清醒抬头，沉默两秒，问道："谁打来的？"

"是席总，AM 娱乐那位。"

她快速穿好衣服，用毛巾包了头发，才接通，便听席霖抱怨："妹妹啊，你们剧组可真会取景啊，竟然能找到那么偏僻的山旮旯里去拍戏，让我好找，连机场都没有，雪还把路封了，绕了八个小时，长途车真的颠死人了……”

令嘉奇怪：“您找我有事儿？不能在电话里说？”

“哪是我要找你，这不是承致嘛，这位爷不知道抽的什么风，天寒地冻的，说来就要来，说动身就一刻都不可以耽搁，结果车在路上抛锚，都快成冻肉了。”

令嘉心猛然一跳：“你们在一块儿？”

“他刚搭老乡的车去你那边，人家的车坐不下，留我和司机在这儿挨冻，这个忘恩负义、过河拆桥的坏家伙。”

令嘉听他絮絮叨叨地骂了一通，才轻声礼貌道：“谢谢你们来看我，但能请您帮个忙吗？打个电话让承致回去吧，他来又能干吗？我们的观念矛盾是没办法调和的，他不会让步，我也不会。”

席霖暗道，这个电话他可不敢打，只能替他说几句好话。

“嗯……妹妹你容我解释一下。这件事吧，承致确实是可恶，但他不是脑子没转过弯嘛，现在他知道错了，想明白了也处理好了才过来的。”

“处理什么？”令嘉心不在焉地道。

“他这人就是傲娇，对你嘴硬心软。从你们分开后，他回伦敦这一个月都在处理这事儿，和波克希尔集团签了战略合作协议……”

“人家怎么肯和他签这个？”

“我澄清一下啊，承致绝不是靠出卖美色，也没有以婚姻为条件。他还挺有创意的，纡尊降贵给爱拉拉皮条，介绍了个美国西海岸的超级明星，一身腱子肉，前两天才公开恋情，正打得火热呢。”

“花钱解决的吗？”令嘉顾左右而言他，一针见血地问道。

席霖语塞了几秒，说道：“嗐，那也是没办法的事，并购都谈到这个地步了都不给承诺，想继续下去总不能一毛不拔，得让点儿利……”

令嘉攥着手机，听那边说话。

手指抠着檐下窗棂的木头渣，她紧抿着唇，神情复杂，也不知道在想什么。

“电话快没电了，就先说到这儿啊，”席霖说道，“等承致到了，你记得叫他找车回来接他兄弟，我这会儿冷得说话都老咬到舌头。”

04

院子外头远远地传来车子发动机熄火的声音，令嘉恍惚了一下。

身体比意识更快地转身，她朝院门外瞧去。

是江屿白的保姆车。

他住的院子离令嘉的不远，平时会把车停在这儿。

令嘉收回视线。

她刚要进屋，被人从后头唤住：“小嘉，我能进来吗？”

青石板上的雪还没化，阳光帅气的大男孩手里捧着个鱼缸站在门槛处，胳膊肘下还夹着剧本，应该是来对明天拍摄台词的。

令嘉点头，问道：“你怎么带了条金鱼过来了？”

“刚刚和我助理去城里买药，在菜市场外头看见人卖，就买了，我记得你第一条微博发照片就抱着小金鱼。”

“你把我微博都看完啦？”令嘉诧异。

“你是章西啊，我当然得比别人了解你。”他走近把玻璃缸递到令嘉跟前，“喜欢吗？喜欢的话送给你了，我捧了一路呢。”

“你想演好戏看我微博可没用，角色是角色，我是我，我们不一样的。”令嘉摇头，没有接，“而且我助理每天那么忙，就不养小动物给她们增加工作量了。”

“哪儿不一样了。”江屿白不大高兴，把鱼缸放在桌上，落座翻开剧本，说道，“监制都说没有比你更贴合这个角色的人，我就觉得你们特别像。”

令嘉有点头疼，她从前和同龄人丹棠相处挺轻松的，丹棠情商高且早熟，两人有更多的话能聊到一块儿，江屿白却不大一样。他很早就成名受捧，做事儿靠哄，他毫不掩饰地对令嘉释放他的好感，每每得不到回应，都会流露出小脾气。

最重要的是，他目前面临一个困扰很多体验流派演员的难题：分不清戏里和戏外。

这问题令嘉能处理得很好，他显然还不行，偏偏导演就需要他这种情绪，在电影结束拍摄之前，谁都不能去点醒、戳破。

中间隔了一张小茶几，两个人就坐在屋檐下的藤椅上开始对台词。

冷是冷了点儿，但屋里就是令嘉睡觉的地方，女演员该避的嫌还是得避。

他们明天要拍的，是几场男女主角十六七岁时在学校时候的戏份。

对词过程中，令嘉尽量根据江屿白的台词习惯，重新更改自己一部分气口、停顿、重音，包括眼神和表情。她和仇导的理念差不多，都是喜欢把专业精雕细琢做到极致的人，从前靠着这股劲头学哲学，现在她靠着这股劲头来演戏。

傅承致被工作人员带到院门口，毫无准备地直接被这刺眼的一幕定在原地。

青瓦白墙的屋檐底下，年轻男女的身体在茶几上方挨近，目光注视着彼此亲昵说笑，热茶雾气氤氲，金童玉女，赫然是对璧人。

他在伦敦一整月夜以继日地工作，凭一己之力扛下家族长辈的重重问责，到底是为了谁。

傅承致被令嘉气得不轻，冷着脸喊了一声："令嘉！"

毫无预兆地听到这么一声大喊，令嘉差点从藤椅上弹起来，还好最后定住了，偏头往院门口望去。

果然是傅承致，他立在门口，肩宽腰窄，身形颀长，灰色毛呢大衣上落着未化开的雪，眼神沉凝，唇线抿得笔直，昭示着他克制到极点的怒火。

"你来了。"

令嘉强行云淡风轻地应一声，转头跟江屿白轻声商量："实在对不起啊，今天先到这儿吧，我有点儿事要处理，明天我早点儿到片场。"

江屿白不大情愿，起身路过时，深深地瞧了傅承致一眼，才不屑地与他擦肩而过。

没有他年轻，瞧面相就知道是个有城府的坏男人。

令嘉和江屿白清清白白，连妙不怕人看，这会儿傅承致来了，她忙不迭地打发走领路的工作人员，把院门掩上，生怕这主儿干什么出格的事被拍到。

男人临走前那一眼更加剧了傅承致的怒气，他疾步走近，衣摆翻飞，提醒她："他对你别有所图，别告诉我你没看出来。"

令嘉都懒得掩饰自己的情绪，她扔开剧本起身，站在台阶前平视他。

"先不说他有什么企图，你用什么立场来责怪我？"

她戴着白色围巾和绒线帽，雪白的面上唯有鼻尖被冻得微红，整个人看上去又柔又软，下巴却扬得很高，眼神中流露出不肯退让的气势。

傅承致退后一步，说道："我发现你胆子变大了，令嘉。"

"你现在已经不是我的债主了。"

这话又戳到了傅承致的痛处。

他本要生气，又才记起自己千里迢迢来干吗，深吸一口气，都忍了下去，他好言好语地商量："你和别人那样亲密，我没办法接受。"

令嘉却摊手道："可这就是我的工作。"

"但这里并不是片场！"

"我就和他对台词，你管我选什么地儿呢，你之前还想跟人结婚，我管你了？"令嘉不耐烦地说罢，就往屋里走。

傅承致跟上："我已经向所有人宣布，不会以联姻的方式和波克希尔家缔结盟约，我真诚地为之前的想法向你道歉。"

令嘉嘀咕："谁知道少了爱拉，你以后还会不会遇见什么希拉、黛拉、伊芙的……"

"你是在故意气我吗？"

傅承致抓住她的手腕："你扪心自问，有谁能让我像对待你一样对待他们，我已经做出了最艰难的抉择，竟然还不足以让你对我产生一丁点儿信任？从认识到现在，永远是我在让步。Bow to you, once, twice, times. I offer you the loyalty of a man who has never been loyal!"

向你低头，一次，两次，每一次。

我给你一个从未有过信仰的人的忠诚。

他大概是气得神志不清了。

换作刚认识的时候，傅承致稍一生气她都觉得胆战心惊，但最近，令嘉好像完全失去了感知危险的雷达。

大概是因为潜意识中，觉得傅承致的怒气总是雷声大雨点小，他是个一戳就坏的纸老虎。

她顺着傅承致拽她手臂的力道转回身，瞧着他的样子，令嘉放轻声音道："可是我不需要这样居高临下的牺牲。"

令嘉试图找到更确切的词句来形容自己此刻的感受："很奇怪的是，在所有情侣当中都自然而然的事情，在你这儿，不知道为什么，感觉就变了……"

"就像这棵树。"她指着院子里唯一的树木说道，"它已经凋零了，难道你还能违背时令叫它在冬天开花不成？你应当知道，尽管你回心转意，但我不是就非得感激涕零，开开心心地接受你的道歉的。"

冬天日照时间短，外头天色渐暗。

傅承致抓着她的手像是摸着一块冰，也许浑身都僵透了。

檐下的廊灯亮了，那串红灯笼也亮起来。

昏黄色染着几分红的光影，映出他坚硬锋利的轮廓里，有几分鲜见的倔强脆弱。

令嘉叹了口气，不愿再谈这些，只是我问道："你找到地方住了吗？没有的话我找剧务主任替你也租个院子，等明天有车了，你就回去吧。你在伦敦工作那么忙，这里太偏僻，做什么都不方便。"

傅承致没说话，像一座沉默的雕塑。

抽回手，她给他倒了一杯热水，补充道："你的随行们都没来，你在这儿待着也不安全。"

令嘉还是第一次没在他身边瞧见那群助理和保镖，往常傅承致身后无论如何是会跟着两个人的。

可见这次确实是来得急了，他什么也没顾上。

连妙出门很快打听完回来，附近的院子已经被剧组包得差不多了，就剩一家条件最好的，本是留给制片人住的，但制片眼下已经回 S 市，正好空出来安顿这位爷。

令嘉没有心思想其他的，剧组上下一百多人还要等着她拍戏。

当晚她把第二天要演的内容在心里记了个滚瓜烂熟，别人的台词也都记得差不多了，才放心上床睡觉。

翌日，令嘉凌晨六点才睁眼，剧务组的人已经过来送早餐了。

令嘉穿衣服时，便听人在楼下跟晓桐聊天，称奇叹道：“真是神了，寒冬腊月的，就一夜的工夫，路上那些木槿全开花了。”

“唉，我们院子里的也开了，好漂亮啊！”晓桐也惊呼，“是什么植物回温现象吗？”

“问题是这温度也没回转呀，天气预报比昨天还低了两度呢。我问了这边的当地人，都说活了几十年了也没见过，这边的木槿都是七八月开花，十月份就谢光了的。”

令嘉动作一滞，蓦地想起昨天她跟傅承致说话那会儿随口打的比方：“它已经凋零了，难道你还能违背时令叫它在冬天开花不成？”

反应过来之后，她匆匆忙忙下床，推开木窗户，探出头去。

下了一夜的雪，冰凌垂挂在窗棂，户外的积雪已经铺满青瓦屋檐，厚雪将古镇覆盖。

令嘉住的地方地势较高，视角宽广，恰好能从上往下瞧。黎明的天蒙蒙亮，许多院子还未关灯，雪映灯愈明。沿着她这儿往山下的青石板路，每隔七八米一棵的木槿全部都开花了，铺成一条淡紫的花路，紫花绿叶在银装素裹的冰雪世界里，简直如同神迹降临般，突破节令，叫人震撼。

就连她住的院子里，被沉甸甸的雪压弯的树梢上，也开满了淡白、淡粉色的木槿，开得正艳。

令嘉呆住了，她冒冒失失地踩着拖鞋跑下楼，因为跑得太急，甚至还在楼梯最后两阶摔了一跤。

晓桐匆匆跑过来扶她，令嘉却顾不上拍身上的灰尘，急促道：“给我找个梯子。”

她踩着梯子爬到树梢上，盯了好一会儿，又用手摘了好几朵才确定，这花和叶子是真的，神迹却是假的，都是别处移过来，用胶水粘上去的，也不知道用的是什么胶水，竟然一点痕迹也看不出来。

虽然是弄虚作假，但花到底也开了，令嘉只觉得又好笑又好气。

站了半晌，她又觉得眼眶发酸，有点想哭了。

就算是假的，这些花千里迢迢不知道从哪儿保鲜空运过来，一夜的时间全粘到树梢上，还不能惊动旁人，工作量不是一般的大，可能就在他沉默那会儿，就开始盘算这事儿了。

她只是随口打个比方，却万万没料以傅承致的冷硬凉薄的性格能干出这么像毛头小伙子做的事情来反驳她。

这事儿几乎也跟冬天开花的木槿一样，算是个神迹了。

第十章

所以我是你爱的人了吗

01

令嘉六点半吃完早餐抵达片场，平日里别的演员拍摄时，她会坐在导演边上听他分析，学习经验。

但这一整天，等戏的工夫，她总觉得魂不守舍。

从早上开始，傅承致就没有出现过，不知道是不是已经回伦敦了。

他生活里总有无数的工作待处理，常常匆匆地来，几个小时后又匆匆地走。

令嘉几次打开消息列表，点开他的消息框，想要说些什么，结果组织了半晌语言，消息最终也没发出去。

她还不知道，镇子里的傅承致这会儿正在被好友唾骂："傅承致，你大爷的！"

此时的席霖半点没了少东的潇洒，攥着一把鼻涕纸，边擦边控诉："我好心帮你找人，给你领路，几筐破花都有紧急配送的待遇，我竟然就这么被你给忘在路上了，你是觉得我的安全健康还比不上几筐破花吗？"

他从牛高马大的保镖行李箱里翻出一包纸巾，吹完一个大大的鼻涕泡继续生气："你知不知道在车上睡觉有多冷，老子生下来就没受过这份儿罪。"

……

他每抽一张纸巾，就有一句新的辱骂诞生。

"我跟你说，你以后有事儿别再找我，找我也不帮。"

让他发泄了一会儿，傅承致心不在焉地掏了掏耳朵，扬声问助理："我记得Ode的大股东上回邀请我参加他的六十岁生日晚宴……"

霍普正在指挥人往院子里搬东西，都是傅承致平日里习惯使用的摆件陈设、办公用品。闻言他回头答道："是的，先生。可时间不太来得及呢，我会让人替您准备回函和礼物道歉。"

"等等！"作为欧洲最大的院线运营商，Ode是席霖一直试图打通的关节，AM一堆片子想在欧洲上映。

他站起来，突然微笑道："道歉函也别写了，给我写个引荐信吧。"

他来时气冲冲，现在美滋滋。

席霖总算有心思观察周围的环境，他背着手打量了一番这座从清汤寡水到奢华内敛、焕然一新的民居小院，眼神带着怀疑："承致，你打算在这儿住上一两个月？"

傅承致耸肩："当然不。"

"那干吗这么费心布置，让人觉得你会住很久的样子？"

"倘若令嘉肯让我住到她那边去，我可以立马就搬过去。"

"你果然还是你，承致。"席霖无语望天，"不过说真的，伦敦那一摊子事儿你就这么扔开了？"

"我请执行长来就是代我工作的。何况来之前，我已经把紧急待办事项做得差不多了，剩下的可以开视频会议，在线处理……实在不行到时候再看吧。"傅承致很从容，"闲话就不要说了，这个月没事儿不要联系我，我想清净点儿。"

收工时是下午六点半。

令嘉临上车前，副导演小跑着过来找她，说大家一块儿去吃这边地方的特色腊味火锅。

"发生了什么事，仇导怎么突然请客？"

副导演答道："嗐，还不是投资人来探班了，就是那位 AM 的席总。"

提到席霖这个名字，令嘉脑子里好像有根线突然搭通。

关上车门的瞬间，她面色一变，噌地起身，撞在车顶上，又捂着脑袋坐下来："完了完了，我昨天把他给我说的事儿忘了！"

连妙好奇："什么事？"

"他们的车子在路上抛锚，手机没电了，席霖让我转告傅承致派车去接他来着。"

晓桐："人不是已经到镇上了吗？傅总应该昨天就把人给接回来了吧。"

倒也是。

令嘉这么安慰自己，又才想起，既然连席霖都在镇上，那么傅承致十有八九也还在，一时又有些无措起来。

她心中有犹豫，也有害怕。

一切好像来得太快太顺利了，不知道下一秒一切会不会重新改变。

在喜欢面前，人们好像总是容易变得患得患失，何况是傅承致这样的本性，更容易叫人胆怯。

她不是了不起的人，世界上比她优秀的女孩有太多太多，她没有背景、没有亲人，她还死心眼，喜欢一个人就不懂得拐弯。

她害怕有一天自己真正深陷其中的时候，他却已经能从感情里轻易抽身。

火锅店在小镇山脚，进了馆子，腊排骨的香味和热气扑面而来。

令嘉取下围巾往里张望，果然，在大厅最深处的主桌上，她瞧见了仇导身边的席霖和傅承致。

“妹妹，这儿！”席霖眼睛一亮，冲她抬手。

“你们都认识呀。”

“何止认识，我们都是老朋友了，关系好着呢，这不都千里迢迢来探班了嘛。”

仇导乐了：“那太好了，小嘉过来过来，就坐席总边儿上，你俩好好聊会儿。”

这是误会了，席霖赶紧摆手：“还是坐承致那边儿吧，他俩关系更好。”

说是关系更好，但整个席间，两人几乎没有说话。

桌上的人都暗自奇怪，倒是主动坐到令嘉右边的男主演江屿白还时不时地和她互动，递个筷子、倒个水什么的。

令嘉的余光偶尔不着痕迹地往隔壁瞥。

这顿饭傅承致并不是主角，因此他全程在安静地喝水吃饭。是的，只吃饭。

他只吃得惯那些甜口不辣的，S 市是沪菜还好，到湘西这边来，令嘉猜这红彤彤的火锅但凡他多吃几口，大抵都会要他半条命。

只是她自己也好不到哪儿去，演员吃太多油盐碳水食物，第二天上镜十有八九要浮肿，因此她也没吃几口肉，只在喝水饱腹。

当然，难兄难弟还有江屿白，如此一来，傅承致的食量在边上便并不十分显眼了。

火锅里菜下了几轮，桌上开始敬酒。

仇导最先举起杯子，负责倒酒的剧务主任过来替每个人满上，轮到令嘉，她还没来得及说话，酒壶就近到自己杯前。

这下不好再伸手挡，令嘉只得硬着头皮站起来道谢。

椅子才动，旁边便有漫不经心的声音传来：“抱歉，令嘉不能喝。”

气氛有点僵。

最后还得靠席霖站起来打圆场：“是啊是啊，妹妹有哮喘，我都忘记说了，拍《水塔天鹅》那会儿沾了一点儿直接送急诊来着。妹妹你就换杯茶水，这个我替她喝，来来来——”

令嘉这会儿才确定，他也并不是完全在埋头用餐。

她有心想找他说点什么，但瞧着傅承致在灯光下俊美冷淡，就差明晃晃地写着“请勿打扰”的侧脸，话又都咽了下去。

一个多小时的宴席结束，天色微暗，席霖他们也要启程回 S 市了。

来时抛锚的车已经修好，就停在不远处的修理厂。

仇导一行人把他们送到路口，道别后，才沿着山路折返回山上的住所休息。

令嘉原本跟在剧组中间，走着走着便渐渐慢下脚步，落到最后。

她忍不住回头。

席霖和傅承致差不多高，两个人已经并肩走出几十米开外，保镖在后头跟着。

道路两侧堆着一些未融化的积雪。

美丽总是短暂的，木槿树上的花被冻了一整天，颜色发深，从浅淡的粉变成紫色，看上去再过一夜就要蔫了。

北风从耳边拂过，恰巧有绿色的叶片随风打旋轻轻飘落，沾在她的围巾上。

令嘉摘下它，又一次回望。

暮色中，他只剩隐约的背影。

电影还有两个月才杀青，这一走，再见面也许又是很久很久之后，像以往的每一次一样，他们都有彼此需要忙碌的事情。

可奇怪的是，以往都过来了，这一次，她却突然觉得心发酸，有不忍，也有不舍得。

不该是这样的，起码这次她不应该再让傅承致带着遗憾和不开心从这里走掉。

她收拢掌心攥紧，似是终于下定决心，突然止住向前的脚步，转身朝他的背影追去。

“哎！”连妙察觉她的动作，跟着转身，小声惊呼，“令嘉你去哪儿……”

令嘉没顾得上答。

她起初还只是以正常的速度走路，然后越走越快，直到最后在青石板路上飞奔起来。

皮鞋踩到雪水融化的水洼，泥点飞溅起落在大衣衣摆上，但令嘉管不了那么多了，她喊了一声：“傅承致！”

她刚开口喊出这名字，眼前便升起一团氤氲的雾气。

傅承致回过头，此刻他们之间只剩不到三米的距离，四目相对。

他就像是一直在等待她一般。

傅承致漆黑的瞳孔里积雪消融，冷了整晚的面容终于舒缓，他缓慢而松弛地扬起嘴角。

男人抬了抬手，示意身边的人都先走。

令嘉能感觉到他开心了起来。

他开口道：“令嘉，我还以为，你会一直不跟我说话呢。”

令嘉鼻酸，手指在背后绞着衣带：“可你也没找我说什么。”

“那是因为，我想你应该不愿意在那么多人面前展露我们的关系。”

以往也没见他在乎过这些。

令嘉心里暗骂，抬头又问：“你现在要回伦敦了吗？”

傅承致还在微笑：“你要是舍不得我，我就不回去了。”

“你怎么总这样，”令嘉生气，“我在很认真地问你！”

“我也在很认真地回答你。”他神情认真，声音也郑重起来，“说实话，其实我从来到这儿就没打算回去，现在只是送席霖到修理厂——”

他话音未落，令嘉已经得到想要的答案，她一言不发，疾步走近，把头埋入他怀里，双手紧紧地抱住了他的腰。

傅承致完全怔在原地，他感觉此刻仿佛置身梦境般，有种恍惚的不真实感。

青石板路两侧的路灯亮起，他感受到掠过耳边的寒风，肩头的触感，还有怀里令嘉传来的说话声，隔了厚实的大衣，听上去瓮瓮的，带着鼻音。她的声音在胸膛里带起共振，让他感觉酥麻微痒。

像是期待了很久很久，费尽一切努力都没能得到的珍贵礼物，某天醒来，突然放在了自己床头。

她说：“傅承致，你要记得你说过的话。”

“我爸走的时候，你说你爱我，就算所有人都离开我，你也会陪着我，陪我很久。你还向我发誓，永远不会再骗我，会和我签合同……”

空中又开始飘雪，察觉雪粒落在手背化开的凉意，他终于反应过来，悬在半空的双手落下，将她的肩膀环紧，深深地叹了口气。

“你还记得啊，我以为你当时听过就忘了。”

令嘉没有理他，自顾自往下说道：“你要是违背你的誓言，我不会为你掉一滴眼泪的，我会离开你，找一个更好的人——”

傅承致不乐意：“有谁会比我对你更好？”

“之望走的时候我也是这么想的，但这种事谁说得定呢。”令嘉直起身把他推开，抬手不着痕迹地擦掉眼角的湿润，说道，“总之我只是先给你打个预防针，你记住就好。”

她说罢转身就走，傅承致快步追上来，抓住她的手腕问道：“然后呢？”

“什么然后？”

“你现在接受我的道歉，决定原谅我了，所以我是你爱的人了吗？”

令嘉眼眸半敛着，头也没抬起来，稀里糊涂地应了一声。

傅承致笑了。

他的人生里好像很少有这样开怀的时刻，他借着手掌的力道将令嘉拉回自己怀里，低头吻她。

路灯下，天地都安静下来，雪落也无声。

昏黄的光影里，仅有呼吸化作朦胧的雾，柔和地模糊了他们的脸。

02

当天晚上，傅承致就借口把屋子让给了霍普和新来的安保人员，想要在令嘉的小院儿里落脚。

找剧务组问了一圈确实没有其他空置的屋子了，令嘉才无奈道："我们这边没有房间，你要是过来只能睡地上。"

"挺好的。"傅承致点头，"我从前的念书时候也在图书馆的地上睡过觉，是很不错的体验。"

最后还是连妙帮忙抱了新的被褥来，给他在卧室打了厚厚的地铺。

令嘉毕竟是电影主演，房间里虽然没有多余的床铺，但有电热毯和取暖器，比旁人待遇好很多。

睡地上虽然不太舒服，但不至于冻得生病。

等到洗漱完，关了灯，所有人都歇下了，院子里没了一点响动，令嘉才拥着被子翻了个身。

伸手不见五指的房间里，他们看不到彼此的脸，一个躺在床上，一个在地上。知道她第二天要拍戏，傅承致很规矩，从关灯后便没再发出声音。

"冷吗？"令嘉开口问。

"不冷，我觉得很暖和。"

"好好的床不睡，你就嘴硬吧。"

她还没来得及再往下说什么，黑暗中，傅承致突然开口："我现在终于有一点真实感了，我们在一起了啊。"

"一整晚了，你之前都在梦游吗？"

傅承致笑了笑，没答，而是接着道："我爱你，小八。"

"虽然从前都说过了，但我在你面前大约真的没什么自制力，见你一次就总想再说一遍。你像是已经和我认识很多年，像是生长在了我的心坎儿里，每个地方都让人喜欢。”

在令嘉原本的预想中，以傅承致忙碌的日程，这趟能在镇上待一个星期都顶天了，没料到他竟然一直安安稳稳地住了下来，一句也不提伦敦那边的事儿，仿佛外面的世界都已经与他无关。

白天令嘉出门拍戏，他就工作，晚上令嘉回来，他们一起吃饭，天黑后，两人就在河边的青石板路上散步。

这里没有无孔不入的媒体和狗仔，也没有大城市的纷扰与危险，却有宽阔的河流、平坦的青石板路，还有白墙青瓦的院落，偶尔天晴的时候，还有一望无际的蔚蓝天空。

节奏很慢，生活很平静。

时间一晃过去近两个月，已经接近年关，令嘉终于忍不住把担忧问出口：“你一直待在这儿，工作真的没有关系吗？”

傅承致正拿着画笔在廊下的瓷砖上用颜料作画，闻言偏过头来问道：“你觉得烦了？”

“没有。”令嘉摇头，掰着手指头在旁边的台阶上坐下来，“我就是怕你耽误正事。”

傅承致蘸了白色颜料，细细地描摹景物上的光斑。

“你还记不记得金融街游行那天，分别的时候，我对你说了什么。”

令嘉回忆了好一会儿。

傅承致收回笔，退后两步提醒她：“我想暂停用全部的精力赚钱，花点儿时间在能让我快乐的事情上。你不觉得，现在妇唱夫随的日子很难得，很让人快乐吗？”

傅承致长这么大，生活好像从来没有这么平静过。

和令嘉相处的时间，有简单的温馨且完全不会枯燥乏味。她的世界独立在物欲横流的俗世之外，自成一体。内心温柔的人能将同样的特质传递给身边的每一个人，再令人焦虑、烦闷的事情，她也能用最快的速度消化，重整旗鼓。

听到他连“妇唱夫随”这种中文词汇都用上了，令嘉语塞。

生意上的事她也不懂，也不愿多掺和。傅承致年龄比她大七八岁，那么成熟的人应该心里有数。他既然这么回答，她也就放弃了劝说的想法，他喜欢睡地铺就让他继续睡吧。

《天黑之前》的拍摄已经快到尾声。

与此同时，令嘉的另一部电影《大珠小珠落玉盘》也定档在大年初一上映，这部喜剧电影无论是从题材还是风格看，都是部标准的贺岁片，只是因为令嘉现在的戏暂时还没杀青，无法参加《大珠小珠落玉盘》的前期宣发。

因为拍摄全程保密，自家偶像闭关这么久没消息，粉丝们早就按捺不住激动的心情，虽然令嘉没有露面，但她们仍热情地把超话热度刷上了热搜，话题度和转发量十分可观。

由于整部电影没有比令嘉更知名的演员，因此宣发点基本在她身上，除了片方发力，令嘉的粉丝也纷纷在不遗余力地宣传。

这是自令嘉入圈至今，头一次察觉流量给自己带来的好处。作为一部小投资的喜剧电影，《大珠小珠落玉盘》的预售票房竟然达到了惊人的6000万，不出意外，肯定能从新春票仓分到一大杯羹。

周伍都开心疯了，给令嘉发来一大堆新找上门来的代言合同。

令嘉正在泡澡，怕手机掉在浴缸里，起身穿上衣服才点开文件查看。

走出浴室，她被楼上的连妙唤住：“令嘉，傅先生的手机好像一直在响。”

傅承致平日都把手机交给助理的，不过自从搬到这个院子，霍普不常跟在他身边，就不那么方便了。

偶尔他做事情腾不开手时，都会让令嘉帮忙接一下。也并不难应付，无非是回应对方稍后回拨，或者记录代办事项的工作罢了。

手机响了一遍又一遍，怕对方有什么事，令嘉思忖片刻，从连妙手里接过来，点了绿键。

未承想，这个没有标记备注的未知来电一接通，她就被对方满口纯正的英式英语骂得狗血淋头。

尤其那边还是个年轻女人，从她咬牙切齿的吐词来看，都不知道傅承致究竟做了什么伤天害理的事儿，才能被恨成这样。

“……你这个没有风度、没有教养、极端利己、自私自利的吸血鬼，我早知你不怀好意，却没想到你真能这样阴狠。分明是你追求真爱，毁约在先，还要我代你受过，被祖父责骂。他现在拒绝签署我的信托变更，我恨你，你这样的阴险小人活该下地狱……”

令嘉终于反应过来，电话里熟悉的声音来自爱拉。

在骂声中，她大约厘清了事情的经过。

爱拉和她的新晋男友，也就是那位美国男星在酒店过了两天三夜的消息被狗仔蹲拍了。

报道被人放到她的祖父桌前，傅承致以此为借口，在后来的谈判中找回了一些场子。波克希尔这次原本该大赚一笔，结果撒了大网仅仅捞到几条小鱼，老奸巨猾的詹姆士把脾气发到了孙女身上，爱拉又来臭骂傅承致撒气。

如果傅承致在这儿，大约就会耸耸肩，无所谓地听她骂一会儿，然后挂断电话。毕竟被痛骂一顿就能挣六七亿的好事儿，世上哪里找得到呢？

可惜接到电话的是老实人令嘉，她十分诚恳地跟爱拉道歉：“对不起。”

意识到接电话的是令嘉，爱拉第一反应是挂断电话。

再次意识到自己做了什么，她顿时更憋屈了！

积蓄已久的辱骂发泄出去了，却没被正主听到，像是重拳出击却打在了棉花上，最重要的是，比起傅承致，她好像更难面对电话那端令自己成为手下败将的东方女人。

尽管她对傅承致并没有什么感情，但这种输掉的感觉实在太糟糕了！

糟糕到她又打了一通电话，企图找回刚才自己丢掉的面子：“我并不想做个负面角色阻挡你们自由恋爱，但现实早晚能教会他对错。请您转告Phil，他总有一天会后悔自己现在的所作所为，为率性付出代价。”

放了句狠话，她心中舒爽多了。

爱拉挂掉电话神清气爽，令嘉却趴在窗边，不知道想什么。

她倒不担心傅承致真的会付出什么代价，就是觉得自己之前的想法有点可爱，她还真以为傅承致在这儿玩得乐不思蜀、无心正事了，没料到那么大的谈判事件，他竟然都能隔着半个地球精准遥控。

果然，恶龙是不可能在一朝一夕间变成无心名利的小天使的。

非要说有什么改变的话，就是他现在的行事跟当初付出点什么就要她拿东西交换的风格不大一样了。

这回因为她生出那么多麻烦，他一个字都没在她跟前提过。

小院子的门被推开，傅承致这时候回来了，手里拿了个小盒子，霍普在后头亦步亦趋地撑着伞。

他进门就一迭声喊令嘉名字，直到她趴在窗棂上懒洋洋地应了一声，他才仰头朝二楼看去，开心招手："快下来，我给你带了样东西。"

03

阁楼檐下挂着灯笼，灯光照映着傅承致英俊的面庞。

他打开手中那个小盒子，仰头朝她看过来。

盒子里那首饰模样的小东西，与他注视她的眼睛一样，熠熠生辉，闪闪发光。

令嘉一颗心收紧，扶着窗棂，身形不知不觉间已经端正。

她曾为拍戏看了很多很多电影，就在这一瞬间，她猛地觉得，傅承致看向她的眼神，正与无数经典爱情片里主角看向爱人的眼神一样。

像《恋恋笔记本》中在夜晚空无一人的街道上诺亚注视着艾丽；像《海上钢琴师》里 1900 透过邮轮舷窗看向帕多万；像《时空恋旅人》里的蒂姆看着掀开帘子走出来的玛丽……

空气中有浪漫的钢琴曲响起，纷纷扬扬的雪花在空中定格，空间无声地开始变化。

时间变得缓慢起来，每一分一秒的流逝都清晰得仿佛可以触碰。

她脑子里一片混乱，只突兀地冒出一句不知来自哪部电影的台词："人们说当你遇上你的挚爱，时间会暂停。"恰似这一刻。

令嘉很紧张，她心跳如擂鼓，想往后退两步，却又怕露了怯，指尖抠着木窗沿，冲楼下开口问道："那是什么？"

"生日礼物。"

傅承致已经等不及她下来，三步并作两步跨上台阶，快速上楼来，一眨眼的工夫，已经走到她跟前。

令嘉也终于瞧清盒子里的首饰，一把戴在颈间的铂金银锁。

这是典型的少数民族样式的项链，莲花雕刻精美，还有流苏般的垂穗和点缀的翠色玉石，做工细致到了极点。饶是令嘉这样见过世面的，都觉得它看上去光是手工费就价值不菲。很难想象，在这样闭塞的小镇上，还能买到这么漂亮精巧的首饰。

"我帮你戴上。"傅承致扶着她的肩膀朝后转，轻轻拨开她搭在肩上的头发，"给你过的第二个生日，希望新的一年，你仍然能平安快乐，还有爱我。"

令嘉不过生日，大家也都小心翼翼地避讳腊八这个她失去母亲的日子。

傅承致大概是这个世界上，唯一还敢送她生日礼物的人。

她摩挲着银锁上的花纹，回头问："在哪儿买的？"

傅承致正在跟她颈间的细链锁扣作斗争，闻言抬手把她的脸推回去，说道："你这样动来动去，我扣不好了。"

令嘉不动了，他才接着开口，嗓音低沉动人。

"我在寨子里第一眼见到它的时候，就觉得戴在你身上一定很漂亮。上次路过，银铺的师傅说是镇店之宝，不肯卖，今天我趁他不在，出了和他家那座院子一样的价格，他老婆马上就出手了。听那个女人说，这锁名为长命锁，可以消灾辟邪，永保平安，虽然我从来不信这个，但好像这里的人都戴。如果它真的有用，我希望它可以保佑你平平安安，这辈子都不要再遇到像上回那样的危险。"

他扣好了，退后两步，欣赏令嘉转过来的样子，打量半晌，满意地点头："和我想象的一样好看。就算没有辟邪的作用，至少好看。"

傅承致得意的笑容像极了中学时候的男孩子，做派也和少年时代无异，见到什么好看的衣服、首饰都想买来给她穿戴。

“我也有东西想送给你。”令嘉话音落下，朝前两步。

她本穿着袜子踩在地毯上，这下跨步径直踩上傅承致的鞋背，踮脚揽上他的脖颈。

傅承致怕她摔着了，赶紧伸手扶稳她。

两人之间几乎鼻尖抵着鼻尖，呼吸拍打在彼此脸上。

“谢谢你，傅承致。”

傅承致皱眉，才要开口，令嘉的食指抵住他的嘴唇，口唇轻启：“听我说完，我想谢谢你送给我的长命锁，谢谢你给我的偏袒。纵使未来可能有很多变数，但这次，我还是想把你规划进我的人生里。我想，我开始爱你了。”

时间静止了好几秒。

傅承致直到此刻才发觉，尽管他表白过许多次，但他潜意识里从未预设过自己能得到同样的回应。

因为现在，他的反应迟钝得简直像个智商值不足70的傻瓜，愣了好一会儿才意识到应该吻她。

天气预报说，腊八这天的雪是今年最后一场雪。

两人拥吻的轮廓背后，窗棂外，是落日前夕、黑暗降临前的最后一点余晖里粉色的、起伏的、被雪覆盖的山峦。

令嘉的戏份杀青那天，也是傅承致离开小镇的日子。

春风得意地再回到伦敦，大老板的改变把平日里所有能常接触到他的人都吓了一跳。

上到秘书和律师，下到牙医和管家、厨师……众人都在心里暗自嘀咕，这两个月傅承致不知再次经历了什么神奇的魔法洗礼，恶龙的锋芒收敛，多了几分体贴。

还不是前段时间那种麻木的、虚假的、一触即破的温柔，这一次，他仿佛真的意识到了自己的为人处世有问题，洗心革面、风格大变，动不动就拉个下属过来，开启温情谈话。

第一件让所有人大跌眼镜的事，发生在因怀孕出现工作失误，导致客户损失近八位数资金的基金经理珍妮身上。

所有人都已经等着这个女人收拾箱子离开大厦，未承想傅承致只把人叫过去训斥一顿，并给了她将功补过的机会。

临出门前，他甚至还很有闲情地问了一句孩子的预产期。

珍妮走出老板的办公室好几天，都还感觉自己像轻飘飘地踩在云端上。

还有合宜刚刚结束收购进程的一家伦敦本地老牌实业公司，傅承致同样一改往日的做派，没有为了省事，直接变卖工厂和资产，遣散员工，而是派遣了新的执行总裁过去，帮助改善经营，给了那家企业几百名员工养家糊口的机会。

如果上帝肯按愿力大小排行实现人们的愿望，那他一定能看见遥遥领先于升职加薪、排在合宜员工祈祷榜首位的诉求——不管是谁替他们屠了龙，只希望这种封印拥有永久效力，求求老板别再变回去了！

傅承致很享受下属们对他的态度从惧怕变成感恩戴德。

工作之余，他不忘学着令嘉，偶尔关怀身边的下属两句。

他会问些诸如“家里孩子上几年级”“欧冠看好哪支球队”这样鸡毛蒜皮的小问题，显得他平易近人，也能拉近和员工之间的距离。当然，交谈的大部分时间里，还是傅承致在说话，而且张口闭口就是他那远在亚洲的女朋友。

“这个口味的面包配鳕鱼不错，记在菜谱里，等下次令嘉过来再烤一次，黄油也要今天的牌子。”

“哦，这太残忍了，埃迪，我对你的遭遇深表同情……你知道吗？我的女朋友令嘉非常善良，我觉得她一定不会做和你妻子一样的事。”

“抱歉，戴夫，艾西向我申请调任纽约，我批准了，不过我相信你们的感情不会因此受挫，我和我的女朋友令嘉也分隔两地，不过她下周一就会飞过来看我……”

……

员工们敢怒不敢言，只得在心里暗道：“不管那该死的令嘉是谁，请周一快点到来，请您闭嘴。”

04

令嘉直到除夕前夜才抵达伦敦，第二天恰好是周一。

经纪人和助理们都放假回家过年，这次她是孤身一个人过来的。

父亲去世以后，哪里都不再是她的家，春节这个一年中最隆重的节日对令嘉而言，意义好像也没有那么重大了。

随着她的到来，傅家庄园布景也发生改变，上下焕然一新，充满了过年的喜庆味道。

这栋宅子自四年前上一任主人离世后便再没庆祝过除夕，傅承致懒得过。这回令嘉上门，管家和用人们花了大力气布置，还特地弄来棵雪松种在大厅，用红色假鞭炮和纸灯笼把雪松装饰得跟圣诞树一般花团锦簇。

小别胜新婚，两人第一天过得还挺温情，可惜大年初一早上就开始闹矛盾了。

起因是伦敦大群里的朋友邀请令嘉出去开初一派对，留学生人在异乡，逢年过节总是格外喜欢热闹。参加聚会的基本都是她认识的人，不必担心隐私外泄的问题，原本可去可不去，但后来学长肖瑜亲自邀请，令嘉就不好推辞了。

对方毕竟是债主，欠人家那么大一笔钱，她很难拒绝对方的小请求。

令嘉转头把这事跟傅承致一说，就惹怒了他。

傅承致原本就对令嘉把债务转移到肖瑜那边的事情耿耿于怀，如今又来这么一出，哪肯答应。想了一上午，他给出一个折中的解决方法：“去也可以，今天顺便把欠他的债务结清。你要欠也只能欠我的，不可以欠别的男人。”

令嘉正在橱柜里挑衣服，闻言无奈叹气：“我把他那儿的欠条拿回来，再给你写一张？有意思吗？”

“有意思！”

隔了两三秒，意识到自己的语气太过强硬，他伸手揽住令嘉的腰，脑袋埋进她发间，低声问道：“我替你还清不好吗？你不会再受制于人，我也不必如鲠在喉。”

傅承致是个谈判大师，他温声软语哄了半晌，想着令嘉应该多多少少有点触动，却不料她始终没听进去。

待他讲完，她便推开他：“不好，不好，不好。”

她把挑出来的衣服都扔在一边，坐回床头生闷气：“你怎么就不懂呢，我不想在我们的感情里掺杂那么多利益关系，那样就变味儿了。你帮我还了这笔钱，我以后都没有办法心安理得地拒绝你的请求，没办法顺从我的心意跟你吵架，我会时时刻刻想着我还欠了你那么多——”

“可你现在已经是我的女朋友了。”傅承致轻声打断她。

他不可能让她再归还这笔钱。

令嘉当然也懂得他的潜台词，说道：“这就是问题所在。”

她害怕他们之间任何形式的不平等。

“我无法接受这种形式的馈赠。它会让我们之间重新变得像一场交易。”

这句话好像说得太重了，令嘉脱口而出后忍不住偷看傅承致的表情。

等他抬头时，她又别扭地匆匆移开目光。

傅承致叹了口气，在床的另一头坐下来，他语气无奈道：“令嘉，你真的很孩子气。”

但那也是年轻人独有的天真莽撞。

他突然不知道该说什么劝她了。

在金融界从来一言九鼎的银行家，随口的建议都被人写在本子上珍藏的金融街大鳄，在自己的家里被堵到说不出话来，他说什么金玉良言都没用，反正令嘉就是不听。

这场派对令嘉最后到底没去成。她只能把康纳刚刚划入自己账户的1500万代言费和片酬转给了肖瑜，聊表歉意。

别人举行派对期间，她被傅承致带到了影院看电影。

《大珠小珠落玉盘》只在国内首映，海外没有发行，因此，他俩看的是令嘉给女二号配了音的动画电影《仙女 2》。

令嘉一想到傅承致这种人物都能浪费时间前往电影院看动画片，忍受放映厅里前后左右叽叽喳喳的噪声，只为了阻止她参加派对，瞬间觉得自己也没什么好抱怨的了。

《仙女 2》在北美和欧洲的票房非常喜人，尽管没有多少观众会去了解一个配角背后的亚洲配音演员，但当令嘉置身影院，听见自己的声音给别人带来欢乐时，仍然能得会到莫大的满足。

电影过去了三分之二，令嘉的戏份差不多结束了，傅承致手里的爆米花也被隔壁两三岁的金发小女孩偷吃得差不多了。

手机屏幕闪了一下，有消息进来。

他阅读完信息，干脆把一整桶爆米花塞到隔壁女孩怀里，凑近令嘉耳边商量："我们明天回苏黎世吧。"

令嘉小小的身板一震，喝了好几口气泡水都没能把这一惊给压下去。

要是放映厅里此刻灯光亮起，肯定能让人瞧清她满眼的害怕。苏黎世是傅承致老家所在，也是他母亲现在居住的地方。

他们才刚在一起，竟然就要去见他妈妈！

傅承致的妈妈是什么样的人？会不会十分严厉？会不会棒打鸳鸯？

从电影院出来，令嘉搜肠刮肚地找借口："不好吧，我这样突然过去，伯母没什么心理准备……"

"她有准备，她很早就认识你，早到我把管家从瑞士带到 S 市的时候。"

令嘉咽了口唾沫，问道："她对我印象怎么样？"

"嗯……"傅承致本来还沉吟着卖关子，看她一副大气也不敢出的样子，突然被逗笑了，握住她的手。

"其实你不必紧张的，令嘉。我们家的关系并不复杂，我妈妈在我成年后搬回瑞士，从那时起，就没有干涉过我的任何选择。我只介绍你们认识，并不需要你讨好她，你只需要做你自己，就已经足够讨人喜欢了。"

这话没能给令嘉带来太多安慰，反而让她基本确定了一个事实：傅承致的妈妈确实不是一位平易近人的贵妇。

其实猜也应该猜得出来，能培养出傅承致这种人的家庭，家中氛围应该不会十分和睦。

当天晚上，令嘉躺在傅承致怀里，隔几分钟就向他提出一个新疑问，比如“你妈喜欢吃什么”“你妈喜欢哪种性格的晚辈”“你妈平时有什么爱好”“喜不喜欢运动”……

傅承致被问得头晕眼花，他从学生时代起就上寄宿中学，接手合宜后跟母亲更是聚少离多，一年到头见面的次数扳着手指头都能数得过来，令嘉的这些问题，简直比问他哪只股票的收盘价都难得多。

令嘉比他还委屈：“我问的又不是别人，是你妈妈，你怎么一问三不知啊。”

傅承致抚额，深感无奈，最后只得起身打开床头灯，穿上睡衣，用座机拨通了远在苏黎世的管家的电话。

虽说瑞士的时间要比伦敦晚上一个小时，但也到了该休息的时间，因此傅承致张口先道歉：“……非常遗憾在这个时段打扰你休息，先生。我的女朋友 Joanlin 正为一些问题感到烦恼，辗转难眠，我想您应该能给出令她满意的解答。”

令嘉眼睛发亮，双手接过话筒，问候之前，偏头在傅承致脸颊上献上香吻，小声飞快地说了一句：“感谢你的帮助，你真是个大好人。”

热情来得如此突然，傅承致哭笑不得。

这通电话持续半个小时，感觉问得差不多了，令嘉心满意足、依依不舍地与对面的老人说了“再见”。

晚睡直接导致了令嘉第二天起床后在飞机上打了一路的哈欠。

第十一章

你是在跟我求婚吗

01

苏黎世是座美丽、空气清新的城市，飞机刚穿出云层，还在盘旋，已经能把城市的俯瞰图景清晰地尽收眼底。

这座城市没有摩天大厦，却是欧洲最富裕、富人密度最高的地方，宽阔的河流穿过城市，像条华贵的碧绿绸带，天际线有环绕的绿树、延绵起伏的雪山和湖光山色，教堂的白色塔尖若隐若现。

傅承致家的老宅，是他祖父买下的一栋楼。

沙岩刷出的白色外墙与红瓦相映生辉，显得古典婉约。

院子正中就是青铜雕塑喷泉，花圃修整得整整齐齐，每样物品的摆放都井然有序，能轻易瞧出主人的风格与品位，和管家透露的一样，傅母是个有强迫症的人。

傅承致的好皮囊继承自父亲，和她长得并不像，但令嘉和傅母打照面的第一眼，就被吓一大跳。

原因无他，她总算知道刚见面那会儿，傅承致睥睨众生、高高在上的臭屁气质是打哪里来的了。

就是一模一样从他妈这儿继承来的！

别说，乍一看，还挺有亲切感。

初二一整天，令嘉使出平日里交朋友时的十分功力。

从早到晚像朵向日葵，她笑得嘴角都僵硬了，也说了不少甜甜的恭维话，但傅母自始至终只矜持地微抿着嘴角，礼貌而不失优雅地招待她，客气是客气，但没什么亲近感。

这让令嘉有点儿泄气，背过头跟傅承致嘀咕："你不是说她会喜欢我吗？"

傅承致抖了抖报纸，说道："别着急，你刚认识我的时候，能看得出来我喜欢你？"

"哦。"令嘉恍然大悟地点头。

明白了，他们这家人的性格就是这样，情绪不外放，过于内敛深沉了，其实对她印象挺好的。

这么理解，她的快乐顿时又死灰复燃。

其实令嘉歪打正着猜得也没错，越是富有的人猜疑心越重，信任和快乐越是难以获取，令嘉这种一眼望见底，单纯干净、没有阴霾的年轻孩子更容易获得他们的喜欢。

在这一点上，傅承致倒是和他母亲达成了奇妙的共识。

重整旗鼓的令嘉信心满满，她上学的时候就是老师眼里的小甜甜，那些严肃古板的老教授都能喜欢她，结果到这里却翻了船。

她当即干劲十足地走出房间，到院子里和正在亲手修剪灌木丛花枝的傅母搭话：“阿姨，我来帮您吧！”

“不用的。”傅母婉拒。

但令嘉手痒痒，跃跃欲试。

十几分钟后，用人们再从屋子里出来，看着七零八落的灌木丛都傻了眼。

令嘉挥着剪子，尽管满头大汗，但还在认真埋头苦干，一会儿用尺子量，一会儿左右转，从水平线看。

她突然发现，修理苗圃是世界上最难的事情，这就跟剪头发一个道理，剪好这边发现那头不平整，往后仔细修一修，前头又乱了。结果就是越剪越短，越修越不齐整。

苍天啊，傅承致的妈妈有强迫症，剪不齐肯定不行，但这什么时候能修齐整！

最后还是傅母按住她手里的剪刀，亲自把她从窘境里解救出来：“好了，就到这儿，先吃饭吧，剩下的交给他们。”

令嘉抬手擦了把汗，心虚而愧疚地瞅了一眼苗圃。

献殷勤成了捣乱，多亏阿姨人美心善。

她缴械，交出剪刀，真诚地夸了句：“阿姨，您长得真好看。”

傅母闻言，只矜持地微笑道谢。

直到转过身来，在没人的拐角处，她才抬起指腹碰了下脸。

这孩子嘴巴怪甜，奶糖一颗一颗地往人心里塞，让人想生气怪罪也很难。

平日里哪个花匠敢把她的园子剪成那样，她准是要将人辞退的。

大年初三。

用过午餐后，傅母便出门去和相约的友人一道滑雪。令嘉在家里闲极无聊，干脆和傅承致在院子里打起了网球。

地砖没有标准的网球场塑胶地面打得顺手，角度和发力方式都不一样，但几场打下来，也就习惯了。

令嘉好久没正儿八经地做运动，难得松松筋骨，打完一局，扶着膝盖深呼吸，累得喘气都艰难。

傅承致跨过中线给她递水，转头又从用人手里接过毛巾替她擦汗。

“就打到这儿吧，天气冷，出太多汗你晚上又该生病了。”

她点点头，喝了口水，绕着喷泉走了一圈，还没来得及咽下去，就见不知从哪里蹿出来几条棕色小狗龇牙咧嘴地迎面朝她扑过来。

令嘉怕狗，最重要的是，她还对狗毛过敏！

众人都在院子另一侧捡球收网，这一瞬间，令嘉脑袋空白，只想喊人，但她开口才发现自己的喉咙里并未发出声音。

她踉跄着往后退了两步，然后便一屁股栽进积了薄冰的喷泉池子里。

冰层一破，水浸得她透心凉，小狗还不放过她，在池子边围了一圈汪汪狂吠。

好在巨大的水声终于将众人的注意力吸引过来，众人一个个大惊失色，飞快冲过来扶她起身。

令嘉像只落汤鸡，有气无力地摆摆手，自己站起来，但还是不敢跨出喷泉池子，指着那五条苏格兰小腊肠犬说道：“先……先把它们带远一点。”

傅承致大发雷霆。

在令嘉抵达苏黎世之前，他分明已经吩咐过把狗毛清理干净，将几条腊肠犬要在室外的犬舍里关好。他当即责问管家：“它们怎么跑出来的？我不是说过了吗，令嘉对狗毛过敏。”

冬天刚运动完就掉进水池里，令嘉本来就常生病，这下更是不感冒都不可能了。

管家赶紧解释：“是拉比把锁咬坏，这才全都跑出来了，是我的失职。它们平时性格很好，就是嫉妒心有些强，您是它们的主人，您平日对谁好，它们就凶谁……”

今天可能就是因为它们在院子里看见小情侣你侬我侬，故意把锁咬坏的。

傅承致没空听下去，令嘉得尽快洗个热水澡，遂不耐烦地挥手：“换把结实的锁，如果再咬坏一次，我就把它们还给乔治了。”

管家连连点头，绝对要换最结实的锁，狗狗们一旦被送走，乔治律师可没有能让它们撒欢的宽敞院子。

室内开着暖气，一进门便从冰天雪地切换到春天，牙齿虽然还在打战，但没有那么冷了。

放水需要时间，令嘉干脆穿着衣服坐进浴缸。

喷泉的池子不是自来水，被冰封了一个冬天，没有那么干净，即使用热水冲了半晌，令嘉总觉得头发里还是有股锈水味儿。

傅承致干脆坐在浴缸边儿上，拿着花洒从上往下给她冲洗。

浴室里水雾氤氲，暖流从肌肤上滑过，浸湿毛孔，把污水冲净，令嘉总算舒服了一点儿，牙齿不打架了，开始感慨：“我说怎么回事儿呢，在S市的时候，明明第一次去你家就过敏了，后来却一次都没有再见过你的宠物，原来是送到苏黎世来了。”

“它们本来就是养在苏黎世的。”

令嘉仰头看他。

湿漉漉的头发贴在她的脸颊上，雪肤红唇，眸光清澈，令嘉天真地发出一个致命提问：“你是那时候就打定主意，要设圈套和我签合同做交易了吗？”

傅承致咳嗽一声，还没答话，令嘉接着补充道：“你发过誓不能骗我。”

“并没有太周密的计划，只是动了念头而已。”

这个回答还算有几分可信度，令嘉点头：“那你有没有想过，万一我不打算替我父亲还债了，一个人跑回英国，你的计划完全失效了怎么办？”

傅承致肯定地回答：“不会的。”

“但我才二十岁，这么大一笔钱，任何人都很难还清，逃避才是正常的，万一呢？”

“你并非这样的人，这也是我爱你的原因。”

话说到这里，又把傅承致的痛心事给勾起来了。

他坚持不懈，继续劝说令嘉拿回写给肖瑜的债务合同。

令嘉听得耳朵长茧子，抬手掏了掏耳朵：“我又不是贝拉，怎么能你让我往东，我就往东。债务是我自己的，就算我们关系再好，你又不是我爸爸，也不能管这么宽吧。”

她的比喻叫傅承致彻底生气了。

男人抬手关掉花洒，漆黑的眼睛注视着她，一字一句沉声道：“平心而论，我会替贝拉洗澡、照顾它吃药还陪它睡觉吗？令嘉，你一点都不清楚自己拥有的一切是多么可贵。”

令嘉自知理亏，有点怵，但仍硬着头皮解释：“我就是不想我们之间变得不平等。”

“你认为物质条件的不平等会成为我们之间关系失衡的根源？”不等她开口，他接着自己答道，“绝不是的，令嘉，你我都清楚，在爱情里，现在，我才是天平翘起的那一方。”

令嘉愣住了，她没想到傅承致能说出这样近乎自暴自弃认输的话来。

但这偏偏又不是假话，因为眼前的男人眸光深邃，英挺的眉眼里写满认真。

她以为自己永远不会改变的坚持，在这一刻终于剧烈动摇。

这种情绪像是感动，但又夹杂了一丝说不出的酸楚，她本来在这个世界已经孑然一身，任凭人海浩渺，没有亲人，没有可以停歇的岛……万幸，现在不一样了。

她重新拥有了心灵的依托之处。

人类是一种奇妙的生物，群体之中的绝大多数，他们可以没有权力荣耀，可以不必长命百岁……唯有被爱可以成为他们赖以生存的养分。

挪开视线，背过身，令嘉学着他的语气，自暴自弃地认输：“知道了，我会跟他商量的。”

这样，他们就是平等的了。

02

待在苏黎世的第三天，在滑雪归来的傅母的推荐下，傅承致和令嘉带齐装备，乘车出发前往因特拉肯的少女峰。

令嘉上次滑雪还是在四年前，刚进入剑桥的第一个假期。

那一次，她和朋友结束期末考后环欧旅行，在奥地利待了一个星期，滑了个够。

自从家里出事，噩耗接踵而至，她几乎停掉了所有可能会浪费时间的娱乐活动，这两年要不是为了陪傅承致，连骑马打网球的闲心都不可能有。

中午的日芒，像极了融化的琥珀色蜂蜜从天上淌下来，金灿灿一片贴在雪山顶，流光溢彩，惊艳得叫人错愕。

那仿佛是连画家的蜡笔都难以描摹出的美丽油画。

令嘉换好防寒服，戴好护目镜，便下场了。

太久没碰滑雪板，刚开始她还有点儿生涩谨慎，不过从山顶往下俯冲出几百米之后，熟悉的感觉就找回来了，疾驰的风被迎面劈开，肾上腺素飙升，那种刺激感跟开赛车一样令人兴奋。

不过因为正值滑雪旺季，初中级滑雪道人挺多，大多是来自世界各地的游客，还有附近的居民拖家带口过来玩儿。雪道上一旦人多了，体验感便大不如前，她刚热了个身，短道就到头了，多少有点儿意犹未尽。

傅承致速度还要更快一些，已经早早地滑到终点等她了。

令嘉收起雪杖，正要朝傅承致走过去，突然听见有人喊了一句中文，似乎是在喊她的名字。

虽是陌生的声音，但被叫到大名，她还是下意识地顿了下身形。

她这一迟疑，那游客大喜过望，他飞快地跑近了，小心翼翼地试探：“不好意思打扰了，刚刚在后头看就有点儿像，冒昧地问一下，您是令嘉吗？”

令嘉从未想过，在远在地球另一端的苏黎世雪峰，即使脸被头盔和护目镜遮挡到只留一截下巴，臃肿的防寒服完全遮掩了窈窕的身形，还能被同胞认出来。

令嘉有点意外，更多的是受宠若惊，这绝对是真爱粉。

亲爹就算还在世上，想把穿成这样的她认出来，估计都不容易。

她正要摘下护目镜，又想到，如果被认出来，她和傅承致孤男寡女的，恐怕就不好再正大光明地并肩走了。

如果不能一起滑雪，今天还能算约会吗？

令嘉忍不住侧身瞧了一眼。

傅承致仿佛知道她在想什么，站在雪道尽头，下巴不着痕迹地微微下压。

他这便是同意了。

她爽快地抬手，将头盔和护目镜都摘下来，将头发理顺，抖掉雪粒，微笑着礼貌地点头，和人打了招呼。

“噢——”男生和他的朋友们发出尖叫，“还真是！我我我、我是你的影迷，看过你所有的电影，超级喜欢你的！大年初一的《天黑之前》我一天连看三场。”

他完全语无伦次了：“正月的运气真的好好，国内都没有媒体报道，竟然能在苏黎世遇见你，太棒啦！令嘉，你真人个子好高、好瘦，脸好小，好漂亮，比大荧幕里还要漂亮！”

令嘉开心地笑起来，主动提议：“要合影吗？”

“可以吗？！”

令嘉摊手：“当然。”

又是一阵海浪般的尖叫，令嘉和他所有的朋友一起，以蓝天白云，金色的雪山和悬在空中的红色缆车做背景，拍了张大合照。最后她还满足了粉丝的小愿望，和他拍了两张前置镜头下的双人合影。

临道别时，男孩子又小心地问道：“令嘉，那边那个人……他是你男朋友吗？”

他指的是傅承致的方向。

令嘉一时愣住了。

她刚从山顶滑下来，分明一路都没跟傅承致说过话，除了刚才的眼神接触什么举动都没有，两人之间距离那么安全，她本来想着，任谁都很难瞧出他们认识的。

“我没有别的意思，我就是觉得你们特别般配。”男生见她迟疑，赶紧开口解释，“你放心，我是你的粉丝，肯定不会往外说，会严守秘密的！”

令嘉还是没想通，惊讶地道：“你眼睛真的好厉害，距离那么远，那边那么多游客，我们又没说话，你是怎么看出来的？”

“嗐，我也说不上来。”男生挠头，“可能是磁场吧，你们之间有引力，虽然有很多游客，但只有他是在等你的。”

令嘉又笑了，眼角眉梢都是孩子般的喜悦，像冬天里的小太阳，红唇丰润，牙齿雪白，笑意牵动着饱满的苹果肌一起荡漾开，是大荧幕里似曾相识的，那种由内而外、满心开怀，能驱散长夜的幸福笑意。

这次，她脱下手套，率先递过手：“谢谢你跟我说这些，真的，很高兴今天遇见你。”

两人握手后分别。

令嘉走出好几步，忽地听人在背后喊：“加油啊，妹妹！一定不要浪费天赋，要做个好演员，你天生就是属于大荧幕的！”

再回到傅承致身边，男人纳罕道：“你们刚刚在聊什么，那么开心？”

“没什么。”令嘉神秘地扬起嘴角，“他说大年初一那天，连看了三场我的电影。”

“重复的票房竟然能让你这么开心吗？”傅承致点头，“知道了，下回我可以包场。”

“喂，这样就没意思了吧。”令嘉拍他，“你是家属，这样算作弊，性质不一样。”

由于滑过太多次的雪道体验感实在不太好，人一多还很吵，也怕令嘉再被人认出来，傅承致干脆找人清空了一片雪场。

雪场里的赛道本来是职业选手专用的，每年从冬季到一月的比赛期都处于封闭状态，刚开放没几天。

工作人员留给令嘉的，是一条昨夜刚清理过的，路况完美的明星雪道。

他们乘直升机上山，一会儿就抵达了赛道起点。

下了一夜的雪，此刻雪峰凝了层松弛静谧柔软的粉雪，一望无垠的雪地里没有留下任何人压过的痕迹，拥有所有酷爱滑雪这项运动的人梦寐以求的丝滑流畅感。

嚯！令嘉瞬间兴奋了，她迫不及待地固定好滑雪板，戴上防雾护目镜。

“快快快，我们再比一次谁快，要是再输我就是小狗。”

“你认真的？”男人身形朝下，蓄势待发，跟她做最后的确定。

傅承致天生的胜欲使他从小尊重一切拥有竞技性质的项目，就算是跟令嘉比赛骑马和打球也很少故意放水。

可惜这次他没能等来令嘉的回应，因为可爱的女孩子从不讲“武德”，已经利落地俯冲下去了，只留给他大片飞溅起的雪浪。

令嘉一路驰骋而下。

粉雪松弛、丝滑得不像话，触感轻盈得像羽毛，滑雪板劈开赛道的瞬间，像是船头破开水面。

沙沙的滑雪声和风声从耳侧掠过，她完全沉浸在自己的世界里，一切都纯洁而干净，整个人身形随着雪坡的弧度上下起伏，简直是飞起来的感觉，自由得像是在做梦。

尽管世界上有不计其数的挫折苦难，但人们正是靠着人生每一次幸福瞬间的回忆撑过每一个难熬的阶段。

“傅承致，你还在吗？”她不知道傅承致有没有跟上来，没回头，扬声问了一句。

“我能被你甩开？”傅承致的声音逼近，他加速从身后追到与她齐平，又越过她朝山下而去。

赛道穿过最后一道雪坡，即将抵达终点。

令嘉本不该再加速，但她和男人之间的距离眼看就只剩一步之遥，她还是大着胆子往上冲了。

可惜天公不作美，天然状态的粉雪本就容易坍塌，不知是哪儿出了问题，也许是感受到她雪板落地的震动，陡峭的小坡重力没能固定住积雪，雪从上往下加速滑落，没过半分钟，一场小雪崩便发生了。

傅承致闻声回头看。

他出行从来安保严密，放弃个人空间，随时带上三五个人，只为规避一切危险因素，保障人身安全，世上所有的事情当中，他最珍视的从来都是他的性命。

危险来临之际，按照本性，他该直接冲上前面的坡头的。

但令嘉还在那儿，他怎么可能这么做。

他觉得思考的时间漫长极了，但现实只是千钧一发的一瞬间，他的身体先于理智选择之前已经降速落到人身后。

在积雪砸过来之前，傅承致飞身起跳，把令嘉扑到了雪道之外的安全地带。

积雪滚到缓坡底部平缓处终于缓缓停下来。

厚厚的雪堆里，两人半晌没动。

令嘉咳出两口雪，艰难地用手肘轻轻推了他一下："傅承致。"没有动静。

"傅承致，"她立刻慌乱起来，巨大的失去感瞬间将她席卷，"你没事吧？受伤了吗？你快点说话！"

男人趴在令嘉背上，没答，他伸手，扒开她防寒服衣领的积雪，在那细瘦白皙的脖颈上轻轻吻了一下。

颈窝传来凉意，感受到柔软的嘴唇触感贴在肌肤表面，令嘉悬着的心总算晃荡着放下。

劫后余生，她的音调仍微颤不稳，手肘狠狠地往后带了一下，都带上了哭腔："你烦死人了，就知道吓我，吓死我了！"

"你放心吧，你都还好好的，我怎么可能有事。"

"我喘不过气了，快点起开。"

扒开积雪，两人从赛道外踉跄着起身，徒步走完剩下的最后一段路，回了终点。

直到走到山脚，令嘉才发觉，傅承致其实并不像他所说的一点事儿都没有。

他受伤了。

赛道外没有经过人工处理，没有雪道那么厚的积雪铺底，两人带着惯性扑出去的时候，他把手臂垫在她身下，防寒服的袖子直接被雪层下的石头划破了，从手背到小臂拉出了一道大口子，里头的衣服袖子都浸红了。

保镖紧急找来雪场的急救医生，简单地替老板包扎一番。

不过，那包扎手段在令嘉看来十分潦草，她欲言又止，眉头直皱。

手腕的口子虽小，但剪下来的袖口布料沾着血，确实令场面显得有点儿血腥。

傅承致的注意力一直在令嘉那儿，瞧她皱眉，干脆支开她让她去换衣服回家，顺便带人去取休息室储物箱里的行李。

令嘉不肯走，他又劝："反正时间也差不多了，现在下山，还能回到家里吃晚餐。"

他总有办法能把人说服。

如他所说，一行人坐医疗直升机直飞回苏黎世，比去时乘车快了许多，飞机落地的时候，太阳才正要下山。

饥肠辘辘，正适合吃饭。

用人们在厨房里开始准备餐食。

傅母也闻讯赶回家，探望了一下受伤的儿子，三两句向保镖们询问清楚了受伤的原委。

家庭医生拆了之前包扎的纱布，重新给傅承致仔细上药，缝合伤口。

场面血淋淋的，傅母看了一会儿，回头又望一眼此刻正因愧疚躲得远远的正找事儿做的令嘉，不知道该作何感受。

"唉……"贵妇人深深地叹了一口气，良久，才用医生听不懂的中文低声嘀咕，"你们傅家，还真是出情种。"

也不知她是在抱怨儿子，还是在抱怨丈夫。

03

不过人既然没事，傅母便也安心返回继续跟朋友们打牌了。

她来也匆匆，去也匆匆，这顿饭仍旧只剩令嘉和傅承致两个人享用。

室内没开灯，但餐厅烧热的壁炉很亮堂。

火光照亮了两个人的脸，烘得人又困又暖和。

他们都没有说话，安静地进食，气氛温馨安静，只能听见细微的咀嚼声，柴火偶尔烧到噼啪炸开，还有餐碟与刀叉碰撞的轻响。

用餐结束，傅承致取下餐巾，突然想到什么，抬头问道："令嘉，休息室储物柜里的盒子，你一起收了吗？"

"哪个盒子？"令嘉茫然道，"忙着上飞机，我都没来得及仔细看。"

她只记得当时把东西都一股脑划拉进包里，现在要找到也容易。令嘉起身来到客厅，捞起沙发旁地毯上的大包，埋头翻找了一会儿，往餐桌上扔了一个精致的紫色小盒。

"是这个吗？"

轻点儿！

傅承致没来得及喊出声，心脏随着盒子的滚动颤了好几颤才停下来，呼出一口气，极力保持平静语气："你别扔来扔去，打开看看。"

被训了。

令嘉不情不愿地伸手捡回来，取下丝绸，一层层拆开包装，打开锁扣，嘴里嘀咕着："什么东西，神神秘秘的……"

话音没落，下一秒，抱怨便戛然而止。

少女的视线呆滞地在盒子里胶着了好久，才惊愕地抬头看向傅承致："给我的？"

"我难道会给霍普？"傅承致反问，觉得她这问题问得很可爱。

令嘉耳边嗡嗡的，还是感觉场景有点儿不真实。

她伸出一根拇指，轻轻地戳了一下盒子里的东西。

黑绒布料正中是一枚亮闪闪的粉色钻戒，大得像个鸽子蛋，周边被镶嵌的细小碎钻环绕，光芒闪耀。

触感真实，光影流转，太美了。

女人大多喜欢亮晶晶的东西，令嘉也不能免俗，她有生以来第一次收到这么大克拉的礼物，但比起钻石，钻石象征的意义更让人在意。

她欲言又止，忍了几秒，最后还是忍不住道："你是在跟我求婚吗？"

傅承致挑眉点头："你答应了就是求婚，犹豫的话……我或许可以重新找个合适的机会。"

他说罢拉开椅子，隔着餐桌探身过来，替她将戒指塞进无名指。

"不过在此之前，你可以先试试尺寸合不合适。"

令嘉咽了咽口水。

不能怪她意志力薄弱，要怪，她觉得只能怪敌人太狡猾。

她的手生得很白，指头跟嫩葱一样细白修长，粉钻晶莹剔透，像是本就该长在上面一样。尽管室内根本没开灯，但一丁点儿的壁炉火光已经足够映出它璀璨耀眼的光芒，像是天神落了一滴眼泪。

谁能拒绝如此动人心魄的宝石呢？

它那么无辜、纯净、炫目，无论人是肤浅还是深刻，一旦戴上，根本舍不得取下来。

令嘉张开五指，仰头欣赏了好一会儿，满意地点头："我可以先替你保管。"

傅承致哭笑不得："本身就是送给你的东西，你是在替自己保管。"

"但我明天就要回国进组拍戏了，剧组一开工就要几个月，暂时抽不出时间跟你结婚的。"

这是年前就安排好的日程，分别总是让人惆怅，令嘉这么提一下，隐约又觉得心里闷得慌。

空气一下子便沉默了。

傅承致想了一会儿，开口试探着道："教堂六点钟关门。"

令嘉还没听懂什么意思，掀起眼皮，懵懂地朝他看过来："然后呢？"

"神父是我妈妈的老朋友，我给他打电话，应该不需要预约就能回到教堂为我们主持仪式。"

搞清楚他在想什么，令嘉被这荒唐的想法吓了一大跳。

“我们什么准备也没有，空有仪式的婚姻是没有法律效力的。”

“法律效力嘛，等等就有了。”

他说得轻描淡写，令嘉差点被唬住，半信半疑道：“在瑞士结婚有这么简单？”

“这当然是简略的说法。”傅承致拿起搭在椅背上的外套，说道，“如果你还想听细节，我们可以在路上边走边讲，教堂半个小时后关门，时间快要来不及了。”

稀里糊涂地，像是被蛊惑了一般，令嘉任由他牵着自己的手，走出餐厅，穿过庭院，最后在苏黎世街道上飞奔起来。

踩着窄砖拼成的石板路，途经路口古老美丽的女神雕像，回望瓷器店铺五彩斑斓的玻璃橱窗，鼻息间还有甜品店蛋糕的香气在飘荡，转角处是流浪的爵士歌手在用心演唱。

贝斯和风声飞快地从耳边掠过，令嘉的胸脯起伏，心跳得很快，她听着傅承致冗长的解释：“……先从国内外交部领事司那里拿到材料认证，之后再交给大使馆，他们完成审核会将材料移交瑞士外籍警察局，等一些日子，你会拿到一本证书，然后我们就成为瑞士法律认可的夫妻了。”

“但国内这会儿都凌晨一点了，怎么可能来得及？”

傅承致的回答简单笃定：“霍普会想办法。”

话音落下时，大教堂的白塔也近在眼前。

傅承致在绿茵坪旁的商店里花能买下一整套落地窗帘的瑞士法郎，让店主答应从白色蕾丝窗帘角上裁下一块正方形的料子，给令嘉佩戴上做新娘头纱。

他一生没干过这么疯狂的事，心绪翻涌像炙热的岩浆，每一滴血液都沸腾滚烫。

擦掉额角冒出的薄汗，他把钻戒从令嘉那儿要回来，用帕子胡乱抹干手心的汗渍，又仔细擦拭干净戒指。

傅承致低头看表，距离教堂关门还有最后十六分钟。

“神父什么时候来？”

令嘉的呼吸稍微平复后，终于从冲动的狂热里缓过点神来。

她在路边徘徊，心里有点儿敲退堂鼓了，别别扭扭地建议：“教堂都要关门了，要不，我们还是等下次吧……”

“他说到了。”

傅承致把手机塞回裤子口袋里，好似并没有听见她讲了什么，只转身面对她，郑重地把手递过去，轻声哄道：“小八，我们进去吧。”

这条马路跨过去之后，她就是已婚人士了。

令嘉的喉咙干渴，手有些发颤，心绷紧了，迟迟没动。

“都走到这儿了，只差一点点，你要前功尽弃吗？”他神情严肃、虚张声势，有点凶巴巴地威胁。

不知道是不是跟恶龙缠斗过久，以至于恶龙尖锐的牙齿和利爪在她眼中都变得可爱起来。

令嘉想笑，但又觉得氛围不太合适，试探地开口：“……我没想好怎么办。”

到最后一步了，傅承致心痒难耐又焦躁，如油煎六腑，感觉整个胸腔都像被一把火烘烤着，熊熊燃烧。

但最终，他抬手扶额，蒙住自己的眼站了半晌。

傅承致在原地转了一圈，踢飞了人行道上的一粒小石子，将所有的内心涌动按压下去，终于冷静下来。

“没有其他办法的话，我只能向神父申请延长工作时间。”

时间还剩十分钟。

傅承致的眼神彻底沉静下来。

仿佛所有的疯狂和滚烫都已经平息，成为静水深流，被卷进深不见底的地方。他漆黑的瞳孔里光芒闪烁，智慧、明晰、坚定，像一面能看破人心的镜子。

令嘉呼吸急促，仿佛被一双看不见的手不着痕迹地攥紧了脖子。

她在那眼睛里看见了倒映出的城市湖光塔影，还有正中央自己清晰的轮廓。

那双眼睛装得很满，但又清湛得仿佛什么也不剩。

唯有爱意直击人的灵魂。

目光最后落在他受伤的左手手腕上，令嘉深呼出一口气，终于下定决心。

她缓缓地往前迈了一步，把手递到他的掌心，肌肤相贴，十指扣到一处："走吧。"

苏黎世冬令时的白昼没有那么长，她不想浪费太多的时间在抉择中犹豫。

毕竟人生百年，只争朝夕。

两人携着手，像每一对璧人，在神像雕塑的注视下，踏进白色罗马式建筑的入口。

分针回归十二点，教堂的第五次钟声敲响。

暮色四合，几只受惊的飞鸟在塔尖盘旋。

天空深蓝，苏黎世湖的水也是；浓云欲坠，爱情也是。一切美得恰如其分，谱成诗人笔下的十四行诗。

第十二章

刚满22岁的她，
大满贯的进度条走完了三分之二

01

令嘉接拍的新戏名叫《良夜》，是她出道以来出演的首部犯罪题材电影。

男主角是年过五十的实力派演员、一级演员陈余生，也是青马奖的终生成就奖获得者。执导电影的张昌文更是华语圈的顶级导演，作品大多晦涩难解，隐喻众多，向来被作为科班的教学片。

也因此，就算片方只开出300万片酬，康纳还是欢天喜地接下了片约。

虽说张昌文导演产出不多，但从不失手，搭档陈余生老师同样是影视圈金光闪闪的行走招牌，和他们一比，令嘉当下尽管有一点点成就，但辈分低到不能再低了。这个合作经历，既是她投给主流电影圈大佬们的敲门砖，也是演员格调和咖位再次提升的关键。

想法再现实一些，尽管300万只是令嘉出道时的片酬价格，但如果不是去年凭借《水塔天鹅》拿下了第一个青鼎影后奖杯，她能不能拿到本片的试镜资格都很难说。

电影直到开机前夜，剧组才把修改到最后一版的剧本紧急送到令嘉手里。

剧本内容讲述人到中年的出租车司机在雨夜搭载了一位醉酒的特殊职业女性，女人在三天后被发现浮尸码头，指缝里还发现了残余的皮肤组织，经检测正是因两块钱的燃油附加费和她打了一架的司机本人的DNA。

于是，刚刚离异，在街坊眼中一身恶习的司机成为案子的唯一嫌犯。

而令嘉饰演的则是初出茅庐的菜鸟律师，她从老师手中接过这个案子，负责为被告辩护。

整件案子迷雾重重，有大量的隐喻和象征，真相也几经反转，笔触现实地呈现出罪犯和律师两类人的碰撞。

当大多犯罪题材电影都已经以各种手段加入取巧的元素谋取票房时，《良夜》的剧本仍然选择了以一种沉重、残酷的叙事风格，每句台词带着沉甸甸的力量。

这对令嘉来说是前所未有的挑战。

谁都没想到，两周不到的时间，她因压力过大哮喘复发导致呼吸困难，被连夜送进了医院输液。

没有任何人责怪她，连导演也出言安慰，但很可怕的一件事情是——她接不住陈老师的戏。

那种感觉像是中学生在和学富五车的学者在擂台辩论。

不用任何人提醒，她也知道自己输了，她的表演简直像往味道完美的巧克力派上涂抹过期的果酱。

令嘉从未经历过这个量级的实力打击，尤其是在当她近乎已经相信所有人口中对自己天赋的赞美时，这部电影给了她当头棒喝，让她第一次如此清晰地直面演员这份职业，也让她的自信完全溃败坍塌，终日被焦虑包裹。

她开始害怕镜头对准自己，害怕自己毁了一部经典之作。

这一次，出道以来一路顺风顺水的弊端也终于显现了。

演员的起点太高，便只能往上走，哪怕她按上部电影的水平发挥，都是在走下坡路。

令嘉从来不是喜欢逃避的人，但她意识到，这并不是她硬着头皮努努力就能办好的事。

再像这样惶惶不可终日下去，结果不是她搞砸电影，就是电影先将她搞砸，最好的解决办法是趁着还没有浪费剧组太多资金和时间，替所有人止损，向导演请辞，获得谅解，赔偿损失。

她辗转反侧失眠了一整夜，又给大洋彼岸的傅承致打了电话。

这是个艰难的决定，如果父亲还活着，她一定会叫父亲代自己做出选择，而现在能让她征询意见的只剩一个人。

傅承致没有多说什么，只是隔着电话叮嘱："不用担心赔偿，你还有丈夫。现在国内是凌晨三点，别再乱七八糟想东想西了，等从剧组里出来就直接回家吧。在飞机上好好睡一觉，我让霍普来机场接你。"

他说的是伦敦的家。

整通电话他都保持睿智平静、轻描淡写，好像发生的只是一件微不足道的小事。

他没有直接给出建议，但把令嘉肩头的压力瞬间卸了大半。

她忽然觉得——对啊，并不是世界末日，只是她暂时能力不足，接了一个演不好的剧本而已。

在宝恒出事，父亲中风，沈之望也离她而去，只剩她自己一个人苦苦支撑之后，令嘉就没再奢望过任何困难会有人和自己一起承担。

但现在，就算真的天崩地陷，她也已经不再是一座孤岛，有人和她并肩作战，风雨共济了。

这大抵就是爱情的意义。

第二天一早，令嘉郑重地敲响导演的房门。

张昌文导演穿着夹脚拖鞋来开门，又随手用酒店里的茶缸给她倒了一杯水。

两人聊了几个小时，听令嘉讲完她所有困惑和力不从心，他点点头："我听明白了，你觉得自己演不好，打算下车，但你不觉得自己畏首畏尾，会错过这么好的机会吗？"

"我怕。"令嘉神情凝重地点头，看得出来她真的很难受，"但我更怕毁了您的心血，怕被影迷评价我是这部电影中唯一的败笔。我没办法心存幻想、滥竽充数，只能错过这次机会，因为确实是我侥幸拿到了和自己水平不匹配的本子。"

张昌文导演靠在椅背上，手指一下一下地敲击着扶手，陷入思考，仿佛是在抉择。

良久之后，他终于重新开口："说实话，你没有自己说得那么差。看《水塔天鹅》的时候，我觉得你是有这份灵气和潜力的。但拍摄效果也确实没我预期的那么好，到底是缺了一点儿时间，还没打磨出来。不过你的态度我很欣赏，你和你们这个年龄段的小年轻都不一样，你很能沉得下心。至少没打算糊弄我，糊弄观众。"

令嘉得到这样的中肯评价，实在不知道自己该开心，还觉得是备受打击。

"当初试镜，你是我选出来的，这样吧，就凭你今天主动来找我赔钱，我给你放两个星期的假，组里先拍其他部分的戏。我等你两个星期，在此之后你要是还向我请辞，我会尊重你的意见。"

02

令嘉就这样离组了，离开的具体原因，张导也没往外说。

除了另一位主演陈余生了解一些内情，其他人只觉得不可思议，女主演不知找了什么借口，竟然能让张导这样的铁血导演同意她在拍摄期间离组两周。

要知道，拍摄期间不管是轧戏，还是参加商演，参加综艺节目，对有原则的导演来说都是大忌。

但凡发生过一次，基本就被一群导演拉进黑名单了。

从前有个男三号在拍摄间隙借口身体不适，离开影视基地两天去谈恋爱，也不管他的戏份是不是已经拍了半个月，张导直接踢走换人。从那以后，再也没人敢在他眼皮子底下整什么幺蛾子，演员们连发烧到 38℃都要坚持坐在片场。令嘉这样随意，不知道该说她太红了，还是面子大。

电影上映和拍摄有时间差，其间很容易让媒体和观众对演员本人的感受滞后。

比如，所有人都觉得，现在应该是令嘉春风得意的高光时刻。

《大珠小珠落玉盘》作为一部小成本佳作，成为正月的票房黑马，斩获 22 亿元票房，势头喜人。原本该下线的时间被出品方延后 9 天，估计等真正截止统计时，这数字还要再往上涨。

年仅 22 岁的令嘉，以势不可挡的劲头直接冲入中国女演员历史个人票房前五。

这个榜单就算往后数十名，最年轻的也比令嘉大五岁。

这下所有人都信了，令嘉的观众缘还真不是盖的。尽管出道才两年，但她的粉丝忠诚度、宽容度和路人缘，与那些真正的养成系明星，或者在大家眼皮子底下长大的国民弟弟、妹妹们比起来，也不落下风。

但现实偏偏很戏剧，令嘉的状况没有大家想的那么好，这关键的两个星期，是令嘉职业生涯的新盆地。

在飞回伦敦的飞机上，她吞了好几片褪黑素，才隐约迎来一丁点儿睡意。

令嘉这段时间总睡不好，情绪不佳，整个人的状态很糟糕，身体也出了一点儿问题，忽冷忽热，感觉头脑昏昏沉沉的。

十几个小时的飞行过程，她都不知道是怎么熬过来的。

下了飞机，令嘉更是眼前一黑，犯了眩晕，紧紧抓住扶梯好几秒才勉强缓过神。

“令嘉！”

听见机场出口处这声呼唤，她才发觉来接人的不是霍普，傅承致自己过来了。

“脸色怎么这么差？你的助理呢？”

令嘉把箱子递给司机，脸色苍白地摆手：“有吃的吗？可能是因为低血糖。”

飞机上她闭着眼睛努力酝酿睡意，可惜还是没睡好，东西也没吃上。

接过霍普递来的巧克力，她犹豫了一下，还是掰了一块塞进嘴里。

回家途中，眩晕感减轻了，她才开口：“导演给了我两周假，说是让我两个星期以后再做决定，我答应了。连妙我给她放假了，晓桐又不知道我们结婚的事，我也不好总带她过来，解释起来麻烦。”

国内外有信息差，令嘉和傅承致只在瑞士登记，没有在国内领证，只要她不主动坦白，旁人很难知道消息。就算是在康纳，这会儿也只有孔静和、周伍、连妙三个人了解她已经结婚，其他人都不清楚。

估计就算有人匿名爆料都没人信，毕竟她才这个年纪，又正值事业急速上升期，有野心的小花们怕影响事业，哪个不是过了30岁才结婚。

两人絮絮叨叨地又聊了几句琐碎的事儿，说话的时候，令嘉就闭眼将头枕在傅承致腿上。

飞机上噪声太大，睡眠不佳对噪声会更敏感，她一路过来都不大舒服，这会儿车子行驶得平缓安静了，她的脑部神经才稍微松弛了一些。

傅承致的作息平日和令嘉有一些相似，令嘉也常有凌晨五六点起床，拍戏到晚上十二点的经历，但从前不管强度多高，工作多累，大多数时候，她一直都是精神饱满、充满活力的样子，不像现在，她整个人都病恹恹的，提不起精神。

看她唇色浅淡，脸颊苍白，傅承致觉得心疼，他伸手帮她整理扫到脸颊的碎发。

像孩提时代用人哄自己入睡一样，他有一下没一下地轻拍她的背脊。

令嘉说话的声音渐渐弱了下去，傅承致的问题迟迟没等到答案，低头时才发现她的呼吸均匀，已经陷入睡眠状态。

两个星期以来的疲劳感，在坚持赶回伦敦后终于抵达极限，令嘉往傅承致腿上一躺，紧绷的弦一松，所有的想法都开始变得混沌，直至从脑子里抽离，她感觉到了久违的困意。

她饭也没吃，一直睡到天黑才醒过来，还是被连妙打来的电话吵醒的。

连妙打来电话是问令嘉微博密码的，她的声音听上去有点儿着急。

“怎么了？”令嘉问。

“你离开剧组的事儿被媒体报道了，不知道是谁爆的料，说是你耍大牌，周伍那边联系了张导，联合澄清一下。问题倒是不大不小的，但这是你出道以来的第一个黑点，还是得斟酌着好好处理，声明也得早点发。没事儿，你别担心，好好吃饭睡觉，别看微博、别搜报道就成，公关部都会处理好的。大家都估摸着，这次是对家的水军下场了，你这两年资源这么好，好不容易觉得抓着了你的把柄，眼红的人太多了。”

二十来岁的女演员数不胜数，但好的资源有限。

《大珠小珠落玉盘》的票房还在涨，令嘉在社交媒体的网络热度正高，娱乐媒体、营销号都想从热度里分一杯羹，这才让舆论迅速发酵起来。

令嘉抿了抿唇，又问：“声明打算怎么写？”

“公关部讨论了一下，理由就用你身体状态不佳，哮喘发作，需要静养恢复……这确实也是真事儿了，就算媒体到医院求证也不怕。”

令嘉沉默了两秒，觉得总比说她打算弃演逃跑、被导演放了假好，她自己都不知道自己两个星期后会是什么状态。

连妙让她别看，不过等挂了电话、吃过晚饭后，令嘉还是没忍住打开微博，登上自己的账号。

声明置顶挂在主页，评论区倒是一片风平浪静的假象。

但只需要点开热搜话题，里头的画风就变了，有很多一模一样的评论，她都刷到了好几条。也就是在刷评论的十几分钟里，令嘉又发现了一个带着她名字的新话题——“令嘉带男友进组”，在热搜排行榜迅速上升。

点开话题，排在最热的那一栏是一个黄V账号的爆料。

“会发生这种事根本不意外，本人是《天黑之前》片场打杂的临时工，令嘉带男朋友进组的事儿不会还有人不知道吧？吃住剧组报销，还给男朋友雇保镖，戏拍了三个月，就为他俩吃住买了三个月的单，两人属于同居状态，根本就不避讳的。现在的明星真的太荒唐了，演技一般，拍戏不认真，有点儿风吹草动就进医院。耍大牌也就算了，进组还要带小白脸，江屿白这次完全是碰见祖师爷了。”

令嘉从头看到尾，一口气差点没喘上来。

爆料人是剧组员工，但十有八九像他欲盖弥彰的自嘲一样，是个只知道点儿皮毛便瞎猜的临时工。

他说话黑白颠倒实在离谱，傅承致是戏开拍一个月以后才跑来湘西的，保镖是他自己带的，住的农家院子也都是他自己付账，他从未出现在片场，进组根本谈不上。

两人白天都要工作，令嘉会一直在片场待到收工。

每天见面的时间只有晚上休息的几个小时，俩人一起散一会儿步，说一会儿话。

不管怎么夸张，真相都远不到他字里行间流露出的那种秽乱片场的地步，傅承致甚至还在戏拍到快结束的时候，发善心给资金捉襟见肘的剧组扔了几百万解难。

尽管他的博文漏洞百出，还是有一部分网友相信了。

因为这个黄V账号一直以来都以圈内人身份自居，爆过的料里有两三条被验证过。这次这人说得有鼻子有眼睛，没用缩写直接点了明星大名，网友觉得他不怕被明星告，应该很有可信度。

当然，也有路人对博主充满攻击性、情绪化的措辞表示怀疑。

他说令嘉演技一般，但令嘉偏偏是青鼎最年轻的影后，前途无量，在同代小花中难逢敌手。就现有的一线明星当中，往上下数几岁，都很难找出比她更不一般的存在。

还有替她反击“拍戏不认真”的，比如江屿白。

他之所以被博主提到，就是因为从前也有过耍大牌的新闻。

只因那天下雨，剧组停工避雨，他蹲在片场多吃了半个烤红薯，便被曝全剧组停工等他进食，被骂到自闭。

江屿白经此一次，再也没有了吃红薯的权利，也变成了一个脾气比较冲的明星。看到热搜，他当即登录小号，直接发了条温度为负数的严寒天气下令嘉数次落水，重新吹头发、再落水的花絮小视频剪辑。

当事人自己发路透，粉丝们嗷嗷直叫，不过那花絮显然是工作人员用手机录的，发出来不知道有没有经过片方同意。

作为当红明星，江屿白的小号也为不少人所知。

他冒着风险跑出来为令嘉的敬业背书，热度不比那条爆料低。

网友看完纷纷感慨。

“好了，这下知道令嘉的哮喘是怎么复发的了。”

“青鼎影后这种奖项都因为哮喘复发进医院没去现场领奖，现在因为哮喘休养有什么奇怪的？拜托水军的阴谋论别太明目张胆了。”

“医院刚刚出来证明了，戳我链接，令嘉进组两星期，主治医生说有一整个星期白天在拍戏，晚上在输液治疗。”

……

康纳的公关团队倒也算聪明硬气，行动迅捷。

官微当天转发了江屿白微博小号发布的落水戏视频，然后在晚上事情扩散开之前，就公开了发给爆料博主的律师函，准备提告。

官方没有直接回应令嘉究竟有没有男朋友，只是高冷地用了最利落的方式回击，让所有人都清楚对方在凭空捏造谣言。

这就是令嘉当初签大影视公司的好处了，有着反应最快的公关团队，一场风波消弭于无形。

但最终还是不可避免地留下了些许后遗症：令嘉开始有 CP 粉了，和江屿白的。

电影才拍完没多久，他们就已经先发地磕上了假糖，把令嘉和江屿白在不同影视剧里的片段剪辑在一起，拼凑成新的故事和小剧场。

另一个较为严峻的问题是——江屿白的主流粉丝群体讨厌一切妄图把哥哥和其他人凑对的人。

讨厌令嘉的人数量也由此大增，抓住她带薪养病、吃不了苦、蹭哥哥热度、拍戏还带家属等等一系列真假混杂的说法做洗脑包。

只不过，黑粉超话面世还不足一周，就遭遇了严重的生存危机。

原因无他，青马奖组委会正式公布年度入围名单了。

《水塔天鹅》成功入围青马奖，夺得最佳摄影奖，女主演也获得最佳女主角提名。

去年亚洲影展最佳女主角和青鼎影后的奖项令嘉都已经拿到手，青马再夺冠，她就是凭一部影片拿下三个影后称号的女演员。

青鼎奖虽说已经是内地最有分量的奖项之一，但要说起在华语影坛的含金量，它跟对岸的青马奖还是没法比的。

名单一出，黑粉做的洗脑包彻底作废，没人愿意相信一个吃不了苦头的演员可以获得青马奖提名。

令嘉才 22 岁，但随便看看她的人生履历，已经比许多大她一轮的人都要精彩。

含着金汤匙出生却没有混吃等死，考入剑桥大学，家道中落后毅然决然退学还债，平均一年拍三部影片，还都是佳作，票房口碑都极好。

这些根本不是一个浅薄的、缺乏意志力的年轻人能办到的事。

即便她真的耍大牌，那也很容易就能被人们宽容地理解为天才的桀骜，反倒更为她的人设增添一些神秘色彩。

03

当然，远在伦敦的令嘉是无法得知网友们微妙的心理变化的。

因为在危机解决后的整整一周里，她都没再登录过任何社交平台。

她每天坐在客厅里，从早到晚就翻来覆去地看《良夜》的剧本，一遍又一遍地剖析每个角色。

渐渐地，她也能抓住一些玄妙的、不一样的东西。

她发觉，拿到剧本太晚，其实这也算是她这次失败的原因之一。

以往令嘉都习惯了在开拍之前深入研读剧本，这一次剧组却没有给她时间。当没有长时间的努力来弥补经验，又正好遇到了个地狱难度的剧本时，惨案就发生了。

现在每每坐在家里回忆起和陈老师对戏的瞬间，她都还能感受到那种脚趾抓地、头皮发麻，每个毛孔都被对方的实力支配的恐惧。自信被击穿得彻底，就算她现在知道自己已经有了一点点进步，仍旧不敢再贸然地鼓起勇气尝试。

这么好的剧本，留给更有能力的人吧。

令嘉一遍遍在心里暗示自己，万一接着拍下去，再出和之前一样的状况，别说不敢面对导演，她恐怕连自己都不敢面对。

但心里想是一回事，手上的剧本却还是抱着放不下来。

接到入围青马奖的通知时，她如释重负地叹了一口气。

颁奖典礼在下周举行，在这之前，她必须给张导答复，去参加颁奖典礼，就不必逼自己，可以顺理成章地做出选择了。

傅承致不大认可她这样的想法，他的人生信条从来只有迎难而上。

早餐时间，听令嘉说着自己的计划，他的眉头微不可察地轻皱起来。

“我下午就给张导回复，这样还少耽误一周……”

“别这么着急，小八。”他停下刀叉，打断她的话，“你可以再给自己一些时间考虑，我了解你，倘若真的退了这一步，未来某一天，你绝对会为自己现在的退缩而感到遗憾和羞耻。”

当天晚上，傅承致结束工作到家，给令嘉带了个礼盒。

礼盒里头是条黑色晚礼服，手工缝制的钻石和亮片在裙摆上摇曳，单是拿起来对着镜子比比，已经叫人喜欢得不得了。这是令嘉最喜欢的设计师的新作，前两天才首次在时装周秀场上亮相。

傅承致拿起令嘉咬了一口便搁在果盘边的苹果，边吃边开口道："按你的尺寸改的，去试试看，等会儿我们一块儿吃晚饭，有个朋友的派对，就在海德公园附近。"

"我得去吗？我可能要收拾很久。"

令嘉有点猝不及防，她一整天都待在家里看剧本，没化妆，头发也只用一字夹胡乱盘起来，按她往常的习惯，出席这种正式的场合，没两三个小时收拾是出不了门的。

"没什么正事，不必太隆重，我只是想让大家见见我的太太。"

见令嘉还在慌张，傅承致低头在她额上吻了一下："仁慈一些，你现在的样子已经足够让旁人黯然失色了。"

在他们接受的教育中，赞美是像喝水一般自然的事，令嘉清楚这点，但闻言还是开心起来。

她抱着礼服盒子往楼上跑，到了楼梯半中间，又探身回头问他："我要卷头发吗？还是盘起来好看？"

"都好，不过挽起来，就像现在这样，和裙子很搭。"

"那行。"令嘉接受他的建议，还省了洗头的时间。

直到她的身影消失在楼梯口，他才在她躺着看剧本的地方坐下来，喝茶等候。

沙发是令嘉买的，傅承致还不知道它的学名叫懒人沙发，只觉得这小东西奇形怪状的，谁料一屁股坐下去，整个身体都似乎悬空了。

傅承致的表情有些奇特，再往下坐些，卸去紧绷的力道，整个身体便都被包裹进柔软的棉花里。

他调整了一下姿势，忽然觉得挺舒服的，虽然躺着的姿势不算十分雅观……

难怪令嘉整天都躺在这儿，她选了整间屋子最舒服的地方，靠窗，能瞧见院子里的风景，白天光线明亮，晚上可以打开光线柔和的阅读灯。

旁边的圆茶几上是水杯和果盘，放着洗过的葡萄和樱桃，还有反扣的剧本。

简简单单的布置，让原本空荡华丽的客厅突然多了一些说不出来的、温柔的味道。

这是有女主人的地方。

傅承致说不必太隆重，令嘉真就只简单地化了淡妆，等她到了现场，才追悔莫及。

派对比想象中正式许多，更接近一场小型宴会。

她甚至在宴会上遇到了英国的国宝级女演员特蕾莎。

作为演员，特蕾莎的外形不够精致，甚至有些钝感，但她凭着四十余年传神精湛的演技征服了全球观众。

令嘉从小就是看她电影长大的，成为演员后也看了不少特蕾莎主演的电影作为教学片，见到她的兴奋感无异于课本里的偶像从书中走出来，活生生地站在自己眼前。

令嘉在家里待了一星期，原本只是出来放放风，乍一见到偶像真人，慌得手足无措。

跟着傅承致打了一圈招呼，她就远远地躲在窗边观察偶像，手指绞着餐桌布，她还在想该通过谁引荐，怎么才能自然而然地上前搭话时，就见女人放下酒杯，朝她的方向走过来。

天哪，她过来找谁！

令嘉左右环视，心提了起来，喉咙干渴，端起气泡水喝了一大口。

这么近的距离，她正想等特蕾莎和朋友说完话，一定要闷头冲上前去时，高跟鞋停驻在她跟前。

“Hi（你好），Joanlin！”

听见自己的英文名字时，令嘉大气都不敢出了，这声招呼，是属于她的吗？！

她配吗？

特蕾莎竟然认识她！

像是被天上掉下来的馅饼砸中，令嘉在恍惚呆傻中和偶像打了招呼，对方和蔼亲昵地拥抱了她。

“真开心见到你，我看过你的电影《水塔天鹅》，表演很棒，我的孙女非常喜欢《仙女2》里你配音的小仙女，你真人看上去比电影里更可爱。”

令嘉这会儿总算找回些许理智。

再怎么样，她还没有火遍欧洲，全球每年有那么多优秀影片，作为一位资历尚浅的东方演员，她能优秀到让特蕾莎记住，并且特意上前打招呼的概率微乎其微。

看了一眼远处的傅承致，令嘉心下明了。

他是特意给自己让出了空间。

这么好的机会，无论是从粉丝的角度，还是以后辈的身份去跟偶像聊天，她都一定受益匪浅。

……

令嘉原本计划出门两个小时就回家接着看剧本，谁料这一聊，就到了将近十一点钟。

觥筹交错的大厅，她和偶像站在窗边的安静角落里交谈。

小提琴轻柔的演奏声里，她们探讨表演的喜怒哀乐、技巧经验，包括特蕾莎许多从未在采访中谈论过的拍摄细节。

那些陪伴令嘉度过童年、青春期的经典电影，背后也有着艰难的诞生历程，已经被世人封神的女演员，也曾面临转型的困难、演技的瓶颈。四十余年的演艺生涯，她面临过无数比令嘉如今更艰难的时刻。

04

十二点钟，宴会终于散场。

她们交换了联系方式，令嘉也顺利拿到了偶像的签名，用她自己的签名换的，特蕾莎替自己的小孙女收集的。

回家的路上，借着窗外的路灯，令嘉反复抚摸自己被偶像签了名的白色手包，爱不释手。

“这么开心吗？”傅承致问她。

令嘉点头：“当然。”

她朝后仰靠在傅承致的肩膀上，低沉了几个星期的心情在今晚豁然开朗。

“其实我已经足够幸运了，对吧？”这话似是征询，又像是早已经有了答案。

傅承致点头附和她：“你当然是个幸运儿，你每次都抓住了命运给你的机会。”

如前人所言，演员是个一直在等待的职业，绝大多数时候，大家都只能被动地等待机会。

一部经典电影的诞生，需要天时地利人和。许多演员分明有着精湛的演技，一辈子却偏偏缺了一次主演的机会。

令嘉说自己幸运，正是因为相比圈子里 99% 的人，她能被好的导演优先选择，因为珍视她的天赋，甚至愿意花时间等待。

入圈以来，她走得太过顺风顺水，以至于第一次遇到瓶颈时才会那么惶恐。

过去的一个星期里，张昌文导演的挽留一度成为令嘉最大的压力，而今，她终于能将惶恐感放下，认真思考她可以给电影带来什么。

就像特蕾莎说的那样，她需要跳出表演去看待表演，需要更难的挑战去经历千锤百炼。

事实上，令嘉的困境几乎是每个体验派演员都会遇到的难题。当天赋和经验不足以支撑他们更完美精准地演绎自己理解的角色时，低谷同时也会成为突破的关键。许多演员刚出道时分明充满灵气，后期演技却越来越腻，肉眼可见地变得虚浮，原因就在于人的感情是有限的，把自己的情绪代入千篇一律的角色，在镜头下演绎太多次时，会不可避免地失去敏感性，神经会麻木。

在瓶颈中安心待久了，一旦演技定型，也将永远失去上升的机会。

在伦敦的最后一周，令嘉没再只是待在家里看剧本，而是和傅承致一块儿成双入对、早出晚归。

当然，不是去上班的，她就是想体验一下做律师是什么样的感觉。

合宜首席法律顾问，傅承致的朋友乔治，就是很好的咨询人选。

令嘉准备了个小本子做笔记，跟着他们一块儿开庭休庭，跟进跟出，偶尔还打打下手帮忙整理卷宗。

因为令嘉的职业特殊，傅承致结婚的事情没有对外公开。

合宜内部除了部分高层，基本上没人清楚自己的老板已经从黄金单身汉变成已婚人士，要不是因为结婚还涉及一系列股权问题，连董事会都可能一无所知。

令嘉到乔治身边做小跟班的几天里，竟还在团队里意外遇见一位剑桥的法学院校友。

对方在实习，她对令嘉以哲学肄业生的身份进到团队里感到非常不可思议。

见到这个人以后，令嘉终于隐约摸到了一点剧本中角色的影子——精英阶层出身，刚刚拿到律师执照的法学生，聪明干练但缺乏经验，缺少对世界更深层的认知，有和底层人群的共情，有初入职场的横冲直撞，也有收敛得不易察觉的傲气。

她观察到女孩的许多小动作，又尝试代入自己去重新感受剧本。

一个全新的角色，终于渐渐地在她脑海中成形。

令嘉再次回到片场时，头一件事就是和导演商量剪掉自己的长发，以不一样的形象重拍前两个星期的戏份。

“表演永远是有缺憾的，你知道两个星期要烧多少钱吗？”

张昌文差点被她气笑。

令嘉只得放低姿态，恳求说：“或者，您可以在那些戏份里任选一场，我重新演一次，您来确定哪种效果更好，行吗？”

张昌文被她磨得没办法，只好让摄影师开机。

“行吧，让我看看你的进步有多大，要是差别只有一点点，我就让场务来找你报销今天片场所有的支出。”

嘴上虽这么说，但其实对令嘉这两个星期的改变，张昌文还是很期待的。

令嘉不是自负的人，否则之前也不可能向他请辞。如果她的改变真的大到能说服他，别说两个星期，即便是一个月他也愿意重来。

电影里之前的中长发造型，是张昌文看了七八种妆造设计后才定下来的最终版本。这会儿令嘉提出建议后，在张导的注视下，造型师斟酌着用剪子比画了好久才开始动手修剪，每一毫米都慎之又慎。

半个小时后，造型师终于给她剪出清爽的齐耳短发，看起来简单干练。

这是令嘉有记忆以来头发最短的时候，空荡荡的脖颈让她有点儿怅然若失，但来不及多想，她马上就要投身镜头下，接受新挑战。

张昌文为令嘉选的是一场雨夜开车追逐证人的戏份，出于安全考虑，车子是1：1定制的模型，实施人工降雨，追逐戏码在棚内定点拍摄。

令嘉坐上驾驶座，镜头凑近脸时，她周身的气质陡然变了。

乍一眼瞧上去似乎和两个星期前的差距不算很大，但张导很清楚，角色内在的核心换了，她为自己的角色找到更强有力的支撑。

张导最终肯定了令嘉新版本的演绎方式。

电影拍摄延期，之后的日程也只能跟着往后挪一挪，最让周伍唉声叹气的是，继缺席青鼎奖颁奖典礼之后，令嘉又一次缺席了青马奖的颁奖典礼。

“上次缺席青鼎是突发事故，这次可不是，这样明确宣布因为档期缺席，就不怕人家把本想要给你的奖颁给别人吗？”

令嘉肩膀夹着电话看台词，也学着周伍叹了一口气：“那能有什么办法呢，加起来我整整耽误了剧组一个月呢，总不好现在又提请假。伍哥你也知道，我还年轻，得罪张昌文导演的后果，可比少拿一个青马奖可怕。青马要是真因为我没去，把本该给我的奖颁给别人，只能说明我和别人的差距不大，还需要努力。”

周伍最终没能让令嘉改变主意，但青马最终还是把最佳女主角的奖项颁给了她。

原因无他，五位提名最佳女演员的候选人中，对令嘉来说最具竞争力的对手，在颁奖典礼前一天被曝出轨，也缺席了典礼。

这可真是烧高香了！

周伍开心得简直想去给佛祖铸金身，电话一挂，差点一蹦三尺高。

镀金的奖杯是由《水塔天鹅》的导演陆起上台代领的，他发表了一段洋洋洒洒的代领感言，组委会又连线剧组里刚刚收工的令嘉，录了一段获奖感言。

凭借实力加运气，至此，华语影坛三大重量级奖项，令嘉拿到两个。

刚满22岁的她，大满贯的进度条走完了三分之二。

第十三章

令嘉，可能上辈子，
你就已经住进了我的心里

01

《良夜》这部电影后劲太大，令嘉花了整整一个月才从中抽身。

缓过神来的具体表现就是，每天天亮刚睁眼还迷迷糊糊的那会儿，她不至于再被角色的情绪影响心情，处于松弛的状态，她的脑子里也不再满是意难平的剧本内容，有空想些别的事了。

托她在拍摄过程中表现不错的福，杀青宴举办的当晚，张导给她介绍了一部正在筹拍中的主旋律历史献礼片——《久战》。这是他好朋友执导的片子，《良夜》拍到一半的时候，那边就给递了话，但怕影响令嘉的正常拍摄工作，张导憋到最后一天才告诉她。

就如康纳当初所期待的那样，凭着张昌文导演的赏识，这一次令嘉获得了千载难逢的在主流电影圈站稳脚跟的机会。

因为是献礼片，《久战》在审核上肯定是一路绿灯，剧本和参演阵容都已经差不多敲定了，片方预定在次年十月的国庆假期上映，配戏的同样是几位老戏骨，公益出演。

为了准备这部电影，周伍替她推掉了所有能推的商业活动。

自出道以来，令嘉的档期第一次稍微宽松了些，但两年的休学期也即将结束，学校教务给她发来休学到期的“最后通牒”。

说实话，当初给剑桥递交休学邮件时，令嘉想都不敢想自己还有重返校园的一天。

眼前的景况已经不像当初那样紧张严峻，债务也不再迫在眉睫，她此时可以考虑回去念书的可行性，毕竟只剩最后一学年就能毕业了。

只是需要考虑的问题还有很多。

第一，离开课本有些久了，生疏是难免的，再者校园的生活离如今的令嘉也实在太远，剑桥的课业压力不可能让她兼顾演艺。

令嘉瞻前顾后，左右为难，最后还是傅承致以抛硬币的方式替她做了决定——硬币正面朝上，去念书。

待到这部献礼片结束拍摄，她就将暂别娱乐圈，赶在九月开学时，回到学校完成最后一年的学业。

当然，令嘉欠缺的，并不是剑桥毕业生那个光环。

像表演一样，她是真的喜欢哲学，也是真的需要一些时间沉淀自己。令嘉很清楚，她在《良夜》中的表现，已经达到目前自己能力、阅历和天赋所能达到的极限，需要更多的努力和思考，去寻找更上一层的台阶。

注销休学状态，确认好开学时间后，令嘉要回英国上学的消息没有急着对外公布。

令嘉先和周伍、连妙商量了两周，然后才上报，静和阿姨费了一番力气，康纳考虑到完美的学历光环对令嘉的履历和人设还算有帮助，便也同意了她息影一年的请求，重新修改了经纪合同的部分细则，将合同期限延后半年。

五月一日，就在《久战》开始拍摄不久，《天黑之前》正式上映。

由于当天没有令嘉的戏份，导演给她放了一天假，让她参加自己的首映仪式。

只是假期就那么一天，一来一去时间实在太过紧张，何况之前的点映令嘉一场不落地出席了，这次善解人意的仇闻导演也就干脆大手一挥，慷慨地免了她来回颠簸。

原著影响力太大，上映之前，片方都没怎么费力气宣发，电影的热度就已经炒得足够高。

说到底，仇导为这部电影筹备了许多年，心里还是有股子傲气，他始终希望，观众们是因为电影的好口碑而走进电影院的。

令嘉的五月一日这天就这么空了出来。

习惯了在剧组每天六点钟起床赶到片场化妆，她这天一觉睡到早上十点，开着空调懒洋洋地躺在被窝里，正在和连妙商量空闲的下午该在影视城附近溜达一趟，还是去县里买张电影票打发时间时，宾馆的房门突然被敲响了。

“谁？”

晓桐刚刚坐剧组的大巴到片场去取令嘉昨天遗落在化妆间的包了，一时半会儿根本回不来，现在也不是客房打扫的时段。两人对视一眼，都怀疑是不是私生粉或者狗仔。

令嘉人在剧组里，外界的热度却居高不下，这段时间有太多人在楼下蹲守。

“令嘉小姐，是我。”

回答令人猝不及防，竟然是霍普的声音，他前段时间负责帮令嘉处理学校的事，现在大抵是办妥了。

令嘉完全没料到他会这个时间点出现在国内，穿好衣服后，她忙示意连妙开门，放他进来。

霍普是傅承致的左膀右臂，两个人向来是形影不离。尽管知道傅承致最近往返北美和伦敦两地忙得要死，不可能抽出时间，但她还是没忍住生出了一点期待，眼神朝他身后看去。

霍普是抱着公文包上楼的，待签过字，文件还要带回伦敦。

作为一位合格的秘书，察言观色是基本技能，才见令嘉眼睛里的光暗下去，霍普就知道她在想什么，忙解释：“车停在楼下，先生本要和我一道上来，但是下车前见到大厅外有记者蹲守，就让我一个人来了。今天您主演的电影举行首映仪式，他认为作为一个合格的丈夫起码应当抽出一天时间为妻子庆祝。”

女孩子的快乐来得如此简单，令嘉不吝表达自己的情绪，嘴角扬起来，她高兴地在文件上唰唰签完自己的名字，然后拨通了楼下傅承致的号码。

“你来了怎么都不提前告诉我一声，我一点儿准备都没有，万一仇导要我飞回S市参加首映式，你不就扑空了？”

“都告诉你了，人生还有什么惊喜可言。”

下巴抵着手机，令嘉分明眼睛都弯了起来，嘴上还在抱怨：“这次算你运气好哦，导演刚好给我放假，你就在车里等着吧，别让记者发现了，等我换好衣服咱们出去玩儿。”

衣架上都是熨过的衣服，她挑了最低调的白色T恤和长裤，还有黑色棒球帽。

令嘉对着镜子照了一会儿，将口罩一戴，觉得媒体应该认不出她来了，这才出门往外走。

在这酒店住了一段时间，令嘉已经把这里的员工通道摸得跟自己家后门差不多熟了。

她顺着后厨楼梯下到停车场，恰好赶上司机把车开过来。

令嘉爬上后座，车子立刻加大油门开出停车场。

全程配合完美。

在所有蹲守媒体都没注意到的地方，载着两人的车子已经开出了两条街。

“好了。”傅承致拍拍她的后脑勺。

令嘉这才从他怀里直起腰，她趴在后窗上瞧，确定没人跟上来，这才随手摘下帽子，小声嘟囔：“还好你机警，没直接上去找我，刚才霍普下楼，还在电梯口撞见狗仔了。这些媒体真是厉害，弄得跟拍谍战片似的，每天都拿高清倍镜摄像头对着我的窗口，来到这边那么多天，我一次也不敢拉开窗帘……”

车厢里冷气充足，短发被帽子压得软趴趴的，令嘉有点恼，对着镜子使劲撸。

还是傅承致伸手替她抓了几下，头发才重新蓬松起来。

“等回到英国就好了，在学校就没有那么多人注意你，那样你就可以好好地喘口气。”

他说到这个，令嘉的烦恼又转移了：“这两天忙着拍戏，我的书还没看多少，进度这么缓慢，开学可怎么办，作业要是得分太低，老师该后悔给我机会了吧。”

“放轻松，小八。”傅承致随口安慰，“合宜名下的基金会给剑桥捐了一笔办学经费，相信他们很愿意给你一些时间重新适应学校。”

令嘉扒拉头发的手顿住，抬起眼皮问道：“什么时候的事儿？捐了多少？”

傅承致轻咳两声：“我们晚上去看你的新电影吧。”

“我说休学延期怎么办下来的呢，这么快，我以为是导师欣赏我替我斡旋，结果还是你的钞能力强大。”令嘉沮丧极了，“你怎么都不跟我商量呢，按我现在的挣钱速度，你这钱捐出去，我得要多久才能挣回来？”

“我们是夫妻。”傅承致搂住她的肩，说道，“做慈善的事儿，怎么能用挣不挣钱来衡量呢？我有位小堂弟，他打算在后年申请剑桥，这笔钱算是花得物有所值，家族长辈对我的捐赠行为很满意。”

令嘉勉强相信了他的解释，但还是不想跟傅承致去看电影：“我们俩在电影院里观看我和别人谈恋爱，多尴尬。”

从前是没在一起，无所谓，现在都结婚了，令嘉想到那个场景都觉得头皮发麻。

“看得多了就习惯了，我从欣赏艺术的角度出发，不会上升到现实里。”傅承致承诺。

“是吗？”令嘉半信半疑。

这男人从前看她和之望的生活录影带气成那样，看电影就没反应了？

尤其《天黑之前》的男主演是江屿白，之前他就不喜欢人家。如此快乐的一天，她不想傅承致在嘴硬憋屈里结束。但奈何这主儿非要坚持，晚上八点一过，两人准时坐在电影院里，等待首映。

漆黑的影厅里满满坐的都是观众，上座率不错。

虽然是坐在最后一排，但两端有人，令嘉也不敢摘口罩。

整整两个小时，仇导用天才画家一般的笔触，将每一帧画面都拍得极其唯美，随便拉出来一个都能做壁纸。但奈何令嘉点映的时候已经看过几次，加上自己是主演，自始至终有点儿游离在剧情外。

她偶尔偏头看看傅承致，每一次都发觉他看得很认真。

漆黑深邃的眼眸，只倒映出大荧幕的光亮。

电影穿插在回忆中，三段叙事，讲述了一对初恋情人经历悲欢离合最终破镜重圆的故事，画面审美和质感，是典型的仇闻风格，充斥着中国人的美学思考。

在身边传来低泣，大家擦眼泪的时候，令嘉注意到傅承致眨了一下眼睛。

这使令嘉很惊讶。

傅承致不是感性的人，在她的潜意识中，他是那种永远不可能被爱情电影打动的人，但偏偏那眼眸里折射的好像确实是水光。

虽然没哭，但也足以让人感受到他的认真，令嘉心里总算少了些刚进电影院那会儿的不自在感。

最后两分钟，电影片尾播放鸣谢名单，她偷偷摸到他的手。

在所有人注意不到的后排，两人十指相扣。

她好奇地附到他耳边，小声耳语："你从前也看爱情片吗？"

"看得不多。"

"你看电影哭过吗？"

"当然，我早说过的，我才不是你想象中的怪物。"

"那你上一次哭是什么时候？"

这一次，傅承致沉思了一会儿，却不是在回想，事实上他记得很清楚。

那是他和令嘉分开，一个人回到伦敦之后，和乔治一起看了《暗刺》。

那段时间他整个人的状态都有些奇怪，情绪大多数时候在高亢和低落之间反复横跳。

《暗刺》里古灵精怪的苏怡一生背负国恨家仇，为仇恨和任务而活，没人叫过她真正的名字，直到进度条的最后三分钟，她在爱人怀里死去。

生命的最后一刻，她终于放下这个名字，听到男人叫了她一声"小冬"。

那部电影里，令嘉比其他人咖位小，总镜头加起来统共不到四十分钟，以往他分明也看过拍得更精妙、更催人泪下的电影，为什么从前没哭呢？

傅承致此时突然意识到，他的感动其实并不是缘于电影情节，而是因为令嘉。

她的一颦一笑能轻而易举地牵动他的心，直触他的灵魂。

"令嘉。"他突然出声喊她。

"什么？"

"如果我们未曾见过面，如果我只在大荧幕上见到你……"

"你干吗做这种假设？怪怪的。"

然而还不等令嘉接着诧异，便听他继续往下轻声陈述——

"我想，我可能还是一样会喜欢你，不惜代价地认识你，靠近你。"

"令嘉，可能上辈子，你就已经住进了我的心里。"

02

庄小俊掐灭烟头，给电量所剩无几的相机换上新电池，调整好设备参数，将镜头重新对准女星令嘉的酒店窗户。

尽管在过去的一个星期，出镜的仅有一动不动的灰色窗帘。

唯一能让他确认房间确实还有人住的，是每天晚上按时亮起的灯光。

这鬼地方天气热得很，庄小俊蹲在车里几天没洗澡，刮胡子是他对个人卫生最后的坚持。

庄小俊刮胡子的工夫，徒弟小张端着两盒泡面从便利店里跑了回来。

盒盖一撕开，车厢立刻被速食泡面的味道填满，庄小俊又从口袋里摸出两根上顿吃剩的泡面香肠，扔了一根到前排。

没吃两口，小张惆怅地叹了口气：“今天五一，全世界的劳动者都放假了，咱们还窝在这儿，顿顿吃泡面，连个鬼影子都没拍着。师父，我都怀疑，令嘉男朋友真的存在吗？”

庄小俊瞥了他一眼。

“康纳的公关最爱玩文字游戏，他们既然自始至终都没有否认过令嘉有男朋友，那这个人就肯定存在。圈里那些看似不可能的爆料，最后往往都是空穴来风，未必无因。令嘉出道两年，一路青云直上畅通无阻，你觉得靠的是运气？他不仅存在，说不准还是个大人物。《天黑之前》拍摄期间我就大意了一回，没找着那山旮旯，这次，我无论如何也要拍到一手料。”

“那万一她今天飞回去参加首映式，咱们待在这儿的差补，组里还报销不？”

把吃完的泡面盒交给徒弟，庄小俊又点了一根烟。

“多大点儿出息，就算组里不报，我自掏腰包也会给你报，安心待着吧。剧组的时间紧成这样，就算是飞回 S 市，也顶多给她两天假。”

作为一名金牌娱记，他深知“付出多少，就能收获多少”的硬道理。

入行多年，庄小俊就是靠着敏锐的嗅觉数次拍到惊天大料，这些登上热搜的新闻，让他挣得盆满钵满。干这行就是这样，“三年不开张，开张吃三年”，以令嘉眼下的咖位和热度，但凡能拍到照片，进项起码六位数打底，只要能挣钱，这点苦头算得了什么。

不过这一天很奇怪，眼看时间已经过了十点，酒店门口还是风平浪静。

按照往常的规律，令嘉一般会在七点钟准时出发去剧组拍戏，就算今天可能需要飞回S市参加首映式，也绝不该都十点了还没有出发。

“会不会是凌晨人已经走了，师父您看漏了……”小张嘀咕道。

凌晨那会儿刚好是他师父守夜，四五点正是人最困的时候，闭一会儿眼睛也是情有可原的。

“不可能！”庄小俊笃定道。

他低头在手机上操作了一阵儿，得到那边线人的回复才抬头道：“首映那边已经确认令嘉不会出席，今天剧组又放假，人肯定还在，我就说嘛，我怎么可能盯漏！”

“是是是，要不师父您睡会儿吧，我替您好好看着。既然剧组放假，人说不定在屋里睡一天觉休息呢。”

庄小俊摇头，又点了一根烟提神。

他有种说不清的预感，如果她那个神秘男友要出现，说不定就在今天。

二十岁出头的女生，异地相处肯定相思苦，热恋是需要见面的。

十点半左右，酒店地下车库驶入了一辆黑色奔驰S500L，这种车在小县城并不多见。黑黑的反光玻璃里什么也看不见，庄小俊立刻警惕起来，干脆派了徒弟下车查看。

十五分钟后，小张一路小跑着回来。

“那车上坐的是个老外，我跟到电梯口上不去，等了一会儿又见他下来了。”

庄小俊这才放下警惕，一拍脑门突然想起了令嘉的留学背景，多嘴问了一句：“长啥样？多少岁？帅不帅啊？”

“应该……不到三十岁吧，蓝眼睛，挺帅的，捯饬得也很整齐，像个有钱人。”

他话音没落，那辆奔驰S500L又从地下车库驶出，他伸手一指：“瞧，又出来了！”

庄小俊一咬牙，说道：“跟上去。”

“万一令嘉没在那车上呢！”男人急了，“师父，这酒店里住的人多了，万一跟错了，别家拍着咱们没拍……”

“你也说了，拍别人也能拍到的东西有什么意思，还不如赌一把，开车！”

五一小长假最后一天，两百万粉的大娱记“吃瓜庄小俊”发博，图文曝光某一线女星恋爱，赶着假期最后的流量来了一记重锤。

照片中的时间偏晚，天色微暗。

女星只穿了朴素的白T恤和休闲长裤，戴了黑色帽子和口罩，身边的男人比她高，偶尔偏头听她说话。夜色中，两人在小县城的马路上正大光明地牵手、搂肩，俨然是热恋中的情侣。

虽然她脸捂得严实，画质有些模糊，但圈内身高上了一米七的一线女星，扳着手指头都数得过来，加上那小县城特殊的地理位置，随便一查正在影视基地拍戏的剧组，立刻就能把人排查出来。

博文发出十分钟不到，评论区有粉丝一眼认出令嘉，哭唧唧地问博主：“是令嘉恋爱了吗？在哪儿？有没有更清晰的照片？”

博主回应：“在南方一个小县城。中途一度跟丢了，要不是两人的身高身形比较醒目，差点没认出来，将就着看吧。”

有了博主的亲自认证，粉丝彻底绝望了，尤其令嘉和江屿白的CP粉，更是哭天抢地。

“事业上升期啊！妹妹可不能恋爱脑，你是要拿史上最年轻大满贯的女人！”

……

发展到最后，评论区里大家不愿意骂令嘉，怒其不争的火气干脆发泄到那个模糊的剪影上。

照片里头傅承致戴了口罩，但因为出众的身形，被大家认作圈内一位眉眼与他有两分相似的男模。

“妹妹就算是不喜欢江屿白，也别随便找个小白脸男模，大小姐醒醒，你这么红，他配不上你的！”

“小白脸，没正事干吗？整天陪女朋友没出息，妹妹怎么可以交这种男朋友！”

也有上了年纪的人稍微理智一些。

“看来只有我和大家的想法都不一样，妹妹好不容易从初恋去世的阴影里走出来，只要有人能温暖她，对方是什么人都无所谓啊。”

“楼上别走！对，就算对方是个十八线男模又怎样，心地善良大小姐和狼子野心小白脸的情侣不香吗？我接受度很高！”

“令嘉是演员出道，虽说现在热度很高，但她从来没给自己立过人设，靠作品吃饭，和谁恋爱是她的自由。”

……

当晚，那位沉寂了八百年，突然被令嘉恋情曝光殃及的十八线男模瑟瑟发抖地出来发了条澄清微博——

“账号突然炸了，重要的事情说三遍。不是我！不是我！不是我！五一那天晚上我人在首都某电影院！”

他说完还配了条五一那天自己发的朋友圈定位截图，看的还正好是令嘉主演的《天黑之前》，他和好朋友甚至还在电影放映结束时合影留念，配文——“近十年看过最好的爱情片，两个大男人在电影院看哭了。”

人证物证俱在，误伤的群众有点不大好意思，纷纷道了歉，又看在他长得帅的分儿上，一人买了箱他代言的辣条作为赔偿。小白脸男模出道十年，终于迎来机遇，就此翻红。

当然，这都是后话了。

眼下最令粉丝疑惑的是——令嘉的神秘男友，究竟是谁？

康纳的官博、令嘉的工作室账号被24小时轮番轰炸。

但经过公关部讨论，公司最终还是决定对此事不作回应，原因有两个。

第一，此时正值电影上映期，这是一部有关初恋的电影，女主演却被曝出和别人谈恋爱，难免影响观众观影体验。尤其是令嘉本人还不愿意撒谎否认，倘若她直接坦白自己的已婚身份，就会影响票房，非常不划算。

第二，男方不是普通人，不受康纳摆布，而且对方力量雄厚，为自己老婆删帖、平息舆论、降低影响对他而言只是动动嘴皮子的事。

事情的走向最终确实如公关部所料，没闹出大动静。

观众本身是冲着电影口碑、演员演技走进的电影院，观影群体有原著粉丝，有在电影中看到自己青春的普通人……真正关注她恋爱与否的粉丝只占很少一部分。

票房没有缓冲地一路登顶，这部电影毫无悬念地成为五一档票房冠军。

电影下线时，累计票房已经超过40亿，最终停在了40.1亿的数字上。

所有粉丝在看见这个数字时，都倒吸一口凉气。

她们知道令嘉争气，但没想到她竟然能争气到这个份儿上。

22岁，登顶国内女演员历史累计票房第一名，她也成为首位百亿身家女演员。

这则重磅新闻立刻将所有恋情的相关讨论挤到了各大超话最角落。

所有人的目光都聚集到了这令人炫目的成绩上，路人惊叹感慨，同行羡慕嫉妒，粉丝欢呼雀跃。

S市某外国语高中早自习课上，赵曼曼和同桌讨论起了自家偶像昨夜刚下线的电影最终票房。

“在电影上映期被曝光和素人谈恋爱，票房不降反升，这事儿也只有我们家小宝贝能做到吧。国内第一位百亿票房的女演员啊，她现在的势头几乎是一骑绝尘，将同时代所有的小花远远地甩在身后，拿到大满贯也只是早晚的事……”她追讲到数据就喋喋不休。

男生一边耳朵听她说话，一边耳朵戴着耳机做听力练习，十几分钟后，他叹了口气，放下笔，摘下耳机，问道：“你就这么喜欢她？”

“当然，令嘉这么好看，这么厉害，谁不喜欢！”

“你是因为她好看、厉害喜欢她的吗？”

赵曼曼沉吟两秒，说道：“不全是吧，始于颜值，忠于人品。她多好呀，默默拍戏，从来不炒作，刚出道的时候，她甚至没想曝光自己的身世学历，还有她前男友去世的消息，但凡她肯透露一点点，大家对她的怜爱肯定一下子就拉满了。她还拍戏拍到哮喘发作，两次入围最佳女演员奖，两次缺席，但最后组委会还是因为她能力强，把奖颁给了她。”

赵曼曼说到这儿，顿了顿，意识到什么，说道：“哎，你不觉得这种跌宕起伏的传奇人生很像是一本名人传记的开头吗？她拿到大满贯就是早晚的事，就算是十年后，娱乐圈恐怕都忘不了现在被令嘉这个名字碾压的恐惧，因为她的横空出世，同年代所有的大荧幕女演员都黯然失色。”

她越讲越兴奋：“这本传记，我都想亲自提笔替她写了……”

男生抚额，不忍直视，但还是在对方讲完后说道：“别做白日梦了，你要是真的喜欢令嘉，就用心点儿，好好准备托福，考过了，我替你要她的签名，告诉你她男朋友是谁。”

“怎么可能，连那个能扒出影帝汪荣在家穿什么颜色内裤的狗仔庄小俊都没挖出来令嘉男朋友的身份，你怎么可能知道？”

在男生的注视下，赵曼曼的眼神从“你这牛皮吹大了”慢慢变成了惊恐的“你不会真知道吧”，她紧张地打了一个嗝，一瞬间脑子里突然有条电路被连通。

她猛地想起来，她的好同桌家里仿佛是国内最大的门户网站高层。

她立刻举起两根手指发誓：“我发誓，我肯定好好学，好好考，一次过，跟你一起出国，但你能不能先告诉我呀，我都快好奇死了……”

“不行，我说完了，你还有动力吗？”

赵曼曼抓耳挠腮，心痒难耐："真的，我撒谎骗你，我就给你做小狗。你不说，我也想跟我偶像上同一所学校，就算申请不到剑桥，随便伦敦哪所大学都行啊……"

"傅承致。"

"啥？"

赵曼曼只感觉一个名字飞快地从耳边掠过去，什么也没听清。

男生重复一遍："他叫傅承致，以前是绘真的大股东，一位华裔银行家，你在国内搜索引擎里只能找到有关他的一点点介绍。"

赵曼曼浑然不关心，她脑子里只有一个问题："长什么样？帅吗？配得上令嘉吗？"

男生又想叹气了。

03

所有人都认为令嘉距离顶点不远了，然而这一年，晴天奖的最佳女演员奖颁给了一位年近五旬的女演员。

令嘉抱憾与大满贯失之交臂。

之后，她宣布暂时息影，回到剑桥大学完成学业。

娱乐圈是个更新迭代速度非常快的地方，那些小演员小歌手像一茬一茬的青麦，栽种和收割都只不过是一季的时间，大家都害怕被遗忘，像令嘉这样，在接近巅峰时急流勇退的，任性到让人险些要怀疑她脑子进水了。

多少人可望而不可即的身份、热度，对她而言仿佛只是她可以随手搁置的东西。

接下来这一年，除了十月一日上映的献礼片《久战》，令嘉没有任何作品，她也未曾出席任何活动。由于漫长的后期制作，还有几经波折的审查，直到三年后，《良夜》才递往欧洲参加电影节。

25 岁的令嘉凭借在《良夜》中的精湛表现，欧洲几大电影节奖项拿到手软。

她也终于捧回了粉丝们心心念念的晴天奖最佳女演员的桂冠。

虽然晚了三年，但上一位最年轻的大满贯影后是27岁，令嘉仍然以微弱的优势刷新了她的记录。

发表获奖感言时，她的鸣谢名单里首次出现了一个新的人物。

“感谢张导，感谢剧组的所有成员，感谢我的团队，感谢我的家人、我的丈夫……”

什么？

是我们听错了吗？

嘉宾们面面相觑，同样错愕的还有直播前的观众，晴天奖收视率两分钟后飙升至十年来最高水平。

说实话，这几年来，外界关于令嘉男友身份的猜测不断，但谁也没能说出个究竟来。

几年前倒是有位后援会管理员“漫漫殊途”，不小心说漏嘴，透露令嘉的男友是国外某位金融华裔银行家。

但很快，黑粉把那个名字输入搜索引擎，一扒人资料，立刻开启了对粉丝的群嘲。

他们坚定地认为，粉丝想替正主嫁豪门想疯了，令嘉和傅承致八竿子都打不着，人生境况悬殊得天上地下，怎么可能在一起，简直就是越级碰瓷，就算是编故事听起来也非常离谱。

赵曼曼本来就是一时不忿，冷静下来也后悔自己说漏了嘴。

好在她说什么黑粉都不信，她干脆放弃了跟他们的争执，默默截图，心里轻哼：“等着吧，谁嘲谁还不一定呢，等到真相曝光的那一天，姑奶奶保证你们这些智障发言想删都来不及。”

这一天来得好晚。

当她看到令嘉在颁奖典礼提及自己的丈夫时，感动得差点没哭出声。

终于公布了！

彼时正是大洋彼岸的凌晨，赵曼曼抹掉脸颊上的几滴泪，使劲摇晃身边的男友：“醒醒，别睡了，令嘉都公开宣布结婚了，你怎么还睡得着！”

“她结婚关我什么事？”

“忘恩负义，要不是你答应我会替我弄到傅承致和令嘉的合影，我能跟你在一起吗？”

男生这下彻底清醒了，周身气压一低，他直接掀开被子坐起来，质问：“赵曼曼，你跟我在一起，就是为了一张合影照？”

女孩眼珠子骨碌碌地转了转，还没等她想出话补救，男孩已经起身，开始穿裤子和外套，说道：“我们完了。”

眼看人已经走到门口时，赵曼曼着急地大喊：“不是不是不是！”

她下床，赤着脚飞快地跑到门口，从后面抱住男孩的腰说道：“我说错了，我是喜欢你才答应你的。”

在她看不见的地方，男生的嘴角翘起来，缓缓地松开门把手。

隐婚好几年，令嘉突然公布婚姻状态是有原因的。

圈里不少人男女关系混乱，一遍遍拒绝、应付实在浪费精力，也得罪人。最近一次闹出风波，就是因为令嘉接拍的新电影，制片人想对她动手动脚。

令嘉直接让周伍转述，告诉对方自己的已婚身份，对方偏不信，认为令嘉在敷衍他。

既然如此，那她干脆直接公开自己的已婚身份好了。

大满贯影后的身份，确实给她带来了更多、更好的机会和剧本，但也并不能让她在圈中的人际关系中无往而不利。

这部电影便是因为制片人从中作梗，拍得磕磕绊绊，并不顺利。

电影接近尾声时，令嘉在剧组受了委屈。她一个脾气这么好的人都没忍住，回到酒店趁着洗澡的时候哭了一场。

世上什么坏人都有，事情并不大，周伍也当场还击替她出了气，只是她心中还是不免硌硬。令嘉不愿意小题大做，也不想让傅承致担心，因此自始至终没跟他提过这事，此时气也渐渐消了，她也打消了往伦敦打电话倾诉的念头。

她洗完澡就钻进被窝看电影，最后半梦半醒间，不知怎的，又点开了自己刚出道时候的一条采访视频。

镜头里的她刚入圈拍了第一部电影，脸上还带着婴儿肥，十分青涩。

主持人给她播放《我和她的1935》的片场拍摄花絮，20岁的她因为没能达到导演想要的标准，一遍遍酝酿情绪时，急得直敲自己脑门，躲在助理的伞下痛哭。

弹幕密密麻麻的都是粉丝“考古”，她吸了吸鼻子，指尖移到右上角，正准备关闭视频睡觉，突然看到一条新弹幕闪过。

“令嘉，加油，渡过最艰难的时刻，一切都会好起来的。未来的你不仅能成为大明星，还会遇到一个爱你像生命的人。”

“他是你丈夫。”

番外

令含之

第一则

令嘉的女儿叫含之，中文名跟她姓，英文名随她爸爸的姓氏。

继承了大满贯影后的美貌，孩子生下来就唇红齿白，又精灵古怪，十分可爱。

令嘉自己没有带孩子的经验，只能又劳烦远在新加坡的Lum来英国帮忙。

这一带，孩子就到了五岁，正是上小学的年纪。

Lum的审美数十年如一日，喜欢把孩子打扮得漂亮精致，蓬松茂密的黑色卷发，蝴蝶结发带，配上孩子的白皮肤、大眼睛、长睫毛，活脱脱就是缩小版令嘉，是孩子们绘本里看到的白雪公主。

奈何含之不愿意被摆布，她在婴幼儿时期便过于好动，上了幼儿园更是如此。

无论Lum早上给她把头发梳理得多么光滑整齐，下午都要打结，沾上户外的草皮碎屑，蝴蝶结不翼而飞，白袜子小皮鞋也弄得脏兮兮的，叫人无论如何也猜不出她到底是去哪儿打的滚。

是的，这孩子和令嘉长得像，性格却截然不同。

她有着极强的个性，脾气也大，难以管教。

等到上了小学，她便不肯再听Lum的话了，理发师按照她的意见，把头发一剪再剪，直剪到耳朵根，成了个奶凶版的樱桃小丸子。

不，奶凶都不足以形容她的恶劣性格，令含之简直是个小魔头。

她想要什么就一定要得到，控制欲很强。她试图让周边所有人都按自己的想法做事，想让世界按自己的意愿运动。

不过，尽管这孩子的霸道让傅家用人们怨声载道，但她自己很知道分寸。任何人的话落在她耳朵里都是耳旁风，但到了爸爸妈妈跟前，她仍是规规矩矩的乖巧孩子。

然而谁要是告了她的状，谁就要倒霉遭殃。

就连霍普都逃不过她的捉弄。

这孩子伪装的本事生来就出神入化，所以尽管坏事做尽，令嘉却宽容爱护。她头一回做妈妈，没有对比，只以为自己的女儿是太好动调皮得过分，但整体上应该是个善良的孩子，再长大点儿，就会懂事了。

直到某一回，她主演的电影提前杀青。

结束拍摄回到伦敦，令嘉心血来潮地代替 Lum 去接孩子，想给她一个惊喜，却发现含之的同学在给她系鞋带，她前呼后拥，俨然是个小皇帝。

回到家，令嘉沉痛地反思了自己的教育方式。

傅承致的工作太忙，30 岁以后，她每年只接拍一部戏，就是为了能抽出更多的时间陪伴孩子，没料到还是疏忽了。

含之似乎发育早，智商明显于其他同龄小孩，她高傲自私，因为出生在傅家这样的大家族，天生就知道伪装，精明世故，还擅长讨价还价。

出于智商上的优越感，她并不把小伙伴们当朋友，只逗着他们玩，孩子们却还是争先恐后地试图和她做朋友，以获得在群体中的认可和地位。

很显然，她没有继承令嘉的美好品质，原封不动地把傅承致的基因复刻了下来。

令嘉很头疼，她知道自己的短板在哪儿。她天生善良心软，当了妈妈也是个慈母，孩子犯了错，她知道该管教，却舍不得下狠手，往往雷声大雨点小，最后都变成了苦口婆心的劝导。

孩子太聪明，每次都从善如流地认错，发誓再也不犯，转头却又故技重施，倒是犯错手法一次比一次高明，把她哄得团团转，堪比当初的傅承致。

父女俩都是如出一辙的黑心骗子。

这一晚，令嘉愁得一夜未眠。

第二个星期，她没让 Lum 送女儿去学校，而是陪孩子在她的玩具房间里待了一整天。

她坐在玩具边上，给孩子讲自己的童年趣事，说傅承致的童年经历，一整天下来，最后语重心长地总结道："含之，妈妈知道你能明白。人类进化决定了许多人即便拥有卓然的智力，但如果没有互助的精神、优良的品格，最后仍旧会被淘汰和孤立。你还小，因为家庭，因为父母，身边的人懒得跟你计较，但等你长大后，一切都会不一样的。"

孩子堆积木的手缓缓地停下来。

她已经意识到，母亲一定是发现了什么，才会这样语气认真地敲打她。

“妈妈……”她有些无措地仰头看她，试图扑进她怀里。

令嘉没有接纳她。

“人的聪明是把双刃剑，运用不得当，伤害别人，最后也会刺伤你自己，因为你不能诚心待人，所以你不会拥有真正的伙伴。你将永远活在身边空无一人的困境里，拥有一切但情感匮乏，也会失去快乐。”

她细数了这些日子以来自己调查到的事情，把她做的坏事一桩桩一件件地拿出来评讲。

“樱桃小丸子”委屈得眼中含泪，因为皮肤白皙，她眼眶明显泛红，显得可怜巴巴的。

放在以往，令嘉早把她抱起来好好安慰了。

但这一回，任女儿再怎么表现出可怜模样，她都不为所动，继续教育，用尽了平日几乎不可能从她嘴里冒出来的词汇。

批评到最后，含之哇的一声哭出来。

令嘉也哭了，她后悔自己的疏忽大意，她希望自己可以尽早把孩子从弯路上引导回来，而不是使她变成个小坏蛋，被人畏惧。

哭了一阵儿，令嘉擦掉眼泪，说道：“……正直和善良是这个世上最珍贵的品质，社会就是因为人心存善念才变得美好。含之，无论你看到的世界是什么样子，妈妈希望你能做一个有底线的人。”

“因为你是妈妈的孩子。”

不管这番话到底有没有被孩子真正听进心里，但自那天后，令含之确实收敛了许多。

她不再欺负同学，也不再找那些告了她状的用人的麻烦，还主动给经常腰疼的Lum买了垫在腰后的小枕头。

几个月过去了，小霸王在傅家上下的眼里成了乖宝宝，大家都觉得她长大了，过往的记忆渐渐被新的形象覆盖。

成功把孩子拉回正轨，令嘉觉得自己这个做妈妈的好欣慰。

第二则

复活节前夕，傅承致一家飞回到苏黎世度假。待了一个星期，六岁的含之和奶奶家里的波比成了好朋友。

她在伦敦时就喜欢小动物，整天去找她那匹设特兰小矮马玩儿，可惜爸爸不让在家里养猫狗。

但她又不带别的小动物，只带波比。

小小的一只狗，别放在家里，养在外面寄养不就行了吗？

含之想，反正自己又不跟它们睡一块儿，只要在放学回家的路上逗它们玩一会儿就好了。

她不会让小狗把家里弄得乱七八糟，也不会碍到爸爸的眼睛，惹他生气。

傅承致是个不讲情面的严父，从不惯着她，含之很清楚，在这件事上耍赖、哭泣和撒娇都没用。

那如何带一只小狗回伦敦呢？

这是一个大问题，她思考了很久，决定采用迂回的方式达成目的。

“爸爸，住在奶奶家的这些天，我已经和波比、格林、拉比、霍克、瑞恩建立了深厚的感情，我想把它们带回伦敦。”临出发前一个小时，她牵着五条小布拉班特猎犬与父亲商量。

谈判的第一步，先提出一个不可能的条件，给对方下马威，降低预期值。

“含之，你的想法过于天方夜谭，我认为你在提出无理的请求之前，起码应该考虑一下它的可行性。”

傅承致余光都没给她一个，低头看着霍普递过来的清单，接笔签字。

“好的。”含之从善如流，“那我只带波比可以吗？我把波比养在外面，保证不会带回家里让你和妈妈操心。”

她扬起脸，试图用真挚的情感和水汪汪的大眼睛打动爸爸。

傅承致这回看了她一眼，直接拒绝：“不可以。”

“樱桃小丸子”喋喋不休，使出十八般武艺，把大人那套谈判手段使得纯火炉青。

可惜傅承致自己就是深谙谈判之道的大银行家，怎么可能吃她这套。

上飞机前，用人抱着波比和含之告别，含之抱着舷梯不肯撒手，波比也不舍地汪汪叫。

大家都被这场面感动得眼泪汪汪，傅承致叹了口气，在小女孩面前蹲下身来。

男人给她递了块帕子擦眼泪。

“令含之，你知道你妈妈有哮喘的毛病吗？”

小女孩的哭声戛然止住，打了个嗝。

她才上一年级，哪里懂得那么多。哮喘是什么东西？能吃吗？

但她还是强装镇定，擦了把泪，外强中干地挺起胸脯道：“我当然知道。我要跟波比在一起，波比在哪里，我就在哪里。”

“你确定？”

“我确定。”

霍普瞧见此景心里暗道不好。

果然，下一秒，男人站起来，把帕子扔进霍普怀里：“好吧，既然你如此坚持，我尊重你的选择，不想回去你就留在苏黎世写作业吧，祝你过得愉快。”

什么？

含之六岁的小脑袋如遭雷击，就要开学了，她还得回去上学，爸爸连这也不管了吗？

他要把她留在这里，和冷漠可怕的奶奶待在一起！

天哪！

没有给她后悔的余地，飞机很快起飞。

“樱桃小丸子”神情呆滞地目送飞机在跑道上滑跑，最后消失在云层里。愣怔良久，她深一脚浅一脚地往回走，只留给用人们一个孤独的后脑勺，连小卷毛都失落地耷拉着。

令嘉在飞机上有点不舍得，她频频往地面看，开口道：“我们这样会不会不太好？还给妈妈添麻烦……”

“小八，慈母多败儿，教导孩子需要魄力，想要什么都可以得到，你这样会惯坏她的。”傅承致把手搭上她的肩膀安慰，“放心吧，妈妈嘴上不说，其实很喜欢小孩子。”

令嘉虽然认可他的话，心里却还是惦记女儿。

含之很聪明，还很记仇，把她扔在陌生的地方，她说不定能从小记到大，影响他们父女感情。

小孩失魂落魄地回家，才进门，就跟目瞪口呆的奶奶大眼瞪小眼。

晚餐厨房只做了一人份，女人捏着刀叉正准备进食，然后就发现这“樱桃小丸子”傻了吧唧地站在厅门口。

她被吓了一跳：“你怎么又回来了？你爸妈呢？”

这生硬的问询，再加上被爸妈抛下的委屈，含之再怎么聪明，终究是个小孩，哇的一声就哭了出来。

“奶奶……奶奶……”

老人没有哄孩子的经验，手足无措地站起来愣在原地，等着孩子抱上她的大腿，裙子被眼泪濡湿，她才轻咳两声，把小孩儿推开些，问道：“怎么了？”

“我爸爸妈妈不要我了！呜呜呜……”

“你做了什么惹他们生气？”

“我想把波比带回伦敦，呜呜呜，爸爸发火了……”

“那难怪呢，你难道不知道，你爸爸当初把狗送来苏黎世，就是因为你妈妈有哮喘吗？”

见她哭得上气不接下气，傅母生疏而略显笨拙地拍了拍她的背，帮孩子顺顺气。

一整晚，这孩子简直像开了闸的水龙头，眼泪停不下来，奶奶走到哪儿就跟到哪儿，深深地沉浸在被抛弃的痛苦之中。

到最后，傅母被烦得无奈，只好将手上的书放在一边，把“樱桃小丸子”抱在怀里安慰，跟她讲哮喘究竟是个什么东西。

“……所以啊，你来得这么突然，你妈妈当年生下你，是冒着生命危险的。你是她这辈子唯一的孩子，更应该体谅她，别哭了啊，脸都哭花了……”

其实令含之已经理解，不怪爸爸了，她现在还在流眼泪，是被感动的。

原来她差点没办法来到这个世界上。

妈妈真好，她开始反思过去那个调皮的自己。

难怪爸爸一点都不像别的爸爸那么慈爱，不待见她，在妈妈不在的时候还总是暗戳戳地排挤她，都是有原因的，因为她的出生差点要了妈妈的命呀。

这么一想，似乎一切都情有可原。

在苏黎世待了几天，令含之也渐渐地习惯了这边的生活。

冷漠的奶奶没有那么可怕，家庭教师从伦敦过来，又都被赶去休息了。

含之听大人说过隔辈亲，如今开始认识到这一点。

在伦敦的时候，爸爸妈妈从不会毫无底线纵容她，来到瑞士，她就像鱼儿入了水。

奶奶觉得不应该把她培养成第二个傅承致，学那么多东西太累了，小孩子还是应该过得快乐一点。于是，她就这样被迫开始了游手好闲的快乐时光，上山滑雪，下水游泳，玩得乐不思蜀。

假期彻底结束，临回伦敦前一晚，令含之选了盒自己最喜欢的蜡笔，认认真真地画了幅全家福，上面有爸爸、妈妈和她自己，并且还新添了个人，奶奶。

“含之啊，你的绘画水平很有提升空间。”

奶奶是个艺术品收藏家，有着极高的画作鉴赏能力，拿着她的画端详半晌，最后委婉地提出建议。

她只看见了四个圆滚滚的脑袋和畸形的火柴人身体，要不是孙女的解说，相信任谁都很难认出这是一幅全家福。

怕伤害孙女的自尊心，她补充道：“不过你还小，奶奶可以教你。”

“我这么聪明，都不用学，长大就自然提升了。”

含之画完画，离别的愁绪已经消散得差不多了。

她没心没肺地把蜡笔扔进盒子，盖上盖子，又去院子里找波比玩，只留下奶奶惆怅地叹气。

很可惜，她的盲目自信落空了。

这幅纪念她童年生活的作品用画框装起来，被挂在了苏黎世老宅。

成年后的含之每一次回老家，都要央求奶奶把画取下来。

“取下来不行，但你可以再画一幅替换它。”

“奶奶！”

含之放下刀叉，她都要烦死了。

她在很多领域都有天赋，除了艺术。唱歌跑调，画画惹人发笑，明明有个搞文艺工作的妈妈，但她愣是没有遗传到一点艺术细胞。

“哎呀，这不是挺可爱的吗？”

老人歪头道：“你要是待在家里觉得碍眼呢，吃过早餐去滑雪好了。正好你方爷爷的孙子也回苏黎世度假，那孩子滑雪技术可是一绝，你方爷爷天天挑衅我，我派你去应战，回来可别告诉我滑输了。”

饭后，含之不情不愿地背上滑雪板，乘车去往少女峰。

抵达约定地点时，对方却并没有出现。

含之没见过方爷爷的孙子，没什么交情，而且她最烦不守时的人，在车里不耐烦地等了十分钟，柳叶眉都快竖起来了。

最后一次看表，含之的忍耐达到极限，抬头吩咐司机：“不用等了，我们直接上山吧。”

车子刚刚启动，引擎声中，她漫不经心地抬头一瞥，突然瞧见了窗外的少年。

心跳停滞了一瞬，她的喉咙不受控地干渴起来。

漆黑的短发，臃肿的滑雪服下，少年的身形仍然颀长。

他皮肤白皙，轮廓干净清冷，正如少女峰顶一尘不染的雪。

司机顺着她的视线看过去，连忙停车，大喜过望：“太好了，含之小姐，那就是方想，他来了。”

含之的手摸到心脏的位置，体会着那从未有过的陌生感。

“你说，他叫什么名字？”

“方想。‘方圆’的‘方’，‘理想’的‘想’。他在斯坦福读博士，是个物理学方面的天才。”

十八岁的令含之，遇见她喜欢的人的那个冬天，一如她父亲当年那般。

她隔着车窗，远远地看去，只一眼，一见钟情。

全新番外

一见钟情

24 岁那年，是傅承致永生难忘的一年。

那年老头子病危，他匆匆结束学业，在孤立无援的情况下进入合宜权力核心，惊险地踏上王座却惨遭亲人倒戈，在股东和元老们的合力打压下，他的北美投资首战以失败告终。

董事会结束，傅承致陪希腊来的客户共进午餐，一群人喝了一整桌的希腊烈酒。

发着 40℃高烧，傅承致脚底发软地走出酒店，支开霍普，对着路边的垃圾桶狂吐。

那时候，他整个人都是浑浑噩噩的，只是凭借本能试图在绝境中抓住最后一点希望，希望调令下达之前，靠投资者的支持扳回一城。

对于成功，他没有分毫底气。

他在心里发誓，晚上九点前，如果投资人没有打来电话，他就接受自己的失败，心甘情愿地拿着调令接受放逐，到陌生的地方待个十年八年积蓄力量，等待时机合适卷土重来。反正合宜历史上也没有过那么年轻的掌舵者，十年后他也不过才三十来岁。

然后，他回家时遇见了令嘉。

时间是晚上八点四十分。

当时，少女立在玻璃花房檐下，歪着头跟浇水的用人说笑。

夕阳的余晖折射在玻璃棱面上，映在鲜艳密实的玫瑰花丛中。金色的光晕里，她温柔、一尘不染，像玻璃房里的那些花儿一样，从未经受过暴风雨的摧折。

那画面像是他似曾做过的梦。

一个美好的、舒适的，闭着眼在浴缸温水里睡着做过的美梦。

他是喜欢令嘉的，第一眼就喜欢。

那种感情简单而狂热，她对他的吸引力像是刻在 DNA 里。

他冷血、虚伪、自私、心思重、城府深，却喜欢她热情、真实、宽容，像白纸一样单纯且心无杂念，她拥有他人格所缺失的部分，填上那一块，他才得以被补全得完整。

27岁，没有人再敢灌他酒了。

他第二次见到令嘉。

她更美丽也更脆弱，经历了爱人离世与亲人重病的双重打击，墓碑前，少女的身形那样，瘦弱，摇摇欲坠。

曾经被压制的念头像春天雨夜的藤蔓疯长。

他甚至觉得是天意安排他们在葬礼上相遇。沈之望偏巧死了，偏巧这是令嘉的人生至低点，已经没有任何阻碍和理由横在面前需要他克制。

命运的齿轮由他扳动运转，之后的事情却不再受他控制。人类的情绪永远无法像表格里的数据一样被精细量化操控。在他尚未察觉的时候，他对令嘉的态度，已经从简单的“想要拥有她”变成了“做她的爱人，得到她的信任”。

变化是什么时候发生的呢？

也许就是她眼中含泪却将交通卡送给自己这位对她来说萍水相逢的陌生人的那一刻。

也许是她满眼含笑、毫无保留地挥手道别，送给他写着“Live long and prosper（生生不息，繁荣昌盛）”祝福的咖啡豆的那一刻。

过去，傅承致在空旷的书房里彻夜工作思考时，偶尔会望着桌子上的地球仪发呆。

周边安静到没有一丝声音。

偶尔，他会被这种令人窒息的孤独感吞没。

直到令嘉出现，她在书桌旁边喋喋不休，一边抄写校规，一边提问了解他的人生。

从未对人言的童年和青春期往事，他轻而易举地就能讲给令嘉听。

就算她问个不停，他也没觉得心烦。他喜欢偏头时，她就在视野里的感觉。

那让他感觉柔软和快乐。

没人教过他怎样去爱一个人，但就在这不断试错的过程里，爱给予他耐性、温度，融化了他坚冰般的盔甲。

尽管整个过程磨难重重，几起几伏，所幸结局是好的。

令嘉成了他的妻子。

床头的闹钟响起，傅承致睁眼，身旁是令嘉熟睡的侧颜。

他该像往常一样起床洗澡用餐，然后准时抵达公司开会，但今天不知道为什么，他磨蹭拖延着没有起床，抬手将妻子拥入怀中，半晌一动不动。

令嘉睡得迷迷糊糊，被他的胳膊压醒，半掀眼皮看他一眼，问："怎么了？"

"我做了一个危险的梦。"

"什么梦？"

"梦见我们从未相识。"

"那是梦。"

"但它很真实。"

令嘉的睡意终于被他孩子气的话驱散几分，打起精神随口回应："昨天吵架的时候你还说厌烦我的脾气了，我们从一开始就不认识的话，你不该很开心吗？"

合宜最近的麻烦事儿不少，有知名金融评论家持续抨击傅承致的行事，因为危机公关离职，舆情失控，偏偏令嘉这时候还因为孩子的教育问题和他拌嘴，两人理论中，他接了好几通下属的工作急电，一个头两个大的时候，口不择言地讲出了这句话。

看令嘉耿耿于怀的样子，显然是记了一夜仇。

傅承致沉默两秒，抱紧了她："我很抱歉，令嘉。如果你伤心了，你要相信那不是我真实的想法。你知道的，如果这辈子要让我找到一件不会后悔的事，那就是闯进你的生命里，你是这个世界上最能让我感受幸福的人。我爱你，就像爱我自己一样。"

令嘉已经完全醒了。

她想，傅承致做的那个梦一定很可怕，才会叫他这样坚强的人在醒来的早晨突然变得多愁善感起来。

她用拥抱安抚他："我也有错，你昨天那么忙，我应该理解你，换个时间找你谈的。"

床头座机响起，霍普打来催促电话。

令嘉："快七点了，你还在床上。"

"让他等会儿吧。"傅承致没有动弹，他怅然地回忆起那个梦，喃喃道，"假如休·艾弗雷特提出的量子力学多世界理论成立，梦里发生的事，也可能发生在另一个平行宇宙。"

"所以那个宇宙里，我父亲和之望都还活着？"

只有那样，他们相识的契机才会消失。

傅承致点头。

他的样子看起来实在太脆弱太失落，就因为一个虚无缥缈的梦，令嘉一时都不知道该说什么安慰他，只轻声骂了句："承致，我到今天才发现，你竟然还是个为空想内耗的小傻瓜。"

她的呼吸近在耳侧，带着亲昵以及真实的温度。

傅承致空悬的思绪终于缓缓回落。

在那个世界里，令嘉的父亲和沈之望确实都还活着，令嘉不认识他，但他们也不是没见过。

就在他 24 岁那年失魂落魄地回到家的那天晚上。

他敞开腿，躺在花园入口处的长椅上，远远地安静地注视了她十几分钟之后，父亲和沈之望结束谈话，管家调派了车送令嘉回家。

用人带着她离开玻璃花房，从他身边路过。

或许是瞧他衣冠不整，醉酒颓废，少女脚步稍顿，好心多问了一句"你还好吗"。

没有得到答复，她又安慰陌生人："Everything will be fine."

一切都会好起来的。

她把用人刚刚剪下送给她的一枝玫瑰放在他身边的椅子上，安静地离开。

伦敦时间九点整。

就在和女孩擦肩而过的瞬间，傅承致接到了那通姗姗来迟的客户电话。

无论世上是否真的存在平行宇宙，再来一次，他相信令嘉仍然会是他的妻子。

所有细微的变数将故事分岔发展出无数支线，但结局仍会殊途同归。

那是从第一眼开始便注定的。